KB059393

아빠는 유튜버

OTOUSAN HA YOUTUBER

©Rintarou Hamaguchi 2020
All rights reserved.
Original Japanese edition published in Japan in 2020 by Futabasha Publishers
Ltd., Tokyo.
Republic of Korean version published by Somy Media, Inc.
Under licence from Futabasha Publishers Ltd.

아빠는 유튜버

하마구치 린타로
장편소설

김현화 옮김

소미미디어
Somy Media

일러두기

1. 주석은 모두 옮긴이 주입니다.
2. 오키나와 방언은 제주도 방언으로 한역했습니다.
3. 인명, 지명을 비롯한 고유명사의 표기는 국립국어원 외래어 표기법 규정을 따르되, 일반
   적으로 통용되는 경우에는 관용에 따라 표기했습니다.

● 목차

007
아빠는 유튜버

378
옮긴이의 글

0:00 / 6:32:00

1

모래사장에 앉아 우미카는 홀로 그림을 그리고 있었다.

아무렇게나 뻗은 다리에 스케치북을 놓고 왼손에는 팔레트, 오른손에는 붓을 쥐고 있었다. 모래사장 위에는 붓을 씻어낼 수 있는 물통이 있었다. 물통 안에는 물이 아니라 바닷물이 담겨 있다.

물감은 사이즈가 큰 색이 두 개 있었다. 초록색과 파란색이다. 이 두 가지가 극단적으로 빨리 줄었다.

앞으로 향하자 그곳에는 파란색 바다, 에메랄드그린

색의 바다가 펼쳐져 있었다.

미야코섬의 바다였다.

본토에서 온 초등학교 선생님이 이런 말을 했다.

"미야코의 바다는 정말 근사하단다. 여러분은 고향에
이렇게 아름다운 바다가 있다는 사실을 자랑스럽게 여
기도록 하렴."

하지만 그 말은 교실에 있는 어느 누구의 가슴도 울리
지 못했다. 어차피 모두 태어나서부터 내내 이 바다를
보면서 자라왔던 터라 이곳에서 아름다움 따윈 느끼지
못했다.

하지만 우미카는 선생님이 하는 말을 이해했다. 우미
카는 거의 매일 바다를 그린다. 그림을 그리려고 진지
하게 바라보면 같은 바다라도 매일 변화한다는 사실을
알 수 있다.

봄 여름 가을 겨울뿐만 아니라 아침 점심 저녁, 맑음
흐림 비…… 계절이나 시간, 날씨가 미묘하게 달라지기
만 해도 바다는 전혀 다른 표정을 보여준다. 크고 작은
파도, 에메랄드그린색의 바다에서 흰 모래사장으로 이

어지는 색의 변화, 수평선에서 뒤섞이는 파란 하늘의
농담濃淡.

그 섬세한 차이를 보는 일을 우미카는 무엇보다도 좋아했다.

"이야, 오늘도 잘 그렸네."

어느새 히이라기 겐키가 곁에 앉아 있었다. 눈앞에 펼쳐지는 바다와 우미카의 그림을 번갈아 봤다.

"색이 근사해."

"근데 그림에서는 좀 파란 것 같아. 오늘 바다는 더 투명한걸. 투명함은 그림으로 나타내기 정말 힘들어."

납득을 하지 못하는 우미카를 보고 겐키가 명랑하게 말했다.

"그림을 잘 그리는 사람은 관찰력이 우리랑 전혀 다른가 보네. 우미카가 그린 그림을 보고 있으면 그걸 잘 알겠어."

우미카는 눈을 가늘게 뜨고 바다를 향한 겐키의 옆얼굴을 가만히 바라보았다.

겐키는 이목구비가 단정하고 시원스러운 외모를 가지

고 있었다. 미야코섬에서는 보기 힘든 도시적인 스타일이라고 해야 할까. 소매를 걷어붙인 흰 셔츠가 잘 어울렸다. 겐키°라기보다 상큼이라고 부르고 싶어지는 스타일이다.

겐키가 나타나면 근처에 있는 여고생이나 아주머니들이 술렁인다. 이 주변에서는 아이돌 같은 존재다.

우미카의 절친인 모에미는 우미카와 동갑이지만, 조금 조숙한 탓인지 벌써부터 겐키를 의식하고 있다. 그래서 뭐라고 이유를 대고서는 우미카의 집에 오고 싶어 한다. 우미카는 그 마음을 아직 이해하지 못한다.

겐키가 천천히 일어났다.

"밥 먹을 시간이야."

"아, 시간이 벌써 그렇게 됐어?"

아직 밝지만 유심히 보니 태양이 수평선에 가까워지고 있다. 해수면을 보고 우미카는 지금 시간대를 알 수 있다.

그림 도구를 정리하고 나서 일어나 옷에 묻은 모래를

° 겐키는 일본어로 활기차다는 뜻이다.

털어냈다.

"겐키, 오늘은 뭐 만들었어?"

"소면볶음."

"……또야?"

"유고 씨도 그렇고 다들 좋아하니까."

겐키가 큭 하고 웃으며 말했지만, 아빠나 다른 사람은 술안주면 뭐든 개의치 않는다. 술꾼 아빠를 둬서 불행하다고 생각하지만, 미야코섬의 아빠들은 어차피 대부분 술꾼이다. 우리 아빠만 그런 게 아니라고 생각하면 기분이 조금 나아진다.

"겐키가 만든 소면볶음이 확실히 맛있긴 해. 면도 안 뭉치고."

우미카가 만들면 아무리 애를 써도 질척해진다.

"우미카를 위해 라후테°가 들어간 카레도 만들었지."

"헉, 진짜? 고마워."

"천만이야."

겐키는 꽃미남에 키도 크고 요리도 잘한다. 모에미나

° 삼겹살을 졸인 음식이다. 맛은 우리나라의 갈비찜과 흡사하다.

주변 여성에게 인기가 좋은 것도 납득이 간다.

두 사람은 자잘한 흰 모래사장을 걸었다. 벌써 봄이 되어 모래가 열기를 띠고 있었다. 이 발바닥에 닿는 감각으로도 계절을 알 수 있다.

걸으면서 우미카가 물었다.

"겐키가 언제부터 여기에 있었더라?"

"흐음, 벌써 1년 정도 됐으려나?"

"그렇게나 됐어?"

꽤 오래됐다고 생각했지만, 그렇게까지 장기간 체류하고 있는 줄은 몰랐다.

"잇큐 씨보다는 짧지만."

잇큐는 겐키보다 오래 묵고 있다. 이제는 몇 년 있었는지도 알 수 없을 정도다.

"잇큐는 특별한 거고. 이름도 잇큐가 아니라 초큐로 바꾸는 편이 나을 정도니까°."

"말도 잘해요."

° 잇큐一休는 잠깐의 휴식을 뜻하고 초큐長休는 긴 휴식을 뜻한다. 여기서는 잇큐가 우미카네 게스트 하우스에 오래 묵고 있어서 그 사실을 놀리는 뜻으로 말장난을 하고 있다.

겐키가 웃자 우미카도 우스워졌다.

바로 콘크리트 건물이 보였다. 세련된 구석은 조금도 찾아볼 수 없이 촌스럽다. 콘크리트블록을 그저 확대해 놓은 느낌이 든다. 집 앞에 있는 야자나무 아래에는 카약 여러 대가 놓여 있었다.

테라스에는 해먹이 설치되어 있고 그곳에 사람이 흔들흔들 타면서 수다를 떨었다. 미야코섬을 여행하며 오늘 이곳에 숙박하는 여대생이다. 처음 이곳에 방문한 손님은 반드시 저 해먹에서 놀고 싶어 한다.

그 비스듬히 안쪽에는 오두막이 있다. 아빠와 잇큐가 건설하고 있는 비밀 기지다. 저런 걸 만들면 뭐가 좋은지 우미카는 전혀 이해할 수 없다. 이런 점이 남자와 여자의 차이인가 생각한다.

"또 기울어졌네."

겐키가 간판을 바로잡았다.

거기에는 '게스트 하우스 유이마루'라고 쓰여 있었다. 유이마루란 오키나와 사투리로 돕는다는 의미를 가진 말이다. 우미카의 할아버지가 이름을 지었다.

유이마루가 바로 우미카네 집이다. 돌아가신 할아버지가 지은 게스트 하우스를 지금은 우미카의 아빠가 이어받았다.

단층집이라서 2층은 없다. 2층 침대가 들어가 있는 객실 몇 개 그리고 테라스로 이어지는 거실이 있었다. 다인실인 도미토리다.

안에 들어가면 현관에는 자전거 네 대가 놓여 있다. 숙박객을 위한 자전거다. 바깥에 놓아두면 바닷물에 바로 녹이 슬기 때문에 한번 타고 나면 꼼꼼하게 닦아 안에 넣어둔다.

거실은 좌우지간 넓다. 붙박이 선반에는 소설이나 만화책이 빼곡하고도 나란히 꽂혀 있다. 그 아래 칸에는 게임기와 컨트롤러가 들어 있다.

벽은 숙박객이 기념으로 남긴 메시지나 일러스트로 채워져 있다. 집 안은 장난감 상자를 뒤집은 모양새였다.

큼직한 테이블에서는 아빠와 잇큐가 이미 아와모리°를

° 일본에서 가장 오래된 증류주로 오키나와를 대표한다.

마시고 있었다. 안주는 고야°를 얇게 썰어 소금으로 간을 하고 가쓰오부시를 뿌린 요리였다.

우미카는 새삼스럽게 다시 아빠를 보았다. 아빠는 눈썹이 두껍고 이목구비가 뚜렷하다. 타고나길 피부가 까무잡잡하기도 해서 종종 동남아시아 사람으로 오해받는다.

티셔츠에 반바지 차림에 다리에는 털이 북실하다. 그래서 까만 무로밖에 보이지 않는다. 털이 수북한 다리를 볼 때면 우미카는 질겁한다. 아빠는 겐키와 완벽히 정반대다.

잇큐는 까까머리로 화려한 붉은색 셔츠를 늘 입는다. 눈꼬리가 처져 졸린 고양이 같은 얼굴을 하고 있다. 다만 성격만큼은 사람을 잘 따르는 강아지 같다. 그 얼굴과 성격 덕분에 어떤 숙박객과도 친해진다.

겐키와 잇큐는 이 유이마루의 스태프다. 원래는 숙박객이었지만, 오래 머물면서 스태프로 일하게 되었다. 다만 일한다고 해도 월급은 없다. 숙박비와 식비가 무

° 박과의 한해살이풀. 열매를 식용하며 맛은 쓰다. 우리말로는 여주라고 부른다.

료일 뿐이다.

젠키가 부엌으로 향했고 우미카는 잇큐의 옆에 앉았
다. 그걸 알아차리지 못한 아빠가 열을 내며 이야기에
몰두하고 있었다.

"잇큐, 잘 들어봐. 나, 획기적인 아이디어가 떠올랐어."

"뭐예요?"

잇큐가 재촉하자 아빠가 몸을 내밀었다.

"잇큐, 요새는 고양이 카페라는 게 있잖아."

고양이 카페라는 말에 우미카는 반응했다. 도시에는
그런 게 있다고 모에미가 말한 적 있었다.

잇큐가 고개를 끄덕였다.

"그러고 보니 있어요. 미야코에는 없으니 시작하려고
요?"

"이 바보야! 남들이랑 같은 걸 해서 어쩌자는 거야?
본토에는 부엉이 카페라는 것도 있을 정도야."

"부엉이요?"

잇큐의 눈이 휘둥그레졌다.

"응, 그래. 본토는 부엉이야. 이제 와서 미야코에서 고양이 카페를 하면 완전히 지는 거잖아. 좀 더 다른 걸 해야지."

"그래서 뭘 하나요?"

"개미핥기 카페야."

미묘한 미소를 띠는 아빠를 보고 잇큐가 의아한 듯 물었다.

"……개미핥기라면 개미를 먹는 그 개미핥기 말인가요?"

"그거 말고 개미핥기가 또 있겠어? 맞아, 그 긴 혀로 개미를 먹는 개미핥기야."

"그런데 고양이나 부엉이는 이해가 가지만 개미핥기가 그렇게 인기가 있을까……?"

"그건 다들 개미핥기의 매력을 알아차리지 못해서야. 그 녀석들, 유심히 보면 귀엽잖아. 왠지 고야 같은 얼굴형이고."

턱을 쓰다듬으면서 잇큐가 대답했다.

"……뭐, 귀엽다고 하면 그럴지도 모르겠네요."

"그렇지? 그렇다니까. 그 녀석들은 빛나는 걸 가지고 있다니까. 다이아몬드 원석이나 마찬가지야. 난 그걸 꿰뚫어 봤다는 거지."

"유고 씨, 아이돌 스카우트맨 같네요."

그런가? 하고 아빠가 우쭐해했다. 잇큐가 순진한 탓에 아빠는 늘 신이 난다.

"고양이 카페가 아닌 '개미핥기 하우스'야. 그 게스트 하우스에 가면 개미핥기를 만날 수 있다고 하면 손님도 우르르 몰려올 거야."

"진짜 그렇겠네요. 관람료도 받을 수 있고 똑똑한 개미핥기라면 손님도 맞이할 수 있지 않겠어요?"

"근사하겠는걸. 개미핥기 굿즈도 만들어야지. 잇큐, 네가 개미핥기 액세서리를 만들어."

잇큐는 손재주가 있어서 액세서리를 직접 만든다. 그걸 관광객에게 팔아서 일당을 벌고 있다.

개미핥기 티셔츠라는 둥 개미핥기 모자라는 둥 둘이서 흥분하며 말했다. 또 시작이네, 하고 우미카는 치를 떨면서 들었다.

잇큐가 스마트폰을 꺼내 무언가를 검색했다. 분명 개미핥기를 알아보고 있을 것이다.

"정말이네요? 의외로 귀여워요. 눈도 동글동글하고
요."

"그렇지? 내가 말한 대로지?" 웃음소리가 들렸다.

(●LIVE)

2

이튿날 아침에 거실로 가자 겐키가 혼자 커피를 마시면서 만화책을 읽고 있었다.

"우미카, 잘 잤어?"

어제 그렇게나 마시고 소란을 떨었는데 마치 아무 일도 없었던 듯하다. 겐키는 아빠와 고타로 삼촌보다 술이 세다.

만화책 표지를 보자 '고미야마 마사키'라는 작가명이 쓰여 있었다.

"또 그 사람 만화 보고 있어?"

"응. 이건 왠지 몇 번이나 다시 읽고 싶어져. 재미있기도 하지만 읽으면 왠지 포근해져."

포근해진다는 기분은 잘 모르지만 우미카도 이 만화를 좋아한다. 고미야마 마사키가 그림을 잘 그렸기도 하지만 왠지 묘하게 이끌린다.

"이 고미야마라는 작가, 유고 씨랑 고타로 씨랑 아는 사이인가 봐."

"그렇구나."

"응. 이 사람 만화가 너무 재미있어서 유고 씨랑 고타로 씨가 출판했대."

"출판이라니, 아빠랑 삼촌이 할 수 있어?"

"독립 출판이라는 거야. 여기서만 읽을 수 있는 특별한 책이지."

틀린 말은 아니다. 숙박객에게 이 만화를 권하면 다들 흥미진진하게 읽는다.

"그런데 이 만화라면 충분히 상업적으로 출판해도 될 것 같은데."

겐키가 만화책을 소중히 만지고 있었다.

"그건 그렇고 겐키는 책을 정말 좋아하는구나."

"여기에 오고 나서 읽게 됐지. 소설이랑 만화가 이렇게 재미있는 줄 몰랐어."

꽤 진심이 담겨 있었다.

"그럼 어릴 적에는 공부만 했어?"

"전혀. 학교 공부는 조금도 안 했어."

"흐음."

조금 의외였다. 겐키는 아빠와 달리 공부를 잘하는 것처럼 보였다.

"다들 아직 자고 있어?"

"이번 숙박객들은 흥이 많더라고. 다들 아침까지 마셨어."

우미카는 쓴웃음을 짓는 겐키를 보며 숙박객을 동정했다. 술을 강요하지는 않지만 아빠가 호쾌하게 마시는 그 모습에 덩달아 마셨을 테다. 고타로 삼촌이 오늘 쉬는 날이라는 것도 일진이 좋지 않았다. 그 전날 밤이면 아빠와 고타로 삼촌은 신이 나서 과음을 하기 일쑤다.

찬장에서 강황 영양제를 꺼내 탁자 위에 나란히 두었다. 류큐대학에서 재배한 강황인 모양인데, 무척이나 효과가 좋아 유이마루의 상비약이 되었다.

겐키도 믹서기로 야채주스를 만들기 시작했다. 겐키만의 특제 주스는 숙취에 효과가 특히 좋다. 유이마루에서는 이걸 '겐키주스'라고 부른다.

우미카는 토스트와, 고타로 삼촌이 가져온 미야코섬 바나나를 먹고 겐키주스를 마시고 란도셀을 멨다. 현관으로 향하려고 하자 겐키가 멈춰 세웠다.

"우미카, 가정통신문에 사인 안 받지 않았어?"

"아, 맞다." 우미카는 서둘러 란도셀을 내려 안에서 가정통신문을 꺼냈다. 겐키는 그걸 대충 훑어보더니 꼼꼼한 글씨체로 사인을 했다. 가정통신문에 쓰여 있는 것을 확인했습니다, 라는 의미다.

아빠는 귀찮다고 사인을 해주지 않아 대신 겐키에게 받고 있다. 겐키가 일부러 학교에 가서 담임선생님에게 허락을 받았다.

우미카의 담임은 여자라 겐키를 보더니 화색이 돌았

다. "히이라기 겐키 씨라고 하는군요"라고 일부러 몇 번이나 이름을 반복해서 말할 정도였다.

다녀오겠습니다, 하고 집을 나와 학교로 향했다. 해변을 힘껏 밟아서 바로 아스팔트 도로로 나왔다. 거무스름한 콘크리트조 주택가를 걸었다. 태풍 대비책으로 미야코섬의 집은 거의 콘크리트로 되어 있다. 예전에 숙박객과 이야기를 하고 있을 때 본토는 목조 집도 많다고 듣고 무척이나 놀랐다. 본토 사람은 태풍이 두렵지 않은 걸까?

외벽은 무늬처럼 구멍이 뚫린 콘크리트블록으로, 무늬가 꽃을 닮아서 꽃 블록이라고 불리고 있다. 이렇게 구멍이 있으면 강한 햇빛을 피하면서도 빛을 실내에 들일 수 있다. 이 꽃 블록도 본토 사람들은 모른다고 한다.

길에서 줄지어 걷는 초등학생들이 어떤 사람을 향해 모두가 "안녕" 하고 인사를 했다.

그는 흰 헬멧을 쓰고 경찰관 차림을 하고 있었다. 그리고 얼굴이 새하얘서 으스스하다. 하지만 진짜 경찰관도 사람도 아니다. 미야코섬 마스코트 인형인 '미야코 마모루'이다. 미야코섬 여기저기에 자리하고 있다.

우미카는 그 얼굴을 응시했다. 마모루 군은 어딘가 애절한 표정을 짓고 있다. 가끔 그림으로 그리지만 이 근심스런 표정을 종이에 다 표현할 수 없다.

"오늘도 마모루는 슬픈 얼굴을 하고 있구나."

어느새 모에미가 곁에 있었다.

"그러게. 얼른 인간으로 돌아오고 싶은가 봐."

모에미의 머릿속에서는 마모루가 원래 인간인 모양이다.

"우리 아빠도 슬슬 마모루가 될 거야. 어제도 실컷 소란을 떨었으니까."

불편한 심기로 모에미가 말했다. 아와모리를 마시고 흥에 겨워 소란을 떠는 미야코섬의 남자 중에 특히 도가 지나친 이는, 신의 분노를 사서 미야코 마모루로 바뀌어 이 섬을 지킨다는 게 모에미의 생각이었다.

"우리 집도 아마 그리 될 거야."

아빠가 마모루가 되면 유이마루도 조금은 조용해질 테다.

둘이서 교실에 들어서자 남자아이들이 한곳을 둘러싸고 있었다. 아무래도 흥분한 모양이다.

뭘 하나 싶어 우미카와 모에미가 그 중심을 들여다보다가 깜짝 놀랐다. 지넨이라는 남자아이가 스마트폰을 가지고 온 것이다.

"스마트폰 가지고 오면 안 되잖아."

학교에 스마트폰을 가져오는 건 금지하고 있다. 하지만 우미카는 스마트폰 자체를 가지고 있지 않았다. 아빠가 그런 걸 사줄 리가 없다.

지넨이 눈을 부릅떴다.

"시끄러. 어제 히카링의 구독자 수가 800만 명을 돌파했다니까. 그러니 특별히 괜찮아."

"히카링이 뭐야?"

우미카가 묻자 모두가 황당하다는 표정을 지었다. 그 반응에 우미카가 더 놀랐다.

지넨이 무시하듯이 말했다.

"너 히카링도 몰라? 원시인이야?"

"깐깐하기는. 히카링을 모르는 게 뭐 어때서?"

모에미가 대신해서 반박했지만 지넨은 여전히 공격을 퍼부었다.

"요즘에 히카링을 모르는 건 있을 수 없는 일이거든?"

"시끄러. 우미카한테 더 뭐라고 하면 스마트폰 가지고 온 거 선생님한테 일러바칠 거야."

갑자기 지넨이 입을 다물었다. 초등학생 남자아이에게 이렇게 효과가 빠른 말은 없다.

가자, 가, 하고 모에미가 우미카의 팔을 잡아당겨 둘이서 자리에 앉았다.

"남자애들은 진짜 웃기지도 않다니까."

모에미가 그리 분개하고 있었지만 우미카는 신경 쓰지 않았다. 남자라는 건 아이나 어른이나 저런 법이다. 아빠를 보면 잘 알 수 있다.

"왜 그래?"

옆에 히가 호카가 있었다. 다들 대부분 면 티셔츠를 입었지만 호카는 늘 칼라가 달린 흰 셔츠를 입는다. 얼굴 바깥으로 비어져 나오는 큼직한 안경이 특징적이다.

"지넨이 우미카가 히카링을 모른다고 바보 취급했어."

"쟤네들은 아직 정신적으로 성장하는 단계니까 용서해 줘."

호카가 그리 타일렀다. 호카는 늘 이렇게 어른스럽게 말하기 때문에 같은 남자아이라도 지넨이나 다른 남자아이와 동갑이라고 생각할 수 없었다.

"그래서 히카링은 뭐야?"

다시 묻자 호카가 답했다.

"일본에서 제일 유명한 유튜버야."

"유튜버란 게 뭐야?"

지넨 무리가 그런 이야기를 하고 있었고 유이마루 숙박객도 그런 소리를 했다.

"세계 최대의 동영상 공유 사이트가 유튜브인데, 그 유튜브에 영상을 올리는 사람들을 유튜버라고 해. 유튜브를 간단히 설명하면 인터넷 텔레비전 같은 거야."

"모에미는 유튜브가 뭔지 알지?"

우미카가 얼굴을 옆으로 돌리자 모에미가 고개를 끄

덕였다.

"응. 헤어메이크업 채널을 자주 보니까."

아무래도 모르는 건 우미카뿐인 모양이다. 지넨이 말한 대로 자신은 원시인일지도 모른다.

호카가 보충해서 말했다.

"유튜브의 최대 특징은 누구든지 영상을 투고할 수 있다는 거야."

"누구든지 괜찮아? 연예인이 아니라도?"

보통 텔레비전이라면 연예인이나 유명한 사람만 나온다.

"응. 평범한 사람도 업로드하고 있어."

"뭣 때문에 그런 걸 하는데?"

"수많은 사람들에게 자신의 동영상을 보여주려는 것도 있지만 동영상으로 광고 수입을 얻을 수 있어서이기도 해."

"광고 수입으로 돈을 벌 수 있다는 거야? 보통 사람이?"

그만 목소리가 카랑카랑해졌다. 최근에 돈에 민감해

졌기 때문이다.

"맞아. 그래서 지금 유튜버가 주목받는 직업이 됐어. 히카링 같은 톱 유튜버라면 연봉 10억 엔 정도는 벌지 않을까?"

"10, 10억 엔?"

너무나 큰 금액에 놀라 의자에서 굴러떨어졌다. 바로 고쳐 앉고 힘차게 말했다.

"히카링은 그렇게 번다는 거네?"

감탄하는 우미카에게 호카가 고개를 끄덕였다.

"기업이랑 제휴도 하니 아마 더 벌고 있을지도 몰라. 히카링은 유튜버라는 직업을 세간에 알린 사람이니까. 지금은 웬만한 연예인보다도 유명해."

"그래서 지넨 무리도 저렇게나 요란을 떨고 있었구나."

우미카는 몰랐지만 히카링이 아무래도 스타긴 스타인 모양이다.

모에미가 질문을 던졌다.

"호카는 유튜브를 잘 아네."

"아빠가 IT 관련 일을 하거든. 그 방면으로 지식이 자연스레 쌓였어."

호카의 아버지는 회사에서 근무하지 않고 집에서 인터넷 일을 하고 있다고 한다. 아빠와 고타로 삼촌 같은 미야코섬 어른과는 느낌이 조금 달랐다.

"잘 안다면 호카도 유튜버가 될 수 있지 않아?"

호카가 어깨를 으쓱했다.

"지식이 있다고 해서 가능한 게 아니야. 더구나 난 뭔가 특별한 캐릭터를 가지고 있지도 않으니까 나와도 재미없을걸."

"……그래? 캐릭터가 있다고 생각하는데."

모에미가 납득이 가지 않는다는 표정을 지었다.

학교가 끝나고 우미카는 집으로 돌아갔다.

란도셀을 현관에 내려놓고 그림 도구를 가지고 그길로 해변으로 향했다. 오늘은 바다색이 예뻐서 당장 그림을 그리고 싶었다.

해변에 앉아서 바다와 마주했다. 다만 아무래도 집중

할 수 없었다. 아침에 모에미와 호카와 이야기한 10억 엔이라는 숫자가 머릿속에서 꿈틀거리고 있었다.

그 돈이 있다면 도쿄의 미대에 다니는 것뿐만 아니라 미대를 통째로 살 수 있을지도 모른다. 아니, 역시 그건 불가능하려나? 그런데 미대는 얼마나 할까?

영문을 알 수 없어 궁금증에 고개를 갸웃거리고 있었다.

"오늘은 바다가 평소보다도 예쁘네."

흠칫해서 고개를 들자 흰옷을 입은 젊은 여성이 서 있었다.

고지마 유이 선생님이었다. 이 근처 의료시설에서 일하는 카운슬러다.

"네, 그런데 왠지 잘 안 그려져요."

"흐음, 그래? 잘 그리고 있는데?"

유이 선생님이 웅크리고 앉아 머리를 쓸어 올리고 우미카의 그림을 들여다보았다. 그 투명한 옆얼굴에 우미카는 무심코 숨이 멎었다.

예쁘다…… 그렇게 말하려다 목구멍에서 틀어막았다. 희미하게 좋은 향기도 감돌고 있어서 머리가 순간 멍해졌다.

"우미카, 왜 그래?"

"아무것도 아니에요."

의아해하는 유이 선생님에게 우미카는 다급히 얼버무렸다.

유이 선생님은 이 근방에서 유명한 미인이다. 청결하고 투명한 느낌이 있어서 왠지 다른 세계에서 온 사람처럼 보였다. 이런 여성이 되고 싶지만 도무지 불가능할 것 같아서 포기했다.

"아, 유이 선생님도 계셨어요?"

이번에는 겐키가 나타났다.

"겐키 씨, 안녕하세요?"

유이 선생님이 일어나 서로가 동시에 미소 지었다. 잘 어울리는 두 남녀가 마주해 웃는 모습을 보니 우미카는 왠지 텔레비전 드라마 속에 들어온 기분이 들었다.

"일은 어떠세요?"

"최근에 날씨가 좋아서 다들 기분이 좋아요."

겐키의 질문에 유이 선생님이 빙긋이 웃으며 답했다.

유이 선생님이 일하는 시설에서는 아일랜드 테라피라는 것을 하는 모양이다. 이곳처럼 자연이 풍부한 섬에는 사람 마음을 치유하는 힘이 있어서 그 힘으로 치료한다고 했다. 하지만 우미카는 그게 대체 뭔지 알 수 없었다.

셋이서 집으로 돌아가자 테라스 테이블에 아빠와 잇큐, 고타로 삼촌이 앉아 있었다. 역시 세 사람도 이 시간에는 깨어 있었다.

세 사람은 아무래도 이야기를 하고 있는 듯했다. 그 시선 끝자락에는 도감이 있었다. 그 도감에는 여러 동물이 쭉 나란히 늘어서 있었다. 설마, 하고 우미카는 꺼림칙한 예감이 들었다.

아빠가 이쪽의 존재를 알아차렸다.

"어, 유이 선생도 있네?"

유이 선생님은 유이마루에 자주 놀러 와서 동료나 마찬가지였다.

"유이 선생은 동물 중에 좋아하는 거 있어?"

우미카는 역시나 하고 머리를 감싸 쥐었다. 어제의 개

미핥기를 대신할 것을 찾고 있는 모양이다.

"저는 판다를 좋아해요."

유이 선생님이 바로 대답하자 아빠가 손뼉을 쳤다.

"판다? 괜찮은데? 판다 기르자."

"판다는 중국 거라서 빌리지 않는 한 무리예요. 더구나 렌털비가 들고요."

바로 겐키가 끼어들자 아빠는 조심스럽게 물었다.

"……렌털비로 얼마가 들어?"

"글쎄요. 1억 엔 정도일까요?"

"1억 엔? 까맣고 희기만 하고 눈빛도 사나운 곰이 그렇게나 비싸?"

몹시 놀라는 아빠에게 잇큐가 운을 뗐다.

"미야지 상점에 토실토실한 개가 있잖아요."

"아, 그 사타안다기 같은 개 말이지?"

아빠가 그리 말하자 유이 선생님이 웃음을 뿜었다. 사타안다기는 오키나와의 과자로 둥근 형태의 도넛이다.

"그 개를 빌려서 눈 주변을 검게 칠하면 판다로 보이지 않을까요?"

아빠가 팔짱을 끼고 말했다.

"……가능할 것 같은데."

참다못해 우미카가 입을 열었다.

"그러면 가엾잖아. 아빠, 돈이 필요하면 유튜버를 하는 게 어때?"

"유튜버 그게 뭔데? 새로 나온 치약이야?"

어리둥절해하는 아빠에게 겐키가 설명했다.

"유튜브라고 인터넷에 동영상을 업로드하는 사이트가 있어요. 거기에 동영상을 올리는 사람들을 유튜버라고 해요."

"유고 씨, 유튜브 몰라요?"

눈이 휘둥그레진 잇큐를 보고는 아빠가 목소리를 강하게 냈다.

"뭐야, 뭐야. 다들 유튜브가 뭔지 아는 거야?"

유이 선생님과 고타로 삼촌도 고개를 끄덕였다. 아이뿐만 아니라 어른도 알고 있는 모양이다.

"고타로는 어떻게 알아?"

어딘가 불만스럽다는 듯이 아빠가 물었다. 자신이 모

르는 건 고타로 삼촌도 모르길 바라는 모양이다.

"텔레비전에 나왔어. 아이들이 되고 싶어 하는 직업 순위에 유튜버라는 게 있더라고."

"왜 그런 게 되고 싶은 거야?"

고개를 갸웃거리는 아빠에게 겐키가 다정하게 가르쳐 주었다.

"유튜브 시청자는 아이도 많으니까요. 보고 있으면 자기도 되고 싶다고 생각하지 않을까요?"

그 말을 듣고 아빠가 코웃음 쳤다.

"뭐야, 시답지 않은 어린이용 방송이었어?"

그때 우미카가 목소리를 크게 냈다.

"무슨 소리야! 일본에서 제일가는 유튜버 히카링은 연봉이 10억 엔이래."

"10, 10억 엔?"

아빠가 몸을 뒤로 젖히다 의자에서 굴러떨어졌다. 자신과 같은 반응을 보여서 우미카는 복잡한 기분이 들었다.

허둥대며 의자에 고쳐 앉더니 아빠가 덥석 물었다.

"10억 엔이라니 진짜야? 10만 엔을 잘못 말한 거 아냐?"

"아니야. 10억 엔이야." 우미카는 강하게 말했다. "더 구나 히카링은 누구나 아는 유명인이야. 지금 유튜버라 는 사람들은 텔레비전에 나오는 아이돌이나 연기자보다 도 유명해."

호카가 한 말을 그대로 전하자 아빠가 겐키를 보았다.

"지금 우미카가 한 말이 정말이야?"

"네. 맞아요."

겐키가 고개를 끄덕이자 아빠가 눈에 핏발이 선 채로 거듭 말했다.

"어떻게 그렇게 많이 버는 거지?"

"주로 광고 수입이에요. 유튜브에서 영상을 보려고 하면 광고가 나오는데, 시청자가 그걸 보면 그 동영상 을 만든 유튜버에게 돈이 들어가요."

"그렇군. 그럼 보는 사람이 많으면 많을수록 돈을 번 다는 소리네?"

"네. 히카링 정도 되는 인기 유튜버가 되면 그것 말고 도 기업 상품을 소개해서 홍보비를 받거나 텔레비전이나 다른 매체에서 출연료도 들어오니까요."

"그래서 10억 엔이구나……."

눈을 빛내는 아빠에게 고타로 삼촌이 말했다.

"텔레비전에서도 그 히카링이라는 사람 특집 했었어. 아무것도 가진 게 없던 평범한 사람이 유튜브 덕분에 벼락부자가 됐다고 하던데. 지금은 아이뿐만 아니라 어른도 유튜브를 보니까 우미카가 말한 대로 히카링은 스타지."

겐키가 덧붙여 말했다.

"히카링의 유튜브 채널 구독자 수가 지금은 800만 명이니까요. 어설픈 방송국보다도 영향력이 있죠."

"방송국……."

방심한 듯이 아빠가 말을 내뱉자 기묘한 틈이 생겼다. 갑자기 함정에 빠진 듯한 침묵이다. 멀리서 파도 소리가 들려왔다.

"유고 씨……."

잠자코 있는 아빠를 보다 못했는지 잇큐가 말을 걸자 아빠가 정신을 차리고 침묵을 무마하듯이 목소리를 높였다.

"좋았어. 정했어. 나는 유튜버가 돼야겠어."

"어, 유고 씨, 유튜버가 되려고요? 개미핥기는 안 키워요?"

"야, 이 멍청아. 왜 내가 그런 희귀 동물을 키워야 해? 유튜버야. 유튜버로 유명해져서 왕창 벌어야겠어."

우미카가 먼저 말을 꺼냈지만, 아빠에게 유튜버라는 직업을 알려준 걸 후회했다. 어차피 일이 제대로 흘러 갈 리가 없다.

"그럼 제가 유튜브 책이 있으니 지금 가지고 올게요."

그리 말하고 겐키가 자신의 방으로 향하려고 했다.

"나도 컴퓨터랑 카메라 가지고 올게요."

잇큐도 일어나자 우미카도 따라가기로 했다.

"아빠가 또 재미있는 일을 시작할 것 같네."

유이 선생님이 우미카에게 소곤소곤 귓속말을 해서 우미카는 어깨를 살짝 으쓱했다. 아무래도 유이 선생님은 아빠가 무언가 저지르는 걸 기대하고 있는 모양이었다.

"잘 흘러갈 리가 없어요."

한숨을 섞어 우미카가 대답하자, 등을 지고 그 대화를
듣고 있던 젠키가 말했다.

"글쎄, 나는 유고 씨가 유튜버랑 잘 어울린다고 봐."

"어디가? 그럼 아빠도 히카링처럼 되겠네?"

"음, 그건 어떨지 모르지."

재미있다는 듯이 얼버무리는 젠키를 보고 우미카는
고개를 갸웃거렸다.

모두가 복도로 향하고, 유고는 그 뒷모습을 바라보고
있었다. 고타로가 감개무량한 듯 말했다.

"젠키가 그런 소리를 해서 놀랐어. 인기 유튜버는 어
설픈 방송국보다 영향력이 있다니."

"그러게……."

유고가 오도카니 서서 대답했다.

"그때 유튜브가 있었다면 좋았을 텐데."

고타로가 읊조렸지만 유고는 그러게, 하고 쉽게 대답
할 수 없었다.

파도 소리가 들렸다. 유고는 옛날을 떠올렸다.

12년 전, 도쿄

유고는 방송국 시험장에 있었다.

지금 막 개그를 끝낸 참이라서 겨드랑이에서 땀이 엄청 났다. 셔츠뿐만 아니라 슈트까지 물들었다. 세탁비가 꽤 들겠다 싶어서 속이 쓰렸지만, 텔레비전에 출연할 수만 있다면 그것도 모두 메울 수 있다.

눈앞에 긴 책상이 있고 그곳에 세 사람이 앉아 있었다. 오른쪽부터 순서대로 감독, 연출가, 방송 작가였다.

오늘 유고는 텔레비전 방송 오디션에 참가하고 있었다.

감독이 나른한 듯 말했다.

"음, 자네는 개그 경력이 얼마나 되지?"

"4년째우다."

말하고서 스스로도 놀랐다. 미야코섬에서 고등학교를
졸업하고 바로 상경해서 유고는 코미디언이 되었다. 그
로부터 벌써 4년이나 지난 것이다.

"우선 그 의상은 뭐야? 엄청 화려한 파란색 슈트라
니."

"이상하우꽈?"

"촌스러워. 눈에 띄면 뭐든 상관없다고 생각하는 거
야?"

발끈했지만 그걸 표정에 드러내지 않도록 주의했다.

"것보다 개그 내용 말이야. 개그 내용. 경력이 4년이
나 되면서 해도 되는 거랑 안 되는 것도 구분 못해? 엄
청나게 커진 거미게가 고급 차를 꼬챙이에 끼우다니,
그런 개그, 텔레비전에서 할 수 있을 리가 없잖아."

"어, 감독님은 갑각류 알레르기인가예?"

"멍청한 녀석, 그게 아니야. 우리 방송 스폰서가 자동

차 회사잖아. 그것도 모르고 오디션에 나온 거야?"

"죄송하우다."

유고는 사과하면서도 내심 납득이 가지 않았다. 재미있으면 되는 거 아닌가.

"애초에 말이야. 그 오키나와 사투리는 뭐야?"

"오키나와가 아니라 이, 저는 미야코 출신이우다."

"어느 쪽이든 상관없어. 도쿄에서 텔레비전에 나오고 싶으면 우선 그 사투리부터 고쳐."

분노로 주먹을 꽉 쥐고 그 불쾌한 옆얼굴을 두들겨 패 주고 싶어졌다. 하지만 그 감정을 필사적으로 억눌렀다.

갓 데뷔했을 무렵, 극장 방송 작가와 싸워서 반년이나 근신했던 경험이 있다. 두 번이나 같은 실수를 반복할 수는 없었다.

"감사합니다. 사투리 고치겠습니다."

그리 목소리를 쥐어짜 냈지만 그 거짓말과 함께 본심도 새어 나왔다.

"등신 같은 기……."

"어, 뭐라고 했어?"

"……아뇨, 아무것도 아닙니다."

다급히 얼버무렸다. 등신이라는 건 미야코 말로 병신이라는 뜻이다.

사흘 후 유고는 도쿄의 특별구 중 하나인 나카노에 있는 이자카야 주방에 있었다.

검은 티셔츠를 입고 머리에 검은 타월을 둘렀다. 허리에는 마찬가지로 검은색 앞치마를 했다. 칼을 들고 파를 썰었다.

유고는 이 이자카야에서 아르바이트를 하고 있었다. 예능인 벌이로는 도저히 생계를 꾸려갈 수 없었다. 얼른 코미디언으로 잘나가게 되어 아르바이트를 그만두는 것이 지금 유고의 목표였다.

"그렇구나, 오디션 합격 못 했구나."

감자 껍질을 벗기면서 고미야마 마사키가 안타깝다는 듯 말했다. 안경이 흘러내릴 것 같아 칼을 쥔 쪽의 손등으로 밀어 올렸다. 유고는 고개를 가볍게 숙였다.

"죄송하우다. 마사키 씨가 알바도 대신 뛰어줬는데

말이지예."

코미디언이라는 직업은 준비 기간 없이 갑자기 오디션이나 무대에 오르는 일이 생긴다. 그때마다 아르바이트를 쉬어야 해서 유고는 수많은 곳에서 잘렸다.

하지만 여기서는 그런 수고를 들이지 않아도 되었다. 마사키가 코미디언이라는 직업을 이해해 줘서 가능한 일이었다. 유고에게 일이 갑자기 들어오면 흔쾌히 대신해 주었다. 마사키가 없었다면 유고는 생활도 불가능했을 것이다. 이른바 은인 같은 존재였다.

"아냐. 만화는 언제든 그릴 수 있으니까."

만화가 지망생인 마사키는 유고와 마찬가지로 이곳에서 아르바이트를 하면서 만화를 그린다. 상도 몇 번인가 탔을 정도였다. 유고도 그 그림을 본 적이 있는데 충분히 프로가 될 만한 실력을 가지고 있었다.

"마사키 씨는 왜 프로 데뷔를 못하는지 진짜 모르겠수다. 프로 중에서 마사키 씨보다 못 그리는 사람도 많은데 마씸."

"내 그림에는 이렇다 할 개성이 없고 일상을 하루하

루 그리기만 하니까. 편집자도 데뷔시켜 주기 힘든가 봐."

확실히 마사키의 만화는 수수하고 임팩트가 부족하다. 하지만 그게 마사키 만화의 장점이기도 했다. 유고는 마사키의 만화를 읽고 무심코 울었던 적이 있다. 마사키의 만화는 사람 마음을 흔드는 힘이 있다.

"게른 좀 더 박력 있는 걸 그리는 길도 있지 안? 시류에 맞추라는 뜻은 아니지만."

"흠, 나는 사람이 맞거나 상처받는 만화는 못 그리겠어. 이대로 착실하게, 내 나름대로 만화를 그리려고."

마사키는 진심으로 프로가 되고 싶은 걸까? 재능은 의심할 여지가 없지만, 유고의 입장에서 보면 마사키는 용기가 조금 부족했다.

"안녕하세요. 아오야기 청과점입니다."

부엌문에서 고타로가 들어왔다. 모자를 거꾸로 쓰고 유고 일행과 마찬가지로 앞치마를 하고 있었다.

유고처럼 고타로는 고등학교를 졸업하고 상경해서, 부모님 지인이 운영하는 아오야기 청과점에서 일하고 있다. 장차 부모님의 대를 이어 망고 농장을 가꿀 예정이지만, 그 전에 도쿄에서 여러 가지 경험을 쌓으려고 한다고 했다.

아오야기 청과점은 과일과 채소 모두 싱싱해서 나카노 주변의 음식점에서 큰 인기를 끌었고 유고가 아르바이트를 하는 가게에도 과일을 대주고 있었다.

마사키가 얼른 보고했다.

"고타로, 망고가 여전히 평가가 좋아. 우리 손님들도 엄청 좋아하셔."

"고맙수다, 예."

함박웃음을 짓고 대답하는 고타로에게 유고가 속닥대며 물었다.

"사나에 일은 어떻게 돼샤?"

"이 가게에서 그 망고를 먹을 수 있다고 했더니 엄청 좋아했어. 꼭 오겠대."

"좋았어. 역시 고타로. 잘했저. 내가 하랜하는 것보다 고타로가 하랜하는 게 경계심이 약해지난."

유고는 너무 기쁜 나머지 고타로의 등을 몇 번이나 두

드렸다. 그러자 마사키가 흥미진진한 듯 물었다.

"사나에는 누구야?"

고타로가 재미있다는 듯 설명했다.

"술집에서 일하는 여자예요. 요전번에 유고가 우리 가게에 놀러 왔을 때 사나에가 과일을 가지러 왔었거든요. 사나에네 가게에도 우리 가게가 납품하니까요."

"확실히 술집도 과일을 많이 쓰긴 하겠네."

"네. 그때 유고가 사나에한테 한눈에 반했어요. 그 애가 과일을 많이 좋아하는데 특히 망고를 좋아한대요. 때마침 부모님이 최고급 망고를 보내주셔서 다 같이 먹었더니 사나에가 그걸 엄청 마음에 들어 하더라고요."

그때 마사키가 눈치 챈 것 같았다.

"그렇구나. 그래서 우리 가게에서 망고를 먹게 해주겠다고 권한 거네?"

"네. 맞아요."

고개를 끄덕이는 고타로를 보고 나서 마사키가 유고를 향해 고개를 돌렸다.

"그 사나에라는 애는 어떤 애야?"

"이 애인디."

유고는 휴대전화를 꺼내 화면을 보여주었다. 배경 화면으로 설정해 놓고 있어서 바로 볼 수 있었다.

"와아, 미인이네. 청초한 아가씨 같은 느낌이야."

"정말 엄청 예뻐예."

유고가 힘찬 목소리를 내자 고타로는 위화감을 품은 목소리로 말했다.

"청초? 잠시 사진 좀 보여줘."

강제로 휴대전화를 빼앗더니 아, 하는 소리를 냈다.

"뭐야, 사나에. 평소 차림이랑 전혀 다르잖아."

고개를 갸웃거리며 마사키가 말했다.

"다르다니 무슨 뜻이야?"

"사나에는 화장이 더 진하고 머리색도 밝아요. 평소에는 화려하고 이 사진이랑은 전혀 달라요. 유고 이 사진은 어디서 난 거야?"

"그거, 청순한 밤이라는 이벤트 때 입은 차림이랜. 콘셉트는 양가 규수랜 하던데. 나는 평소 사나에의 사진이 갖고 싶어신디. 내가 이런 차림을 싫어하는 걸 알앙 보내신지 뭔지."

　유고는 사나에가 보내온 사진이 불만스러웠지만, 사나에의 그런 짓궂은 성격을 좋아했다. 사진을 보면서 고타로가 진지하게 말했다.

　"이쪽이 확실히 더 낫잖아."

　"어디가 좋다는 거야? 평소처럼 술집 아가씨같이 완전히 화려한 게 더 좋은디."

　"흐음, 유고는 그쪽 계열의 여성을 좋아하는구나."

　묘하게 감탄하는 마사키에게 고타로가 쓴웃음을 섞어가며 설명했다.

　"유고가 좋아하는 여자는 옛날부터 그랬어요. 미인이지만 조금 특이한 면이 있다고 해야 할까, 뭐라고 해야 할까. 사나에도 지기 싫어하고 솔직한 스타일의 여자예요."

　유고는 콧잔등을 찌푸렸다.

　"뭘 모르네. 니가 사나에 매력을 뭘 안다고 그람샤. 어쨌거나 이 망고 모임은 꼭 성공시켜야 한다."

　그 기세를 피하듯이 고타로가 물었다.

"그것보다 오디션은 어떻게 됐어?"

이 자식, 망고 모임이 실패할 거라고 생각하는구나. 유고는 열받았지만 우선 이야기를 맞춰주었다.

"……떨어졌다."

"그 개그 재미있었는데. 거미게 그거 맞지? 극장에서도 잘 먹혔잖아?"

고타로는 유고의 무대를 자주 보러 와주었다. 어릴 적부터 재미있는 게 생각나면 우선 맨 처음에 고타로에게 선보였다. 그때마다 고타로가 배를 잡고 웃었기 때문에 유고도 코미디언을 꿈으로 삼을 마음이 들었다.

"그것들이 트집을 잡는 거. 사투리도 어떵 하라고."

"그래도 사투리 많이 나아졌는데."

유고와 달리 고타로는 이제 완전히 사투리를 쓰지 않았다. 하여간 적응력이 좋다.

"무사 개그도 못하는 것들한테 이런저런 말 들어야 하냐. 방송국 사람이랜 행 건방지게나 굴고. 학력이랑 코미디 능력은 관계없지 않? 겅 골암시면 무대에 올라강 지가 한번 개그해 보랜 하든가."

"그래도 방송국 높은 사람이 하는 말 안 들으면 텔레비전에 못 나가잖아."

"그게 열받는 거. 내가 진짜 부자가 되면 내가 운영할 거. 겅 하면 원하는 만큼 나가지네. '유고TV'랜 행."

"그거 좋네. 직접 방송국 차리면 분명 무적일 거야."

고타로가 손뼉을 치며 기뻐했다. 단순한 녀석이다.

화난 유고를 진정시키려고 마사키가 다정하게 말했다.

"뭐, 세상일이란 게 다 그렇지 않겠어? 만화 세계에서도 편집자는 만화를 못 그리니까."

"그런 녀석한테 무신 소릴 들으면 화 안 나예?"

"그래도 그런 사람이라서 객관적인 독자의 시선으로 판단할 수 있지 않을까? 나는 그리 생각하는데."

마사키는 미소 지었지만 유고는 납득이 가지 않았다.

잠시 은행에 돈을 바꾸러 다녀오겠다며 마사키가 가게를 나섰다. 점장은 마사키를 신용해서 돈 관리도 맡기고 있었다.

머리에 두른 타월을 풀고 유고는 의자에 아무렇게나 앉았다. 불만 섞인 진심을 말했다.

"마사키 씨는 좋은 사람이지만 의욕이 안 보인게."

"그래?"

상자에서 과일을 꺼내며 고타로가 대답했다.

"그렇다. 진심으로 만화가가 되겠다는 의욕이 부족하다."

"그건 너 같은 사람이 보면 그렇겠지. 마사키 씨는 누구보다도 진지하게 만화가를 목표로 삼고 있어. 그런 말은 마사키 씨한테 실례잖아."

강한 어조로 반론해서 유고는 눈이 휘둥그레졌다.

"……뭐랜. 무서운 얼굴을 다 하고."

순간 망설이는 눈빛을 띠었지만 "뭐, 괜찮겠지" 하고 고타로가 선반 쪽으로 다가갔다. 그리고 가방에서 무언가를 꺼냈다. 그건 마사키의 가방이었다.

"야, 허락도 안 받고 뭐 햄나?"

"노트를 보는 것뿐이야. 요전번에 마사키 씨가 보여줬어."

찾던 노트를 꺼냈다. 고타로는 이런 억지스러운 면이 있다.

고타로가 노트를 펼치자 유고는 혼비백산했다.

"······이거 뭔데?"

거기에는 글자와 그림으로 가득 채워져 있었다. 지금 인기 있는 만화를 세세하게 분석한 듯했다.

"자, 이거 봐." 고타로가 페이지를 넘겼다. "인기 만화뿐만 아니라 유행하는 영화나 그런 걸 전부 조사하고 있어. 왜 이게 유행하는지, 사람은 무엇을 재미있어하는지, 그걸 꾸준히 분석하고 있다고."

"네가 어떻게 아는데?"

"얼마 전에 잘못 알고서 정기 휴일에 이 가게에 왔거든. 그랬더니 마사키 씨가 혼자서 노트에다 이걸 쓰고 있었어. 재미있는 만화를 그리려면 이런 걸 하는 게 중요하다고 하더라고."

유고 자신은 다른 사람의 개그를 한 번도 분석한 적이 없었다.

"마사키 씨는 프로 만화가가 되려고 버젓이 노력하고 있어. 이자카야 일이 바쁜데도 자는 시간도 아껴가면서 만화도 그리고 여러 가지도 보고 이렇게 분석하고 있단 말이지. 유고한테는 그런 마사키 씨의 노력이 보이지 않을 뿐이야."

고타로는 억양 없는 목소리로 말했다. 유고에게 똑똑히 들려줘야 한다는 마음인 듯했다. 그럴 때는 이런 말투를 쓴다.

"……미안하다. 반성할게."

"나한테 말하지 말고 마사키 씨한테 직접 말해."

"그러게. 마사키 씨가 돌아오면 사과할게."

"그러는 편이 좋을 거야."

미소 짓는 고타로에게 유고는 결의를 담아 말했다.

"그리고 나 사투리 고치도록 노력해야겠다. 텔레비전에 나오려면."

고타로는 멍해졌다. 하지만 바로 조금 전보다 더 깊은 미소를 지었다.

"응. 나도 되도록 사투리로 말 안 하도록 할게."

"넌 괜찮잖아."

"유고가 덩달아 미야코 사투리로 말할지 모르잖아."

고타로는 옛날부터 이런 녀석이다. 그래서 고타로는

절친이다.

"고맙수다."

"이럴 땐 고맙수다가 아니라 고마워지."

"아, 맞네."

"안 쓰겠다고 하자마자 미야코 사투리를 쓰면 어떡
해?"

고타로가 폭소했다.

마사키에 고타로까지…… 도쿄에 나와 고생은 했지
만 인복만큼은 있었다. 유고는 그 사실에 뼈저리게 감
사했다.

3

자명종이 울렸다.

우미카는 시계를 멈추고 한숨을 쉬었다. 학교 친구들
은 스마트폰 알람으로 일어난다고 했다. 요즘 시대에
이런 아날로그시계로 깨는 건 자신밖에 없을 테다. 히
카링을 모르는 것도 당연한 일이다.

"잘 잤어?"

잠이 덜 깬 눈을 비비면서 거실로 들어왔다가 놀랐다.

아빠가 일어나 있는 것이다. 더구나 테이블에 노트북

이 놓여 있었고 그 옆에는 책들이 쌓여 있었다. 그 책들은 모두 유튜브에 관한 것이었다.

"이런 시간에 다 일어나고 무슨 일이래."

아빠가 아침에 거실에 있다니, 여태 본 적이 없었다.

"무슨 소리야. 유튜버가 되기 위해서잖아."

진심으로 유튜버를 목표로 삼을 생각인가, 하고 우미카는 귀를 의심했다. 어제 말한 건 평소에 하는 농담이라고 생각했다.

"어이, 겐키. 이 아이디라는 건 뭐야?"

"몰라요."

겐키가 쌀쌀맞게 대답하자 아빠는 짜증스럽게 말했다.

"야, 너 이런 거 잘 아는 거 아니었어?"

"알긴 하죠. 그래도 유고 씨가 스스로 하는 게 유튜버의 첫걸음이에요."

"그게, 뭐야."

그러고는 혀를 찼지만, 아빠는 들은 대로 순순히 책을 읽기 시작했다.

"잠깐, 잠깐만 겐키."

겐키의 셔츠를 잡아당겨 방구석까지 데리고 갔다. 그리고 속닥속닥 물었다.

"아빠 왜 저래?"

"유고 씨가 어제 말했잖아. 유튜버가 되겠다고."

겐키가 우습다는 듯이 어깨를 흔들었다. "그렇긴 한데……."

하룻밤이 지나면 잊어버릴 거라고 생각했는데, 평소보다 열정적인 모습이었다. 그게 우미카에게는 의외였다.

등교 시간이 돼 학교로 향했다. 교실에 들어가자 모에미와 호카가 이미 와 있었다.

얼른 질문을 던졌다.

"저기, 호카. 유튜버는 어떻게 하면 되는 거야?"

"우미카, 무슨 일이야? 그런 걸 다 묻고."

의아한 얼굴을 하는 모에미를 보고 우미카는 다급히 얼버무렸다.

"아니, 아무 일도 아니야. 어제 히카링 이야기를 듣고 조금 궁금해졌어."

설마 아빠가 유튜버를 목표로 삼고 있다고는 입이 찢어져도 말 못한다.

호카가 가볍게 답했다.

"컴퓨터랑 카메라랑 인터넷 환경만 갖춰져 있으면 누구든지 될 수 있어. 아니, 스마트폰 한 대만 있어도 돼. 유튜브에 동영상을 올리면 누구든지 유튜버야."

"그럼 누구든지 히카링이 될 수 있다는 소리야?"

"그건 다른 이야기지. 히카링은 정점에 있는 사람이니까. 히카링 때문에 지금 유튜버들이 엄청 많아지고 있어. 그 경쟁에서 이겨야지 톱 유튜버가 될 수 있고."

"그렇게 어려워?"

"새로운 시장에서는 빨리하는 사람이 이기는 면도 있어. 나중에 할수록 어려워지지. 먼저 하는 사람이 임자라고 할까."

"호카는 진짜 어려운 말을 잘 알고 있네."

감탄하는 모에미에게 호카가 담담하게 말했다.

"지금은 옛날이랑 달라서 정보는 인터넷에서 어떻게든 찾을 수 있어. 정보량은 지금의 아이와 어른 사이에 차이가 없어. 중요한 건 지적 호기심이 있는가 없는가 하는 성향의 차이뿐이니까."

그러고는 안경을 들어 올렸다. 그 동작도 근사해 보였다. 꼬마 박사라는 별명이 붙을 만하다.

"그럼 지금부터 유튜브를 시작해서 인기 유튜버가 될 확률은 어느 정도야?"

"음, 정확한 수치는 못 내지만 잘하면 천 명에 한 명 정도가 아닐까?"

"천 명에 한 명……."

그렇게 까다로운 세계라고는 생각지 못했다.

"그럼 만약, 만약에 말이야, 아저씨가 유튜버가 되고 싶다고 한다면 어느 정도 확률로 성공할 수 있어?"

우미카의 질문에 호카가 미심쩍은 얼굴로 되물었다.

"주변에서 누가 유튜버가 되려는 거야?"

무심코 흠칫하는 우미카를 보고 모에미는 바로 알아차린 듯했다.

"알겠다. 유고 아저씨구나. 우미카네 아빠가 하는 거구나."

두 사람 다 아빠를 잘 알고 있다. 도무지 얼버무릴 수 없었다. 우미카는 단념했다.

"……응, 맞아. 어제 히카링 이야기를 했더니 자기도 하겠다고 말하더라고."

"역시. 유고 아저씨라면 할 법한 이야기네."

모에미가 깔깔 웃으면서 대답하자 호카가 신통치 않은 표정으로 말했다.

"아저씨한테는 죄송하지만 중년이 유튜브를 시작해서 인기를 얻는 건 어렵지 않을까?"

어느 정도 예상한 대답이었다.

아빠 같은 사람이 우리 아빠라는 게 늘 부끄러웠지만 지금은 그 창피함이 폭발할 만큼 부풀어 올랐다.

수업이 끝나고 집으로 돌아가는 도중에 늘 가던 모래사장에 들렀다. 바다를 바라보고 있는데 "우미카, 학교 끝났어?" 하고 누군가가 말을 걸었다. 모래사장에 흰옷 차림은 어울리지 않지만, 유이 선생님은 무척이나 자연스러워 보였다. 바다와 모래사장을 치유하는 여신 같았다.

"네. 지금 돌아가려던 차예요."

"그렇구나. 그럼 같이 갈래?"

유이 선생님과 같이 걸어가면서 말했다.

"저기, 선생님. 아빠가 진심으로 유튜버가 될 건가 봐요."

"그렇구나. 기대되네."

재밌다는 듯이 웃는 유이 선생님을 보고 우미카는 발끈해서 말했다.

"웃을 일이 아니에요. 조금 전에 학교에서 들었는데 유튜버로 성공할 확률은 1000분의 1 정도래요. 더구나 아빠처럼 아저씨라면 더 힘들대요."

"흠, 그렇구나. 유튜버로 성공하는 게 그렇게 큰일이구나."

"그래요. 그러니 얼른 막아야죠."

"그래도 억지로 말릴 필요는 없지 않을까? 유고 씨가 하고 싶은 대로 하게 해드리는 건 어때?"

"……뭐라고요?"

멍해진 우미카를 보고 유이 선생님이 미소 지었다.

"사람이 하고 싶어 하는 일을 타인이 말릴 권리는 없다고 봐."

우미카는 흠칫했다. 어조는 부드럽지만 유이 선생님의 사고방식이 담겨 있는 듯했다.

"보통 사람들은 하고 싶은 일이 있어도 유고 씨처럼 바로 못 하거든. 이러쿵저러쿵 핑계를 대면서 결국 안 하는 경우가 태반이야. 나도 포함해서."

"유이 선생님도 뭔가 하고 싶은 일이 있어요?"

"음, 옛날에는 이것저것 있었지."

유이 선생님이 먼 곳을 보았다. 그곳에는 에메랄드그린색의 바다가 펼쳐져 있었다.

"그러니 유고 씨 같은 사람을 보면 왠지 힘이 나. 뭐든 도전할 수 있는 사람을 보고 있으면 말이지."

"……죄다 실패하지만요."

"그렇긴 해. 성공하면 더 좋을지도 모르지만."

유이 선생님이 타이르듯이 말했다.

"그래도 유튜브라면 돈도 안 들어서 손해도 안 보잖아. 유고 씨도 질리면 바로 관둘 거야."

"그런가?"

손해를 보지 않는다는 말을 듣고 마음이 편해졌다. 재산을 지금보다 더 탕진할지도 모른다는 걱정은 없을 듯했다.

이러쿵저러쿵하는 동안 어느새 집에 도착했다.

우미카와 유이 선생님이 집에 들어서자 거실에 아빠가 있었다. 아빠는 삼각대에 설치한 카메라 앞에서 긴장한 얼굴로 서 있었다. 어째서인지 화려한 파란색 슈트를 입고 있었다. 언제 저런 슈트를 가지고 있었나 싶어서 우미카는 눈이 휘둥그레졌다.

잇큐가 카메라를 만지고 겐키와 고타로 삼촌이 히죽대며 바라보고 있었다. 그 옆으로 다가가 작은 소리로 물었다.

"아빠 뭐 하는 거야?"

겐키가 웃으면서 답했다.

"드디어 채널을 만들었거든. 지금부터 촬영하는 것 같아."

"저 이상한 슈트는 어디서 났어?"

"카메라에 찍힌다면 번듯한 의상을 입어야 하지 않겠
냐고 하셨어."

겐키가 우스운 듯 답하자 고타로 삼촌이 덧붙여 말했다.

"유고는 옛날에 도쿄에서 저 옷을 입었었어. 그립네."

저런 이상한 게 도쿄에서 유행했었다는 소리인가? 우
미카가 평소에 도쿄를 떠올리면 들던 인상이 조금 달라
졌다.

잇큐가 손을 들었다.

"유고 씨, 갈게요."

"어, 그래."

아빠가 상기된 목소리로 답했다. 스타트, 하고 잇큐
가 말하고서 녹화 버튼을 눌렀다.

아빠가 큰 소리로 말했다.

"혼저 옵소예! 유고TV의 유고우다."

묘한 손짓과 얼굴로 인사했다. 그것을 보던 겐키와 유
이 선생님이 동시에 웃음을 터뜨릴 뻔한 걸 다급히 이
를 악물고 참았다.

"저게 뭐야?"

우미카가 아연실색해 묻자 겐키가 웃음을 참으며 답했다.

"유튜버가 동영상을 시작할 때 저렇게 인사하는 걸 알게 돼서 조금 전부터 연습하고 있었어. 유고TV는 히카링TV를 흉내 낸 거겠지."

"유튜버는 저렇게 술 취한 침팬지 같은 얼굴이어야 해?"

경직된 표정으로 유이 선생님이 말했다.

"우, 우미카, 부탁이니 그 이상은 말하지 말아줘."

유이 선생님의 뺨이 부들부들 떨렸다. 웃음을 참고 있는 것이다.

누군가 하고 싶어 하는 걸 타인이 말릴 권리가 없다. 조금 전 모래사장에서 유이 선생님이 했던 말에 우미카는 흠칫했지만, 어쩌면 유이 선생님은 그저 아빠가 이상한 행동을 하는 걸 즐기고 있을 뿐이지 않을까, 하는 의심이 솟구쳤다.

고타로 삼촌을 보고는 우미카는 다시 깜짝 놀랐다. 어째서인지 고타로 삼촌은 눈물을 글썽이고 있었다. 저 침팬지 인사의 어디에 감동할 요소가 있는 걸까.

아빠는 그대로 자기소개를 마쳤고 "네, 오케이입니다"라고 잇큐가 정지 버튼을 눌렀다.

흥분한 얼굴로 아빠가 물었다.

"어땠어? 이제 완전히 유튜버 같지?"

"네. 괜찮은 것 같은데요?"

겐키가 손뼉을 치며 칭찬하자 아빠가 유이 선생님 쪽을 보았다.

"유이 선생, 어땠어? 여자의 시선으로 봤을 때."

"괜찮은 것 같아요. 왠지 인기가 엄청날 것 같아요."

바로 대답했지만 유이 선생님은 여전히 뺨이 경직되어 있었다. 정말로 웃음이 많은 사람인 듯했다.

누가 봐도 거짓말이었지만 "그렇지? 그렇지?" 하고 아빠가 흡족해하며 고개를 끄덕이고 얼른 그 동영상을 유튜브에 업로드하는 작업에 들어갔다.

아빠와 잇큐 둘이서 고군분투하며 사이트에 업로드했다.

"잇큐도 유튜브 공부했어?"

우미카가 묻자 잇큐는 화면을 보면서 말했다.

"응. 유고 씨가 하겠다고 하니까."

잇큐는 이 게스트 하우스의 스태프라기보다 아빠의 제자라는 느낌이다. 어쩜 이렇게 이상한 사제지간이 다 있을까.

궁시렁거리면서도 우미카도 유튜브에 흥미가 있어서 숙제도 잊고 그 모습을 지켜보고 있었다.

"좋았어. 이걸 클릭하면 업로드되는 거구나."

아빠가 마우스를 움직여서 클릭했다.

"음 그러니까, 조회수를 보는 방법은……."

잇큐가 책을 펼쳐 곧바로 알아보려고 하자 아빠는 무언가 억누른 목소리로 말렸다.

"잇큐, 조회수는 일주일 후에 보자."

"왜요?"

"나중에 두고 볼 재미라는 거지. 우선 모두에게 홍보를 해야지. 어이, 우미카."

"……왜?"

"지금부터 유고TV 홍보 전단을 만들 거야. 그 일러스트를 그려줘."

"왜 내가 그걸 해야 해?"

"종알거리지 말고. 유고TV로 앞으로 떼돈을 벌어서 히카링처럼 유명인이 될 거니까."

"그런데 전단을 만들어도 의미가 없잖아."

전단을 인쇄할 돈이 드는 게 싫었다.

"우미카, 잘 들어. 한 가지 알려줄게."

갑자기 아빠가 진지하게 말했다.

"뭔데?"

"아무리 좋은 상품이라도 홍보를 안 하면 의미 없어. 그러니까 아무리 재미있는 영상이라도 홍보를 안 하면 아무도 안 본다는 소리야. 홍보 없는 상품은 이 세상에 존재 안 하는 거나 다름없어. 너도 장차 화가가 되고 싶어 하니까 기억해 둬. 비즈니스의 비결이라는 걸."

의기양양하게 아빠가 콧노래를 불렀지만, 우미카의 가슴에는 아무것도 와닿지 않았다. 실패만 해온 사람에게 무슨 말을 들어봤자 아무 설득력도 없다.

그리 생각했지만 우선 전단을 만들어 다 같이 분담해

서 돌리기로 했다.

그 절차가 정해진 차에 고타로 삼촌이 새삼스레 굵은 목소리로 말했다.

"오늘은 유튜버 유고의 탄생일이니까 성대하게 축하하자."

그리고 다 같이 박수를 치는데 뒤에서 손뼉을 치는 소리가 들렸다. 돌아보자 어느새 숙박객이 돌아와서 영문도 모르고 손뼉을 치고 있었다. 아빠가 자랑스럽다는 듯이 고맙습니다, 고마워요, 하고 그 칭찬에 대답했다.

아빠가 의자에 서서 말했다.

"좋았어! 오늘은 유고TV 개국 기념일이야. 얼른 시작해 보자고."

아자, 하고 모두가 주먹을 치켜들었다.

그 일주일 후 우미카는 니시자토 큰거리의 편의점 앞에 있었다. 전단을 나눠 주기 시작한 지 나흘이 지나 오늘은 조회수를 보는 날이다. 전단이 조금 남아 있어서 전부 나눠 주자며 겐키와 찾아온 것이다.

우미카는 너무 창피해서 모자를 푹 눌러써 최대한 얼굴이 보이지 않도록 했다.

전단은 우미카가 아빠와 바다를 그린 그림 위로 '초절정 재미 유튜브 채널 유고TV가 시작됩니다!'라고 쓰여 있었다.

적당하게 그리자고 생각했지만, 그리다 보니 진지해져서 그림의 완성도가 꽤 높아졌다. 그 사실이 왠지 묘하게 분했다.

"우미카, 뭐 해?"

아는 목소리가 고막을 울리자 흠칫했다. 목소리가 들린 곳으로 고개를 돌리자 모에미와 호카가 있었다.

"너희 둘이 왜 여기에 있어?"

"내일 도화지가 필요해서 호카랑 사러 왔지."

섬은 좁다. 지나다니는 사람이 많은 곳에 있으면 반드시 아는 사람과 맞닥뜨린다.

"유고TV라니. 유고 아저씨, 진짜 유튜버가 됐구나."

어느새 호카가 전단을 보고 있었다. 우미카가 고개를 살짝 끄덕였다.

"……그렇게 됐어."

그때 모에미가 아 하는 소리를 냈다.

"우미카, 이쪽은 전부 다 돌렸어."

겐키가 이쪽으로 다가온 것이다.

"어, 모에미가 있었네?"

"아, 안녕하세요. 겐키 오빠."

모에미는 겐키의 팬이라서 얼굴이 붉어졌다. 겐키가 호카를 돌아보며 말했다.

"너도 우미카 친구니?"

호카와 겐키는 첫 만남이었다.

"안녕하세요. 우미카 반 친구인 히가 호카라고 합니다. 우미카한테 늘 신세 지고 있어요."

예의 바르게 인사하는 호카를 보고 겐키가 순간 눈을 크게 떴다. 하지만 바로 온화한 얼굴로 돌아와서 답했다.

"난 히이라기 겐키라고 해. 우미카네 게스트 하우스에서 일하고 있어. 호카, 잘 부탁할게."

그러면서 손을 내밀자 "이쪽이야말로 잘 부탁드립니다"라며 호카가 악수를 했다. 웬일인지 호카가 당황하고 있었다.

차를 타고 유이마루로 돌아왔다. 기껏 만났으니 셋이서 놀자고 모에미와 호카가 따라오게 되었다. 모에미는 운전하는 겐키를 힐끗힐끗 보고 있었다. 모에미가 그러는 이유는 알지만 호카도 겐키를 훔쳐보고 있었다. 그다지 호카답지 않은 행동이었다.

"다들 전단을 꽤 많이 받아주셨어. 우미카 그림이 괜찮아서겠지."

신이 난 겐키가 핸들을 잡고 있었다. 그건 그림이 좋아서가 아니라 겐키를 노린 사람이 모여들었기 때문일테다.

그러자 호카가 입을 열었다.

"그런데 유튜브를 홍보하는데 전단을 돌리는 게 의미가 있어요? 전단은 아날로그고 유튜브는 디지털이잖아요. 더구나 친근한 느낌도 없고 고객층도 전혀 다르잖아요. 그럴 비용이 있었으면 인터넷에서 홍보를 하는편이 낫지 않았을까요?"

평소의 호카다웠다.

"호카는 유튜브를 잘 아는구나."

호카의 이 말투에 보통의 어른이라면 당황하겠지만 겐키는 미소를 무너뜨리지 않았다.

"뭐, 일단은요."

"분명 호카가 말한 대로 유튜브 홍보로 전단을 뿌려도 전혀 의미가 없겠지."

"그럼 왜 그렇게 쓸데없는 걸 했나요?"

눈이 휘둥그레진 호카에게 겐키가 타이르듯이 말했다.

"의미가 없다고 머리로는 알고 있어도, 실제로 해보는 게 중요하단다. 실패하더라도 실패한 것에 의미가 있거든. 체득한 실패만큼 도움이 되는 게 없어. 해보지 않으면 모른다고 흔히들 말하잖아."

"네."

"입으로는 간단히 할 수 있는 말이지만 실제로 실천할 수 있는 사람은 적어. 그래서 실패해도 되니 도전하는 습관을 익힐 필요가 있는 거지. 그건 물론 호카 같은 어린이한테 제일 해줄 만한 말이야. 실패해도 되는 게 너희 어린이들의 최대 특권이거든. 해도 소용없다는 말은 안 해본 사람이 하는 말이지."

"그렇군요. 이해가 됐어요."

호카가 안경을 손가락으로 추켜올렸다. 호카가 다른 사람의 말에 감명받는 모습은 처음 봤다.

집에 도착해서 안으로 들어가자 익숙한 면면들이 모여 있었다. 아빠, 잇큐, 유이 선생님, 고타로 삼촌이었다. 아빠는 그 바보 같은 파란색 슈트를 입고 있었다.

게다가 다른 사람도 여럿 있었다. 숙박객이나 동네 사람 들이었다. 테라스 테이블에는 진수성찬과 아와모리 병이 빼곡하게 늘어서 있었다.

이쪽의 존재를 알아차렸는지 아빠가 안절부절못하며 말했다.

"야, 늦었어. 다들 기다리고 있었다고."

아무래도 조회수를 보기 위해 모인 듯했다.

"죄송합니다."

겐키가 그리 사과하자 아빠가 모에미와 호카의 존재를 알아차렸다.

"뭐야, 너희도 왔어?"

모에미와 호카가 인사를 하자 아빠가 기쁜 듯 말했다.

"둘 다 좋은 타이밍에 왔어. 지금부터 조회수가 얼마인지 공개할 거거든. 잇큐, 겐키, 전단은 잘 돌렸지?"

확실히 잘 돌렸습니다, 라고 잇큐가 답하자 전부 다 돌렸어요, 라고 겐키가 방긋 웃으며 고개를 끄덕였다.

"좋았어. 홍보는 완벽하게 됐군."

손을 주물럭거리면서 아빠가 컴퓨터로 몸을 틀자 겐키가 자연스럽게 말했다.

"유고 씨, 기념이니 이걸 비디오로 찍어두는 편이 낫지 않을까요?"

"오, 괜찮은걸? 찍어, 찍어. 유튜버라는 건 뭐든 영상으로 찍어야 하니까. 잇큐, 겐키, 너희도 카메라로 찍는 습관을 들여."

눈을 빛내면서 아빠가 말하자 두 사람이 알겠다고 대답했다.

겐키가 카메라를 들었고 잇큐가 두구두구두구두구, 하고 소리를 냈다.

"조회수 어느 정도 될까요?"

"글쎄 어떠려나. 겐키, 히카링은 조회수가 어느 정도야?"

"200만 회 정도예요."

호카가 대신 대답하자 아빠가 눈을 빛냈다.

"호카, 너 잘 아네?"

"요즘 초등학생이라면 히카링은 누구든지 알아요."

"그렇구나. 그래, 그럼 너희는 지금부터 전설을 목격하게 되겠구나. 이제 제2의 히카링이 탄생하는 순간을 볼 수 있을 테니까."

의기양양하게 아빠는 말했고 잇큐가 들뜬 목소리를 냈다.

"일주일이 지났으니 조회수 1만 정도는 될까요?"

아빠가 코웃음 쳤다.

"이 바보야. 히카링이 200만이라잖아. 뭐, 낮게 어림잡아도 10만 회는 되겠지."

"그렇게나요?"

"유튜브는 어린애들도 많이 보잖아. 어린애들은 어른이랑 달리 진짜를 가려내는 안목을 가지고 있어. 그렇게나 홍보도 했으니 10만은 거뜬하겠지."

"역시 대단하네요. 유고 씨."

잇큐가 감탄하자 아빠가 어깨를 으쓱했다.

"그래도 히카링의 10분의 1 이하니까…… 이제 앞으로가 관건이지. 지금부터 시작해서 히카링을 따라잡으면 돼. 그 녀석의 등이 벌써 보인다고!"

"맞아요."

아빠와 잇큐가 의욕에 불타고 있었다. 솔직히 우미카는 조회수가 10만이나 넘을 거라고는 도무지 생각할 수 없었다. 잇큐가 말한 대로 1만이라도 나오면 정말 다행일 테다.

아빠가 컴퓨터 모니터를 응시했다. 소매를 걷어붙이고 마우스를 눌렀다.

"이제 간다!"

군침을 삼키고 유튜브 사이트를 켰다.

그 순간 아빠의 표정이 싹 바뀌었다. 턱이 사라졌나 싶을 만큼 크게 벌리고 화면을 들여다보았다. 그리고 그 거대한 구멍에서 기어들어 가는 목소리가 새어 나왔다.

"……5."

무심코 우미카도 화면을 보았다. 확실히 동영상 제목 밑에 조회수 '5'라고 쓰여 있었다.

"그럴 리가 없어! 뭔가 잘못된 거야. 고장 난 거라고!"

아빠가 외쳤다. 잇큐도 확인했지만 물론 숫자는 달라지지 않았다.

"……유고 씨. 분명히 조회수 5 같은데요?"

우미카가 다른 사람의 얼굴을 보았다.

모두가 웃음을 필사적으로 참았다. 유이 선생님은 뺨이 파르르 경련하고 있었다. 손 언저리를 보자 손바닥에 손톱을 세우고 있었다. 웃음이 터지려는 걸 겨우 참고 있는 것이다.

그 모습을 보고 있으니 우미카도 왠지 우스워졌다. 전설을 목격할 수 있다는 둥 10만 조회수는 거뜬하다는 둥 실컷 큰소리쳐 놓고 결과는 5회인 것이다.

아빠는 아연실색해서 화면을 보고 있었다. 그 얼굴도 재미있다. 마치 암컷에게 차인 침팬지 같았다.

하지만 아빠를 앞에 두고 모두 웃음을 참았다. 우미카

도 주먹으로 넓적다리를 치며 간신히 참고 있었다. 그런 와중에 마침내 모에미가 폭소했다.

"조회수 5회라니, 아저씨 인기 너무 없는 거 아니에요?"

더 이상 참지 못한…… 우미카는 소리 높여 웃음을 터뜨렸다. 우미카뿐만 아니라 모두 동시에 웃음을 터뜨렸다.

깔깔대며 모두가 자지러지게 웃었다. 고타로 삼촌은 책상을 두드렸고 젠키도 활짝 웃고 있었다. 숙박객과 동네 사람 들도 배를 잡고 웃고 있었다.

너무 우스웠는지 유이 선생님은 눈물을 찔끔대며 웃었다. 하지만 그 웃는 얼굴도 예뻤다. 미인은 뭘 해도 그림 같다.

그러자 아빠가 발끈해서 외쳤다.

"시끄러! 다들 뭐가 웃기다는 거야. 그렇게 웃긴 일이야?"

모에미가 웃으면서 말했다.

"아저씨! 전설의 목격자가 될 거라느니 10만은 거뜬

하다느니 해놓고 5회밖에 안 나왔잖아요! 그야 웃기
죠."

모두의 웃음이 더욱 커져갔다. 우미카도 너무 웃겨서
정신이 나갈 듯했다.

"그리고 이게 말이 돼? 왜 5냐고. 여기에 있는 사람
수보다 적잖아. 겐키랑 잇큐, 너희 동영상 안 봤어?"

카메라로 촬영하면서 겐키가 답했다.

"안 봤죠."

아빠가 한 사람 한 사람 확인했지만 다른 사람도 아무
도 보지 않았다. 물론 우미카도 그랬다.

아빠가 될 대로 되라는 듯이 말했다.

"웃기지 마. 뭐야, 5라니…… 속임수야, 속임수. 유튜
버 따위 내가 할까 보냐."

토라져서 다른 쪽을 보았다. 모두가 마침내 차분해졌
지만, 아직 그 여운이 남아 눈물을 글썽이고 있었다. 그
러자 호카가 컴퓨터를 들여다보았다.

"아저씨. 동영상 좀 봐도 될까요?"

"응, 그럼, 괜찮지."

허둥대는 아빠를 뒤로 하고 호카가 재생 버튼을 눌렀다. 저번의 자기소개 동영상이 흐르고 곧바로 끝났다.

호카가 아빠를 보며 안경을 중지로 치켜올렸다.

"결론부터 말씀드리자면 이 동영상은 완전 허술해요. 섬네일도 없고 대체 무슨 동영상인지 전혀 모르겠어요."

"섬네일이 뭐야?"

"책으로 비유를 들자면 표지나 띠지에 해당하는 거예요. 우선 여기에서 동영상을 보고 싶다고 생각하게 만들지 않으면 안 봐요. 현대인은 다들 바쁘잖아요. 애들도 포함해서요. 섬네일이 없으면 논외죠."

척척 지적하는 호카에게 아빠가 쩔쩔맸다.

"더구나 이 동영상, 편집도 전혀 안 했네요?"

"편집? 그런 방송국에서 하는 일이 필요해?"

"당연하죠. 편집이 없는 동영상은 요즘엔 아무도 안 봐요. 톱 유튜버가 되면 한 컷 한 컷에 매달려서 편집을 해요. 말할 때 비는 시간도 삭제해서 속도감을 내는 거죠. 자막이나 효과음을 넣는 법도 모두가 신경 써요. 그 사람들의 편집 기술은 텔레비전이나 영화 편집기사보다 더 잘했으면 잘했지 뒤떨어지지도 않아요.

기획, 촬영, 연출, 편집 그 모든 게 높은 레벨이어야지 톱 유튜버가 될 수 있어요. 더구나 그 사람들은 그걸 거의 매일 업로드하고 있고요. 이만저만한 노력으로는 안 돼요.

중년 남성의 그저 그런 자기소개 동영상이 조회수 10만까지 갈 리가 없잖아요. 5라는 조회수는 아저씨의 안이한 희망과, 유튜브를 어린애 속임수라고 우습게 본 현실을 드러낸 거죠."

무참히 공격당하면서도 아빠는 끽 소리도 못 냈다. 초등학생에게 설교당하는 아빠를 보고 우미카는 내심 한심하다 싶었다.

아빠가 도움을 구하듯이 겐키를 보았다.

"……겐키, 호카가 하는 말이 진짜야?"

"네. 호카가 하는 말 그대로예요. 유튜브는 그런 만만한 세계가 아니에요."

빙긋이 웃으며 고개를 끄덕이는 겐키를 보고 우미카

는 고개를 갸웃거렸다. 얼마 전부터 아빠는 겐키에게 유튜브에 대해서 자주 물었다. 어째서일까?

가라앉은 분위기를 환기하려는 듯이 고타로 삼촌이 손뼉을 쳤다.

"뭐, 유고도 처음이니까 앞으로 열심히 하면 돼. 자아, 다들 밥 먹자. 어마어마하게 맛있는 과일이랑 고기를 가지고 왔으니까."

그 의도를 파악한 듯이 모두 와, 하는 환호성을 질렀다. 하지만 아빠만 내키지 않는 얼굴로 컴퓨터 화면을 가만히 들여다보았다.

밤이 되자 바깥에서 다들 바비큐를 했다.

동네 사람들이 먹거리를 가져다줘서 신이 났다. 오리온 맥주 캔과 아와모리 병이 차례대로 비어갔다.

"유고 아저씨가 안 오시네."

꼬치에 끼워진 고기를 먹음직스럽게 먹으면서 모에미가 말했다. 모에미와 호카도 부모님에게 허락을 받아 파티에 참가할 수 있었다.

"늘 이래."

신경 쓰지 않고 우미카가 답했다. 다른 사업을 시도했다가 실패하면 아빠는 침울해져서 방에 틀어박혀 있다. 하지만 다음 날에는 태연하게 또다시 묘한 아이디어를 생각해 낸다.

우미카는 떠올랐다는 듯이 말했다.

"그건 그렇고 유튜버가 되는 건 어려운가 봐. 난, 몰랐어."

조금 전에 호카가 아빠를 두고 했던 설교 말이다. 아빠 정도는 아니지만 우미카도 그렇게 혹독한 세계라고는 생각하지 않았다.

호카가 접시에 젓가락을 얹고 말했다.

"그렇지. 유튜버는 그냥 놀면서 돈을 버는 걸로만 보이니까 말이야. 그런데 그런 편한 일은 어디에도 없어. 다들 보이지 않는 부분에서 필사적으로 발버둥 치고 있어. 자는 시간도 아껴가면서 재미있는 동영상을 만들고 있지."

어른스럽다고는 생각했지만 지금은 마치 대학교수처

럼 말하고 있는 듯했다.

다른 꼬치에 손을 뻗으면서 모에미가 물었다.

"아저씨가 다음엔 뭘 할까?"

"요전번에는 개미핥기를 키워서 모두에게 보여주자고 하던데."

"아, 개미핥기 보고 싶어."

큭큭 웃는 모에미를 보며 우미카는 어깨를 떨어뜨렸다. 유튜버를 관두는 건 기쁘지만 다음에는 무슨 일을 저지를지 모른다. 폭탄과 함께 살고 있는 듯했다.

호카가 속닥속닥 말했다.

"저기 우미카. 겐키 씨는 어떤 사람이야?"

그 시선 끝에는 여자들에게 둘러싸인 겐키가 있었다.

"아, 겐키? 우리 집 스태프야."

"그게 아니라 그 전에는 뭘 했냐는 거지."

"전에? 음, 뭘까. 들은 적이 없네."

게스트 하우스에는 다양한 사람이 방문한다. 그중에는 이것저것 탐색당하기를 싫어하는 사람도 있어서 우미카는 유이마루에 어떤 사람이 오는지 신경 쓰지 않으려고 의식했다. 아빠한테도 그리 들었다.

모에미가 새된 목소리를 내며 끼어들었다.

"그러니까, 호카도 겐키 씨가 신경 쓰인다는 거잖아. 멋있어."

"멋있어서 신경 쓰이는 게 아니라 어딘가에서 본 적 있는 것 같아서 그래."

겐키를 응시하면서 호카가 아무래도 생각에 잠긴 듯 했다.

"어딘가라면 어디?"

우미카가 그리 묻자 호카가 포기한 듯이 고개를 가로 저었다.

"안 되겠어. 생각이 안 나. 답답해."

우미카는 겐키를 돌아보았다. 분명히 겐키만큼 불가사의한 사람도 없다. 호카가 그런 말을 해서 우미카도 점점 궁금해졌다.

4

"잘 잤어?"

이튿날 아침, 거실에 갔다가 우미카는 눈을 의심했다.

아빠가 일어나서 또 공부를 하고 있다. 컴퓨터 옆에는 예전에는 없던 책이 산더미처럼 쌓여 있다.

《유튜브 완전 매뉴얼》《당신도 될 수 있다! 유튜버》《유튜브 영상편집양성강좌》라고 쓰여 있다.

그리고 겐키는 커피를 마시면서 눈을 가늘게 뜨고 바라보고 있었다. 부엌에서는 고타로 삼촌이 과일을 깎고 있었다.

"아빠, 무슨 일이야?"

아빠는 대답하지 않았고 겐키가 답했다.

"어제 호카에게 혼난 게 자극이 됐는지 진지하게 유튜브를 공부하겠다고 하시네. 시모자토 큰거리에 영상 편집을 가르쳐주는 문화센터가 있으니 거기에 다닐 거래."

시모자토 큰거리는 미야코섬의 번화가다.

아직도 포기 안 했나, 하고 우미카는 놀랐다. 평소라면 이미 벌써 단념했을 테다.

목소리를 강하게 내서 불렀다.

"저기, 아빠."

"왜? 지금 바빠. 말 걸지 마."

화면을 응시한 채 아빠가 시끄럽다는 듯이 답했다.

"아직 유튜브하는 거네?"

"당연하지. 조회수가 5로 끝나면 안 되지. 이걸로 끝나면 엄청난 망신이잖아. 폭소했던 녀석들 모두를 되돌아보게 만들어줘야지."

흐음, 하고 우미카는 물러났지만 아직 납득이 가지 않았다.

그러자 아빠가 흠칫하고 주변을 둘러보았다.

"지금 일어난 사람이 우미카, 고타로, 겐키 세 명이지? 우미카, 아이스크림 좀 가져다줘."

"지금 먹을 거야?"

"때마침 네 명이잖아. 짝수일 때 먹을 거야. 얼른 가지고 와."

잇큐는 아직 자고 있는 모양이었다.

우미카는 마지못해 냉장고에서 아이스크림을 두 개 꺼냈다. 봉지에 들어 있는 아이스크림을 아빠에게 건넸다.

"그럼 나랑 우미카가 절반, 겐키랑 고타로가 절반 먹으면 되겠네."

아빠가 그리 말하고 봉지를 찢었다. 아이스크림에는 막대가 두 개 꽂혀 있었고 한가운데를 반으로 가를 수 있었다.

아빠는 이 아이스크림을 아주 좋아해서 냉장고에 몇 개나 넣어 보관한다. 최근에는 거의 팔지 않아서 근처

잡화점 아저씨가 특별히 구해준다.

우미카가 반사적으로 거절했다.

"나, 아빠랑은 안 먹을래. 겐키랑 먹을래."

"왜 싫어하는 거야? 그럼 자, 고타로 나눠 먹자."

아빠가 고타로 삼촌을 보자 삼촌이 고개를 가로저었다.

"나도 겐키랑 나눠 먹고 싶은데? 미안하지만 우미카, 겐키를 양보해 줘."

고타로 삼촌답지 않은 발언에 우미카는 놀랐다. 아빠와 겐키도 같은 생각을 했는지 의외라는 표정을 지었다.

하는 수 없이 아빠와 우미카, 겐키와 고타로 삼촌이 아이스크림을 나눠 먹었다. 이제 시간이 없어 아이스크림을 입에 물면서 란도셀을 짊어졌다.

"우미카, 나도 편의점에 갈 거니 같이 가자"라며 겐키가 아이스크림을 한쪽 손에 들고 현관으로 향했다.

둘이서 아이스크림을 먹으며 모래사장을 걸었다. 오늘도 날이 활짝 개었고 에메랄드그린색의 바다가 반짝였다. 오늘은 하교하면 모래사장으로 곧장 가 그림을 그리자고 생각하며 우미카는 들뜬 마음으로 아이스크림을 다 먹었다.

"최고네. 이 아이스크림을 먹으면서 보는 바다 말이야."

젠키가 바다를 바라보고 있었다. 평소와 다름없어 보이지만 내심 기쁜 얼굴이었다.

"젠키, 그거 좋아하지?"

"응, 이 아이스크림 덕분에 미야코섬에 온 거나 마찬가지니까."

"응? 무슨 뜻이야?"

그리 묻는데 반 친구가 "우미카, 안녕" 하고 말을 걸어왔다.

그럼 갈게, 하고 젠키가 손을 흔들고 편의점으로 갔다.

아이스크림을 만족스럽게 다 먹고 고타로가 막대를 한 손에 들고 말했다.

"이 아이스크림은 역시 맛있어."

마찬가지로 유고도 아이스크림을 우물거리고 있었다. 그러면서 고타로에게 수상쩍게 여긴 것을 물었다.

"야, 조금 전에 뭐야? 젠키랑 아이스크림 나눠 먹고."

"왠지 말이야. 이 아이스크림을 보면 마사키 씨가 생각나거든. 이 맛이 나한테는 도쿄의 청춘 그 자체니까. 그래서 겐키랑 나눠 먹고 싶어졌어."

유고는 먼 곳을 응시하던 고타로를 보며 마사키의 모습을 떠올렸다. 도쿄에서 보낸 그 젊은 시절이 선명하게 되살아났다.

"마사키 씨랑 겐키가 뭔가 관계가 있단 소리야?"

"겐키, 마사키 씨랑 닮았잖아."

"그래? 그렇게 안 닮았는데?"

고개를 갸웃거리는 유고에게 고타로가 웃으면서 부정했다.

"닮았어. 마사키 씨가 안경을 벗으면 겐키랑 똑 닮았을걸? 가끔 겐키랑 이야기하다 보면 흠칫할 때가 있어. 그래서 유고도 겐키를 도쿄에서 이리로 데리고 온 거잖아."

말문이 막혔다. 확실히 고타로가 말한 대로 겐키를 대하고 있으면 가끔 마사키와 겹쳐 보일 때가 있다.

그러고서 다 먹은 아이스크림 막대를 가만히 응시했다.

12년 전, 도쿄

유고는 앉은뱅이 탁자에 아이디어 수첩을 펼쳐놓고 새로운 개그를 짜는 데 골몰하고 있었다.

그리고 그 옆에는 노트 한 권이 더 있었다. 다른 코미디언의 개그를 분석한 노트였다. 마사키의 노트를 보고 나서 유고도 다른 코미디언을 분석하게 되었다. 자신은 마사키에 비하면 노력이 압도적으로 부족하다는 걸 깨달았기 때문이다

"그건 그렇고 너무 덥네."

부채를 대신해 손을 부쳤지만 미지근한 바람이 얼굴에 휘감겨 붙을 뿐이었다. 미야코섬의 더위와는 다르게 대도시의 더위는 불쾌했다. 이것만큼은 아직 익숙해지지 못했다.

방을 둘러보고 한숨을 쉬었다. 둘러봤다고 할까. 고개를 움직일 필요도 없이 한눈에 파악할 수 있을 만큼 좁았다. 눅눅한 이불과 땀 냄새가 나는 세탁물 더미에 둘러싸여 있었다. 더구나 개그로 쓸 소품도 있어서 발디딜 틈이 없을 정도였다.

에어컨도 욕조도 없다. 욕조는 근처에 사는 고타로 집에서 빌렸다. 빨리 유명해져서 이런 싸구려 연립에서 탈출하고 싶다. 그게 지금 유고의 꿈이 되었다.

"유고, 열심히 하고 있어?"

고타로와 마사키가 들어왔다. 두 사람에게는 집 열쇠를 건네주었기에 자유롭게 드나들 수 있었다.

곧장 마사키가 벽을 응시하고 있어 고타로가 물었다.

"그 사진 정말 좋아하네요, 마사키 씨."

"응. 이 사진을 보고 있으면 마음이 평온해져."

마사키가 안도하는 얼굴로 고개를 끄덕였다.

그 시선 끝에는 미야코섬의 바다 사진이 있었다. 에메
랄드그린색의 바다와 흰 모래사장이 눈에 선명했다.

고타로가 마음대로 붙인 것이다. 마사키는 이 사진을
정말로 마음에 들어 해서 이곳에 오면 늘 넋을 놓고 본다.

"미야코섬 바다는 세상에서 제일가니까요."

고타로는 자랑스럽게 말했고 마사키가 동감했다.

"정말 그런 것 같아. 이런 예쁜 바다가 근처에 있으니
유고랑 고타로는 최고로 좋은 곳에서 자랐다고 할 수
있겠네. 부러워."

이 감상은 유고에게는 온전히 와닿지 않았다. 어릴 적
부터 본 바다라서 이 정도로 부러움을 살 만한 일인지
는 모르겠다.

"여긴 미야코섬의 어디야?"

그리 물으며 마사키가 사진을 응시하자 고타로가 답
했다.

"여긴 유고네 어머니가 운영하시는 민박에서 보이는
바다예요."

"와아, 유고네 본가는 민박을 하는구나."

마사키가 감탄하며 한 말을 유고는 부정했다.

"아니, 본가는 따로 있어요. 우리 아버지가 다 같이 모일 수 있는 민박을 만들고 싶다며 소일거리로 시작했어요. 아버지는 이미 돌아가셔서 그걸 지금은 어머니가 이어서 하고 있을 뿐이고요."

"그렇구나. 그럼 나중에 유고는 그 민박을 잇는 거야?"

"이을 리가 없잖아요. 저런 허름한 오두막을요. 전 도쿄에서 코미디언으로 성공할 거니까요."

"그렇군, 그러네. 미안, 미안해."

웃으면서 마사키가 사과하자 고타로가 손뼉을 쳤다.

"마사키 씨도 미야코섬에 가요. 다음에 귀향할 때라도요. 같이 유고네 민박에 묵으면서 바다를 봐요."

"돈이랑 시간만 있다면 꼭 가고 싶네. 지금은 둘 다 없지만."

마사키가 자학하는 소리는 하지만 그 말에 슬프거나 아픈 감정은 없었다. 그런 마사키를 보고 있으니 자신도 열심히 하자는 마음이 들었다.

"그래서 마사키 씨. 중요하게 할 말이 뭔가요?"

격식을 차린 목소리로 유고가 본론에 들어갔다.

마사키가 유고와 고타로에게 중요하게 할 말이 있다고 했다. 마사키가 그런 말을 꺼낸 건 처음이라 유고는 조금 긴장하고 있었다.

"그 전에 우선 이거 먹자."

마사키가 처음 보는 사각형 가방을 꺼냈다. 입구를 열자 그 안에 아이스크림 봉지 두 개와 보냉 팩이 들어 있었다.

마사키가 아이스크림 봉지를 열었다. 아이스크림 끝에 막대가 두 개 달려 있었다. 요즘 시대에 특이한 모양인 아이스크림이다. 그걸 갈라 한쪽은 유고에게 건넸다. 마찬가지로 다른 한 봉지를 열어서 반으로 가른 아이스크림을 고타로에게 건넸다.

"두 개는 사치인 것 같네."

양손에 아이스크림을 들고 마사키가 웃었다.

"쌍으로 된 아이스크림은 요즘 보기 힘들죠."

고타로도 웃는 얼굴로 아이스크림을 응시했다.

"응. 난 이 아이스크림을 좋아해. 이렇게 나눠서 먹는 걸 좋아하거든. 우선 이걸 먹도록 하지."

셋이서 아이스크림을 먹었다. 그동안 소다 맛이 그리웠다. 어릴 적에 먹은 그 맛이 혀 위에서 되살아났다.

유고와 고타로가 먼저 아이스크림을 다 먹었고 마지막에 마사키가 다 먹었다. 마사키만 몫이 두 개라서 시간이 오래 걸렸다.

"자아, 이어서 이거야."

다른 한 가방에서 마사키가 클리어 파일을 꺼냈다. 안에 서류 한 장이 들어 있었다. 앉은뱅이 탁자에 놓인 그 서류를 보고는 유고가 깜짝 놀랐다.

그건 혼인 신고서였다.

남편이 될 사람의 칸에 '고미야마 마사키' 그리고 아내가 될 사람의 칸에 '모치즈키 사에코'라고 쓰였고 양쪽에 도장이 나란히 찍혀 있었다.

"마사키 씨, 사에코 씨랑 결혼하세요?"

모치즈키 사에코는 마사키와 동거하는 여자 친구였다. 유고도 고타로도 몇 번인가 만난 적이 있었다. 사에코는 조용하고 어른스러운 여성이다.

"응, 드디어 말이지."

축하드려요, 하고 고타로가 말했지만 유고는 그것보다 묻는 말이 입에서 먼저 나왔다.

"왜 결혼하는 거예요?"

"확실히 아직 난 프로 만화가가 되지 못했으니 결혼은 그 후에 할 거라고 생각했는데."

그렇다, 예전에 마사키는 그런 말을 했었다.

"그런데 역시 너무 기다리게 하나 싶어서. 결혼하고 나서 프로가 돼도 좋지 않을까 생각을 고쳐먹기로 결심했지."

"사에코 씨 기뻐하셨겠네요."

고타로가 진지하게 말하자 마사키가 미소 지어 답했다.

"응. 울면서 기뻐해 줬어. 입으로는 말하지 않았지만 얼른 가정을 꾸리고 싶었던 거지."

유고도 고타로도 사에코의 과거를 알고 있다. 사에코는 어릴 적에 부모님에게 버림받아 아동 보호 시설에서 자랐다고 한다.

그리고 마사키도 비슷한 처지였다. 마사키가 태어나자마자 그의 부모님은 바로 이혼을 했다. 마사키의 어머니는 제대로 된 여자가 아니었는지 갓 만난 남자와 같이 어딘가로 사라졌다. 어린 마사키는 혼자 남겨졌고…… 나중에는 먼 친척네 집에 들어가 그곳에서 고등학교 때까지 얹혀 살았다고 한다.

그 두 사람의 과거는 서로를 끌어당겼다. 그렇게 마사키와 사에코는 사랑에 빠졌다.

마사키가 앉은 자세를 고치며 말했다.

"그래서 두 사람이 내 결혼의 증인이 되어줬으면 해."

"저, 저희가요?"

예상치도 못한 일에 유고는 손으로 자신을 가리켰다. 고타로도 눈이 휘둥그레졌다.

"응. 두 사람은 내 절친이니까."

마사키는 환한 미소를 지으며 고개를 끄덕였다.

"그래서 아이스크림을 둘로 나눠서 유고랑 고타로랑 먹고 싶었어. 이게 내 우정의 징표야."

다 먹고 봉지 위에 얹어놓은 아이스크림 막대를 무심

코 보았다. 설마 그렇게나 깊은 의미가 있을 줄은 생각 지도 못했다.

아니나 다를까 고타로의 눈에 눈물이 글썽였다. 마사 키의 그 마음이 내심 기뻤던 것이다. 그 눈물을 닦고 다급히 말했다.

"무, 물론. 기쁜 마음으로 쓸게요. 그렇지, 유고?"

"네. 마사키 씨를 위한 일이니까요."

두 사람이 서명을 하자 마사키가 해맑은 미소를 지었다.

"정말 고마워. 두 사람을 위해서라도 멋진 가정을 꾸릴게."

유고는 기뻤다. 마사키라는 사람을 만난 건 평생의 행운일 것이다. 고타로도 그리 생각하는 게 틀림없다.

"그럼 다음은 유고 차례겠네."

마사키가 그리 말해서 유고는 흠칫했다.

"마, 맞다. 드디어 모레다."

잊고 있었다. 짝사랑하던 사나에가 가게에 오는 날이다.

"야, 고타로. 망고는 제대로 준비됐지?"

"응. 유고가 좋아하는 여자한테 망고를 먹이고 싶어

한다고 아버지한테 말씀드렸더니 '유고를 위해서구나. 그럼 어떤 여자라도 푹 빠지게 할 만한 최고급 망고를 보내줘야지, 암'이라고 하셨어."

"좋았어, 역시 아버지는 최고셔." 유고는 굵은 목소리로 칭찬했다. "모레는 나한테 중요한 날이 될지도 모르겠네. 어쩌면 혼인 신고서 증인을 마사키 씨랑 고타로한테 부탁하게 될지도 모르겠어."

혼인 신고서를 실제로 본 뒤라 갑자기 현실감이 솟구쳤다.

"……너무 기대 안 하는 편이 낫지 않을까?"

고타로가 부드럽게 나무랐지만 마사키는 반대로 말했다.

"그런데 이상적인 일을 이미지로 상세하게 그리는 건 좋은 일이야. 꿈과 더 가까워진다고 무슨 책에 쓰여 있었어."

"좋네요. 그럼 사나에랑 결혼할 무렵에는 개그 콘테스트에서 우승하고 정규 방송에도 몇 편 나오고 있으려나? 집은 도쿄 23구 내의 단독주택이고 말이지. 1억 엔

쯤 하려나?"

"도쿄에선 1억 엔짜리 집도 좁아. 미야코섬이라면 대저택을 지을 수 있지만."

고타로가 궁상맞은 소리를 하자 유고는 흥이 깨졌다.

"시끄러. 내 꿈을 이야기하는 거니 보잘것없는 샐러리맨 같은 소리 하지 마. 그럼 5억 엔이야. 5억 엔. 황금 시간대 방송에서 MC를 해서 세타가야에 대저택을 짓는 거지."

"거기서 사나에랑 살겠다는 거네?"

마사키가 이미지를 한층 부풀려 줬다. 맞아요, 하고 유고가 목소리를 강하게 냈다.

"아이도 있어야겠지? 첫째는 여자애인 걸로."

"왜?"

고개를 갸웃거리는 고타로에게 유고는 의기양양하게 말했다.

"여자애는 키우기 쉽다고들 하잖아. 이름은 잠시 보자……."

벽 한쪽에 붙인 미야코섬의 바다 사진이 문득 눈에 들

어왔다. 그 순간 머릿속에서 그 바다가 회상되었다. 파도가 일며 조금씩 변화하는 바다의 색, 자잘한 모래사장을 밟는 감촉, 그리고 바다 냄새……. 마치 타임 슬립해서 어릴 적으로 돌아간 것처럼 모든 감각이 생생히 재현되었다.

그리고 불현듯 어떤 이름이 뇌리에 스쳤다. 유고는 그걸 놓치지 않고 입으로 바로 내뱉었다.

"우미카海香. 바다 해에 향기 향 자를 써서 우미카야."

그러자 고타로가 요란하게 칭찬했다.

"그거 근사하네. 엄청 좋은 이름이야. 그렇죠? 마사키 씨?"

"으응, 좋은 것 같아. 근사한 이름이라고 생각해."

마사키가 놀란 듯이 눈을 깜박이면서 몇 번이나 고개를 끄덕였다.

"그래? 그렇게 괜찮아?"

두 사람이 생각보다 더 칭찬해 주니 유고는 흡족했다. 그리고 정말 아이가 생긴 것 같은 기분이 들었다.

마사키가 무릎을 치고 말했다.

"그래. 지금 이야기, 사나에 씨한테도 전하는 게 어때? 꿈에 진지한 남자는 인기가 좋다고 하잖아."

"괜찮겠네요! 돈도 없는 가난한 코미디언이 여자를 꼬신다면 꿈밖에 없죠. 그렇게 해야겠어요."

"흐으음, 어떠려나?"

씁쓸한 표정을 짓는 고타로를 보고 유고가 입을 삐죽댔다.

"뭐야, 고타로, 불만 있어?"

"아니, 유고는 매번 차이기만 해서 이번에는 분발해 줬으면 하는데……."

"바보야. 그러니까 꿈이지. 지금까지는 꿈이 부족했던 거야. 나는 마사키 씨 덕분에 엄청난 무기를 손에 넣었다고. 꿈 작전으로 사나에를 차지하겠어."

유고는 말하고서 주먹을 불끈 쥐었다.

5

우미카가 거실로 향하자 아빠의 목소리가 울려 퍼졌다. 카메라 앞에서 고야를 손에 들고 몸짓 손짓을 섞어 열변을 토하고 있었다.

"혼저 옵소예! 유고TV의 유고우다. 이번에는 이 고야우다. 고야의 매력을 전달하고정 합니다. 우선은 고야에 이 돌기가 보이죠. 돌기가 클수록 고야는 쓴맛이 옅어집니다. 그리고 고야는 먹기만 하는 게 아니죠. 자, 이걸 봅서게."

고야에 나무젓가락 두 개를 꽂고 그 양쪽에 타이어를 달았다.

"차가 됩니다. 슈퍼 고야카. 어떤가요? 이거 엄청 근사하죠?"

그 모습을 고타로 삼촌, 잇큐, 겐키가 응시하고 있었다. 아빠가 유튜브를 시작한 뒤로 고타로 삼촌은 예전보다 집에 더 자주 왔다. 일하는 시간 외에는 죽치고 있다.

하품을 하면서 우미카가 물었다.

"오늘은 뭐 해?"

"오키나와 색을 더 내려고 고야를 소개하는 동영상을 만들고 있어."

소리 내지 않고 웃으면서 겐키가 가르쳐주었다.

"……저런 걸 누가 봐?"

"글쎄, 호카한테 조언을 받았나 봐. 좀 더 특색이 있어야 한다고."

"특색이란 말이지……."

아빠가 유튜버가 된 지 세 달이 지났다.

그로부터 아빠의 생활은 오로지 유튜브다. 오전에 기

획을 짜거나 촬영을 하고 오후 내내 편집 작업을 하고 있다. 매일 밤마다 숙박객과 하던 파티도 잠시 얼굴만 비출 뿐이었다.

매일 동영상을 업로드하지 않으면 어지간해서는 인기 유튜버가 될 수 없다. 더구나 히카링과 어깨를 나란히 하는 건 도저히 가능할 리가 없다. 호카에게 그런 말을 듣고서 매일 동영상을 업로드하고 있다.

노력한 보람도 있어서 아빠의 편집 실력은 꽤 향상되었다. 우미카는 스마트폰이 없어서 잇큐의 컴퓨터로 보고 있다.

아빠의 동영상은 다른 유튜버와 비교해도 손색없어 보였다. 조회수는 조금 늘어서 지금은 천을 넘기는 정도가 되었다.

하지만 거기서 제자리걸음 상태였다. 인기 유튜버의 동영상을 보고 연구하거나 여러 기획을 도전하고 있지만, 1만의 벽을 넘지 못했다.

아빠가 유튜버가 되었기에 우미카도 유튜브에 대해 여러 가지를 알게 되었다. 유튜브로 돈을 벌기 위해서는 어떤 조건을 충족해야만 하는데, 아빠는 조회수가 부족해 그 출발선에도 서 있지 않은 상태였다.

"고야 자동차로 조회수를 늘릴 수 있을 것 같진 않은데."

우미카의 의문을 겐키가 부드럽게 부정했다.

"그래도 특색 있게 만드는 건 중요해. 유튜브의 장점은 실패를 많이 해도 된다는 거니까. 실패를 두려워해서 아무것도 안 하는 게 더 잘못됐어. 그건 현실에서도 그럴지 모르지만."

흐음, 하면서 우미카는 고개를 갸웃거렸다. 역시 겐키는 묘하게 유튜브에 대해 잘 안다.

"그건 그렇고 뭐든 잘 질려 하는 아빠가 용케도 계속하네."

그 말을 듣고 있던 고타로 삼촌이 끼어들었다.

"유고는 잘 질리는 사람이 아니야."

"그런데 뭘 해도 전혀 오래 못하잖아."

"그건 진짜로 하고 싶은 걸 만나지 못했을 뿐이야. 저 녀석이 한번 마음먹었을 때는 늘 이런 느낌으로 전력투

구하지."

"흐음."

정말 그런가, 하고 생각하면서 고타로 삼촌 쪽을 힐끗 보았다. 고타로 삼촌은 웃으며 아빠 쪽을 응시하고 있었다.

그렇다. 아빠가 유튜버가 되고 나서부터 고타로 삼촌의 모습이 심상치 않다. 지금까지 아빠가 하는 일에 이렇게까지 편을 든 적은 없었다.

"그럼 유튜브는 아빠가 진심을 다해 할 수 있단 거네?"

"그렇지."

그리 말하고 고타로 삼촌은 함박웃음을 지었다.

란도셀을 메고 등교했다. 햇빛이 따가워 모자를 깊이 눌러썼다. 미야코섬 아이들은 자외선을 빈틈없이 가린다.

이제 곧 여름방학이라 꽤 더워졌다. 바다에서는 관광객이 왁자지껄했다. 미야코섬의 여름은 스노클링에 스쿠버다이빙, 즐거운 것들로 한가득이다. 지금부터 사람이 갈수록 늘어갈 테다. 유이마루도 제법 벌어들이는 시기인데 아빠는 유튜브 삼매경이다. 뭐, 겐키와 잇큐가 있으니 걱정은 없지만 말이다.

교실에 들어가자 지넨 무리의 남자아이들이 수다를 떨고 있었다. 우미카를 보더니 지넨이 히죽대며 말했다.

"유고TV 봤어."

흠칫했다. 우미카는 반 남자아이들에게 들키는 걸 걱정하고 있었다.

"너네 아빠가 히카링이 될 수 있다고 생각하는 거야?"

"몰라. 그냥 내버려둬."

"혼저 옵소예! 유고TV의 유고우다."

그리 말하고 지넨이 아빠와 같은 포즈를 취했다. 그러자 주변 남자아이들이 폭소했다. 우미카는 발끈했지만 분하게도 똑같았다. 지넨은 성대모사를 잘해서 최근에 히카링을 흉내 내며 학교에서 인기 스타가 되어 있었다.

"아, 열받아."

우미카가 짜증이 나서 자리에 앉자 때마침 모에미와 호카가 왔다.

"우미카, 왜 그래?"

모에미가 란도셀을 내려놓자 우미카는 지넨의 이야기를 전했다.

"저 녀석 히카링 성대모사로 우쭐해 있어."

모에미가 인상을 찌푸렸다. 모에미는 지넨을 아주 싫어했다.

"그래도 지넨이 아버지 흉내를 내는 건 좋은 징조야."

침착하게 말하는 호카에게 우미카가 질문을 던졌다.

"왜?"

"그야 흉내를 낼 정도로 유고TV를 보고 있다는 거니까. 적어도 팬이 생긴 게 아닐까?"

그렇구나. 그렇게 생각할 수도 있구나. 호카와 이야기하다 보면 자신이 유치원생이 된 기분이 든다.

모에미가 의외라는 듯이 말했다.

"그럼 아저씨가 히카링이 될 수 있을지도 모른다는 소리네?"

"그거랑 이건 이야기가 다르지. 아저씨는 아직 광고 수입을 얻을 수 있는 레벨에는 도달 못했으니까. 지넨도 유고 아저씨가 우미카네 아빠라서 보고 있을 뿐일 테고."

호카가 단호하게 말하자 우미카가 물었다.

"……그럼 어떻게 해야 조회수를 늘려서 유튜브로 돈을 벌 수 있어?"

팔짱을 끼면서 호카가 답했다.

"뭔가 떡상한다면……."

"떡상한다니 그게 뭐야?"

"단번에 확산된다는 뜻의 인터넷 용어야. 예를 들어 히카링이 인기가 폭발하게 된 계기는 게임 마리오 BGM을 비트 박스한 거였어. 그걸 사람들이 폭발적으로 많이 보면서 히카링은 스타의 계단을 오르게 되었지."

"봤어, 봤어. 그거 엄청나잖아."

모에미가 카랑카랑한 목소리를 냈다. 아무래도 유명한 동영상인 모양이다.

"그걸로 히카링은 알려진 거지. 아저씨도 그런 떡상

하는 영상이 하나라도 생기거나 아니면……."

"떡상하는 동영상이라……."

어떤 건지 전혀 상상이 되지 않았다.

"그건 어떻게 만들면 돼?"

"그걸 알면 유튜버는 누구나 고생 안 하지."

호카가 어깨를 으쓱했다.

"어쨌거나 아저씨만 할 수 있는 걸로 해서 특색을 내는 수밖에 없다고 봐."

"아, 그래서 특색이라고 했구나. 호카가 그런 말을 한 걸 듣고 아빠가 고야 동영상을 만들고 있었어. 오키나와 색을 내겠다면서."

납득이 간다는 우미카에게 호카가 머리를 긁적였다.

"……그런 뜻은 아니었는데."

"겐키도 같은 말을 했어."

겐키의 이름이 나오자 호카가 눈이 휘둥그레졌다.

"그러고 보니 겐키 형은 미야코에 오기 전에 뭐 했는지 알아?"

"흐음. 몰라."

과거를 파헤치지 말라고 아빠한테 들었기에 직접 묻지 못했다.

"그래도 전에 도쿄에 있었나 봐."

우미카가 그리 덧붙이자 모에미가 그래, 그래 하고 고개를 끄덕였다.

"도쿄 사람 같은 느낌이 나. 그러고 보니 호카, 겐키 오빠를 어딘가에서 본 것 같다고 했는데 생각났어?"

분하다는 듯이 호카가 말을 흘렸다.

"……그게 말이야. 생각이 안 나. 인터넷에서 본 기억은 있는데."

두 사람의 대화를 듣고 우미카가 무심코 말했다.

"겐키가 유튜브에 대해 엄청 잘 알고 있는 것 같아."

말을 애매하게 흐리자 모에미가 고개를 갸웃거렸다.

"것 같다는 건 무슨 뜻이야? 확실히 잘 안다는 게 아니라?"

"왠지 이것저것 알고 있는 것 같은데 딱히 뭔가 가르쳐주지도 않고 아빠가 하는 유튜브도 촬영하는 걸 가끔 돕는 정도니까."

아빠가 동영상을 찍는 걸 항상 돕는 사람은 잇큐뿐
이다.

"겐키 오빠는 그런 비밀스러운 면이 있어서 좋아."

모에미가 활기를 띠었다. 겐키의 정보는 모에미의 귀
를 통하면 전부 다 호감 요소로 바뀌었다.

이러쿵저러쿵하는 동안에 1교시인 국어 수업이 시작
되었다.

교단에 선 선생님이 큰 목소리로 말했다.

"자, 오늘은 다 같이 시를 씁시다."

……시. 우미카에게는 제일 고역스러운 수업이다. 시
는 어떻게 써야 할지 전혀 모르겠다.

모두가 일제히 무언가 써 내려가기 시작했지만, 우미
카의 손은 여전히 멈춰 있었다. 백지 노트를 보기만 할
뿐 아무 말도 떠오르지 않았다.

그걸 본 선생님이 말을 걸었다.

"우미카, 왜 그러니?"

"뭘 써야 할지 모르겠어요."

"시라고 해서 어렵게 생각 안 해도 돼. 마음에 떠오르

는 걸 솔직한 말로 쓰기만 하면 되니까."

"……그런데 아무 생각도 안 나요."

선생님은 순간 난감한 표정을 지었지만 바로 생각났다는 듯 말했다.

"우미카, 그림을 그릴 때는 어때? 무슨 생각을 하면서 그려?"

우미카가 그림을 잘 그리는 건 모두가 알고 있다.

"아뇨. 그러면 못 그려요."

선생님이 만족스럽게 고개를 끄덕였다.

"시도 그거랑 같아. 그림을 그리는 것처럼 말을 써보면 어떨까?"

"그렇구나…… 그림이랑 같은 거네요?"

그 순간 가슴속 답답함이 걷힌 느낌이 들었다.

학교가 끝나고 모에미와 같이 걸었다. 모에미가 기쁜 듯 말을 꺼냈다.

"우미카, 시 쓰는 데 성공했네?"

"……응."

선생님의 말을 계기로 간신히 시를 썼다. 늘 그리던 미야코섬의 바다를 떠올리자 문득 그게 엄마인 사나에의 모습과 포개어졌다. 매일 그림을 그리고 싶어지는 건 돌아가신 엄마를 생각해서일지도 모른다. 그 마음을 글로 썼다.

"왜 그래? 힘이 없어 보여."

의아한 듯 들여다보는 모에미에게 우미카는 고개를 저었다.

"아니야. 아무것도 아냐."

시를 썼지만 왜 그런 걸 썼을까……. 그런 후회를 하던 차였다. 수업이 끝나고 다시 읽어봤지만 너무나도 창피했다. 이게 시가 주는 두려움일까…….

"내일 시 발표회를 한대."

"정말? 진짜로?"

"응. 그래도 우미카도 이제 쓸 수 있게 됐으니 괜찮잖아. 나는 결국 다 못 썼어."

그리 말하고 모에미가 고개를 떨어뜨렸지만 우미카는 그걸 살필 경황이 없었다. 얼른 집으로 돌아가 다시 써야 한다는…… 그 초조한 마음이 가득해졌다.

집으로 돌아가자 아빠랑 나머지 사람들이 거실에 모여 있었다. 아빠가 팔짱을 끼고 험악한 표정으로 말했다.

"조회수가 늘질 않네……. 고야는 인기가 없나?"

아무래도 아침에 찍은 동영상을 이미 업로드한 모양이다.

"고야는 쓰니까요."

잇큐가 맥락과 엇나간 소리를 했다. 하지만 지금 그런 건 아무래도 상관없다. 란도셀에서 종이를 한 장 꺼냈다.

"아빠, 내일 수영 수업 있으니까 사인해 줘."

수영 수업만큼은 겐키가 아니라 아빠한테 사인을 받아야 한다.

"알겠어. 해줄게."

시끄럽다는 듯이 아빠가 말하고는 또다시 무언가 의논하기 시작했다.

방에서 그림 도구를 꺼내 우미카는 집을 나섰다. 새로운 시를 다시 쓰려고 해도 뭘 써야 좋을지 알 수 없었다. 바다 그림을 한번 생각하고 마음을 진정시킬 필요가 있었다.

평소처럼 해변가에 앉아 그림을 그려나갔다. 기묘하게
도 오늘은 붓질이 잘 되었다. 색이 원하는 대로 나왔다.

엄마를 떠올리며 그리고 있기 때문이다. 시로 쓰면 그
마음이 비쳐 보이지만, 그림으로라면 그걸 감출 수 있
다. 우미카가 그림을 좋아하는 건 그런 이유에서일지도
모른다.

만족스러운 그림을 그려서 마음이 차분해졌다. 선생
님에게는 미안하지만 이런 기분이라면 시도 적당히 쓸
수 있을 듯했다. 그렇다. 아빠 흉내라도 좋으니 고야 이
야기라도 쓰자.

"우미카, 오늘은 평소보다 그림이 더 근사하네."

어느새 유이 선생님이 곁에 와 있었다. 여전히 예쁘고
좋은 향이 났다. 엄마인 사나에는 유이 선생님 같은 사
람이었을까? 그랬으면 좋겠다고 우미카는 늘 생각했다.

"네. 오늘은 괜찮게 그려졌어요."

"아버지는 뭐 하셔?"

우미카는 진절머리가 난다는 듯이 숨을 내쉬었다.

"어차피 유튜브나 하고 있겠죠."

"다들 기대하고 있어."

"……유이 선생님, 정말 그리 생각해요? 그게 재미있어요?"

"새, 생각하고말고. 전부 다 보고 있어."

쩔쩔매며 선생님이 대답했다. 우미카는 물고 늘어졌다.

"정말로요?"

포기했다는 듯 유이 선생님이 한숨을 쉬었다.

"흠, 솔직히 별로 재미가 없긴 해……."

"역시."

솔직한 말을 듣자 그건 그것대로 낙담하게 되었다.

"그래도 재미있는 것도 있었어."

"어떤 편이요?"

우미카가 봤을 때 재미있던 영상은 하나도 없었다.

"그거 있잖아. 그 맨 처음에 조회수를 다 같이 봤을 때."

"아, 조회수 5 나온 거요?"

"그래, 그거. '조회수 5'." 유이 선생님이 떠올랐다는 듯이 웃음을 터뜨렸다. "그건 동영상이 올라오지는 않 았지만 그때 유고 씨 표정 최고로 웃겼어."

"뭐, 그렇긴 해요……."

그 광경을 떠올리자 우미카도 경직돼 있던 뺨이 누그 러들었다.

둘이서 집으로 돌아오자 거실에는 모두가 있었다. 겐 키와 잇큐는 저녁을 준비하고 있었지만, 아빠는 보이지 않았다.

"어라, 아빠는?"

우미카가 묻자 잇큐가 답했다.

"유고 씨는 촬영하고 있어. 좋은 아이디어가 떠오르 셨대."

또 시답지도 않은 아이디어겠지, 하고 우미카는 한숨 을 쉬었다.

겐키가 부엌에서 말을 걸었다.

"유이 씨, 저녁 드시고 가실래요?"

"네. 부탁드려도 될까요?"

그리 말하고 유이 선생님이 지갑을 꺼내 테이블에 놓

인 저금통에 동전을 넣었다. 저녁을 먹는 사람은 여기에 돈을 넣어야 한다.

그런데 저금통 옆에 전처럼 그대로 놓인 가정통신문이 보였다. 우미카는 분노가 솟구쳤다.

"아빠가 수영장 가는 거 사인 안 해놨어."

그렇게나 말했는데도 잊고 있었다. 우미카는 종이를 들고 화를 내며 거실을 나왔다. 복도 제일 안쪽에 있는 곳이 아빠의 방이다.

그 너머로 아빠의 목소리가 들렸다. 분명 촬영한다고 했으니 조용히 걷기로 했다.

무슨 이야기를 하나 싶어서 귀를 쫑긋 세우다가 우미카는 얼굴이 새파래졌다.

무언가를 낭독하고 있었다. 우미카도 아는 내용이다. 그건…… 우미카가 오늘 학교에서 쓴 시였다.

우미카는 다급히 방에 들어갔다. 아니나 다를까 아빠가 카메라 앞에서 우미카의 노트를 펼쳐놓고 웃으며 낭독하고 있었다.

"뭐 하는 짓이야!"

우미카는 노트를 빼앗았다.

"뭘 그렇게 화를 내. 시가 좋아서 유고TV에 소개하고 있을 뿐이야."

분노가 단숨에 몸을 움직였다.

"웃기지 마!"

손바닥으로 힘차게 아빠의 뺨을 때렸다. 그 기세에 아빠가 뒤로 날아가서 요란한 소리를 냈다.

"뭐 하는 거야? 싸대기를 날릴 일은 아니잖아."

아빠가 뺨을 움켜쥐고서 말했다.

그 소동을 들었는지 모두가 모여들었다.

우미카는 아빠에게 소리쳤다.

"가만 안 둬! 죽고 싶어?"

"죽긴 누가 죽어? 더구나 설령 죽는다 해도 난 되살아날 거야."

"그럼 되살아나서 다시 또 죽어버려!"

그리 내뱉고 제 방으로 돌아왔다.

정말 최악의 아빠였다. 우미카는 노트를 책상에 집어던졌다.

유고는 거실로 돌아와 비닐봉지에 넣은 얼음을 뺨에 댔다. 여전히 뺨 절반이 얼얼했다.

"우미카 녀석, 아파죽겠네. 어떻게 그리 세게 때릴 수가 있지?"

"우미카가 힘이 꽤 세네."

고타로가 우습다는 듯이 말했다. 다른 사람은 우미카를 걱정해서 우미카의 방으로 갔다. 걱정해 주는 사람은 고타로뿐이었다. 그것도 유고는 마음에 들지 않았다.

"그런데 유고가 우미카한테 냅다 맞는 걸 보고 사나에가 떠올랐어. 그때도 이렇게 뺨을 식혔잖아. 그립네."

"시끄러. 지금 옛날 생각이나 할 때야?"

"신기하네. 어째선지 닮았어."

고타로가 감회가 깊은 듯 말했다.

유고는 흥, 하고 콧방귀를 꼈다. 뺨이 얼얼하게 아팠다.

12년 전, 도쿄

아르바이트를 하는 이자카야에서 유고는 잔뜩 설레하고 있었다.

오늘은 아르바이트할 때 늘 입던 검은 티셔츠가 아니었다. 화사한 초록색 재킷을 입고 있었다. 유고가 점찍어 놓은 여성과 만나는 날에만 입는 옷이다.

이제 폐점 시간이라서 손님은 없지만 고타로와 한 여성이 있었다.

그녀가 쭈뼛거리며 말했다.

"나도 있어도 돼?"

마사키의 아내인 사에코였다.

"괜찮아요. 여자분이 있어주는 편이 사나에도 안심될
테니까요."

유고가 그리 말하자 사에코의 표정에 안도하는 기색
이 떠올랐다.

유고는 다시 사에코를 보았다. 수수한 셔츠에 수수한
스커트. 눈에 띄지 않는 차림을 하고 있었다. 큼직한 검
은 뿔테 안경을 쓰고 있어서 이목구비도 잘 알 수 없었
다. 설계 사무소에서 사무를 보는 일을 한다고 하니 직
업 자체도 수수하다.

어째서 마사키가 사에코 같은 여성을 골랐는지 유고
는 이해할 수 없었다. 다만 고타로에게는 유고의 취향
이 더 이해가 가지 않는다는 소리를 들었다. 남성도 여
성도 이렇게나 취향이 다르기에 수많은 커플이 생기는
걸 테다. 신은 참으로 이해심이 깊다.

유고는 마사키에게 확인했다.

"마사키 씨, 생선은 괜찮죠?"

"응. 실한 거 들여놨어."

마사키는 이 이자카야에서도 요리를 가장 잘한다. 만화가는 관두고 지금 당장 우리 가게의 정직원이 되어달라는 소리를 사장에게 자주 듣는다. 유고에게는 그런 소리를 한마디도 해주지 않았지만 말이다.

"고타로. 망고가 오늘 주인공이야."

"물론 준비돼 있어. 자, 이것 봐."

그리 말하고 테이블 위에 접시를 올려놓았다. 그곳에는 황금색으로 빛나는 망고가 있었다. 먹지 않아도 최고의 망고라는 걸 한눈에 알 수 있었다.

마사키가 매우 칭찬했다.

"굉장해. 최고급 망고구나."

"네. 한 입 먹으면 혀에서 사르르 녹아요."

고타로가 만족스러운 얼굴로 고개를 끄덕였다.

"좋았어. 이걸로 완벽해. 이제는 사나에가 오기만 하면 되네."

그리 말하고 유고는 힘차게 손뼉을 쳤다.

오늘은 사나에를 위한 망고 파티 날이다.

그러자 문 쪽에서 큰 소리가 났다.

"안녕하세요. 실례하겠습니다."

그곳을 보고 유고는 가슴이 고동쳤다.

사나에다. 머리를 말아 올리고 하늘색 원피스를 입고 있었다. 가게 일을 마치고 돌아오는 길이라 술을 꽤 마셨는지 뺨이 붉게 물들어 있었다. 그 모습이 유고에게는 참을 수 없이 예뻐 보였다.

"고타로, 유고, 안녕?"

"사나에, 미안. 피곤할 텐데."

유고는 말하다가 목소리가 뒤집혀 떨렸다.

"오늘은 정말 장난 아닌 손님이 와서 지쳤어. 그래도 오늘 약속했잖아. 어라, 저 사람들은 누구야?"

취한 눈으로 마사키와 사에코를 응시했다. 유고는 다급히 소개를 했다.

"내가 일하는 곳 선배인 마사키 씨랑 그 부인 되시는 사에코 씨셔. 오늘은 마사키 씨가 요리를 해주실 거거든."

"정말 고마워요. 사에코 씨도 일부러 와줬군요. 기뻐요."

사나에가 초면인 사에코를 껴안자 사에코가 당황한 듯이 허둥댔다. 갑자기 벌어진 일에 마사키도 고타로도 놀랐지만 유고는 반대였다. 원래부터 사나에처럼 감정을 솔직하게 드러내는 여성을 좋아한다.

마사키가 요리를 하고 사에코가 그걸 도왔다. 선배와 그 부인에게 요리를 시켜 면목이 없었지만, 마사키 부부는 이렇게 말해주었다.

"우리는 결혼해서 행복해졌으니 이번에는 유고 차례야."

마사키의 그런 배려를 헛되이 하지 않기 위해서라도 오늘은 승부를 내야 한다. 유고는 그리 맹세했다.

유고, 고타로, 사나에 세 사람은 식사를 하기 시작했다. 마사키가 만드는 생선 요리와 고타로가 가져온 최고급 망고를 사나에가 아주 칭찬했다. 망고는 거의 대부분 사나에가 먹어치웠다. 많이 먹는 여성도 유고의 이상형이다. 갈수록 결혼하고 싶어졌다.

가게에서 술을 마시고 왔는데도 사나에는 아와모리를 물처럼 마시고 있었다. 고타로의 아버지가 망고와 함께 보내준 고급 아와모리였다.

이래서는 사나에가 흠뻑 취하지 않을까 유고는 조마조마했다. 얼른 고백해야만 한다. 유고는 팔꿈치로 옆에 있던 고타로를 찔렀다.

"저기, 사나에는 어떤 남자가 이상형이야?"

그 신호로 고타로가 말을 꺼냈다.

"응, 재미있는 사람이려나?"

올 것이 왔구나, 하고 유고는 몸을 내밀었다. 사나에의 취향이 재미있는 사람이라는 사실은 이미 알고 있었다.

"나, 나 코미디언인데."

"어, 그랬구나. 대단해. 텔레비전에 나오기도 해? 전혀 본 적이 없는데."

그 솔직한 말투도 유고에게 쾌감을 주었다. 가볍게 숨을 내뱉고 취기를 가라앉혔다. 바로 지금이라고 생각하며 힘을 실은 목소리로 말했다.

"지금은 출연하진 않지만 난 앞으로 꼭 잘나가는 코미디언이 될 거야."

"오, 힘내. 힘내라고."

사나에가 젓가락으로 잔을 두드려 소리를 냈다. 유고는 이때 사나에에게 얼굴을 불쑥 들이밀었다.

"사나에."

"뭐야? 얼굴이 너무 가까워."

"나한테는 꿈이 있어. 들어줄래?"

"흐음, 재미있는 꿈이면 좋을 텐데."

"나는 코미디언으로 잘나가서 반드시 황금 시간대 방송의 MC가 될 거야."

"응응, 그래서?"

관심을 조금 보여주었다.

"그래서 세타가야에 집을 지을 거야. 8억 엔짜리 대저택 말이야."

만약을 위해 5억 엔에서 8억 엔으로 금액을 늘렸다. 보험이었다.

"8억 엔이라면 대단하잖아." 사나에가 휘파람을 불었다. "수영장 있어? 수영장!"

"물론 있지."

"아, 그런데 난 수영 못해서 수영장 필요 없어."

"……그러고 보니 우리 집 가훈에 '수영장이 딸린 단독주택에 살아서는 안 된다는 게 있어. 수영장은 없던 걸로 하고."

바로 정정했다.

"그러고 나서 큰 개를 기를 거야. 설산에서 조난당하면 목에 위스키 나무통을 동여매어 구해줄 만큼 영리한 개 말이야."

"그거 좋네. 나도 구조받고 싶어. 그 위스키도 마시고 싶고."

"마셔, 얼마든지 마셔. 전부 마셔도 화 안 낼 개니까."

"근사해. 주정뱅이한테 다정한 개 좋아."

주정뱅이한테 엄격한 개가 있을지 의문이었지만 그건 말하지 않았다.

"그렇지? 그리고 쉬는 날에는 테라스에서 아는 연예인을 불러다가 바비큐를 하는 거야. 미야코섬 아와모리를 마시면서 다 같이 와자지껄하게."

"와, 나도 불러줘, 불러줘."

유고는 그때 진지한 표정을 지었다.

"안 불러도 돼. 거긴 사나에네 집이니까."

"무슨 소리야?"

고개를 갸웃거리는 사나에에게 강한 어조로 말했다.

"난 사나에랑 결혼해서 그 집에 살고 싶어. 그리고 거기에는 아이도 있어. 남자아이라면 이름을 아직 안 정했지만 여자아이는 정했어. '우미카'야."

"……우미카."

"그래, 우미카."

방심하듯이 말이 새어 나온 사나에에게 유고는 고개를 끄덕였다. 그리고 사나에는 자신을 가리켰다.

"그럼 내가 그 우미카의 엄마라는 거야?"

"그래, 그렇게 됐으면 좋겠어. 잘나가는 코미디언이 된 뒤에 사나에랑 결혼해서 우미카를 낳을 거야. 그게 내 꿈이야."

"그렇구나……. 그게 유고의 꿈이구나……."

이번에는 사나에가 몸을 내밀고 유고에게 얼굴을 더욱 가까이했다. 그 사랑스러운 눈동자와 촉촉한 입술에 유고는 두근거렸다. 꿈 작전 대성공이다.

"유고……."

사나에가 끈적한 눈길로 부르자 유고가 "응" 하고 고개를 끄덕여 말을 재촉했다.

"무슨……."

그 순간이었다. 사나에에게 힘껏 싸대기를 맞았다. 그 충격에 유고는 의자에서 굴러떨어졌다. 순간 무슨 일이 벌어졌는지 이해하기 어려웠지만, 강렬한 통증으로 지금 뺨을 맞았다는 건 알았다.

사나에가 일어나 노성을 퍼부었다.

"여자 꼬시는 데 꿈 이야기를 하는 녀석들은 짜증나. 무슨 코미디언으로 잘나가면이야. 잘나가고 나서 그런 소리를 하시든지."

그 강렬한 한마디에 유고는 그만 눈물이 글썽해졌다.

"……미안."

사나에가 비틀대며 다가와 유고 앞에 쭈그려 앉았다. 그러고는 유고를 뚫어져라 바라보았다.

"그런데 우미카라는 이름은 근사해……."

그리 말하더니 벌러덩 쓰러졌다. 술에 푹 취한 것이다.

다들 다급히 힘을 합쳐 가게 안에 있는 대기실 소파에 사나에를 재웠다. 사에코가 곁에 있어주게 되었다.

가게 안으로 돌아와 고타로가 건네준 얼음이 든 비닐 봉지로 유고는 뺨을 식혔다.

마사키가 어안이 벙벙한 듯 말했다.

"사나에 씨는…… 엄청난 사람이네."

"꽤 취한 것 같지만요."

고타로가 그리 말하고 유고 쪽을 보았다.

"유고, 이래도 아직 사나에가 좋아?"

"당연하지. 저렇게 괜찮은 여자가 또 있겠어? 난 아직 포기 안 했어. 반드시 잘나가서 사나에랑 결혼하고 우미카를 낳을 거야."

하는 수 없다는 듯 고타로가 웃었고 마사키는 진지하게 말했다.

"그런데 다시 들어도 이름이 근사해. 우미카라니. 정말 유고가 생각했다고는 볼 수 없을 정도야."

그렇죠? 하고 유고는 만족스럽게 고개를 끄덕이며 머

릿속으로 그 이름을 되뇌어 보았다.

우미카…….

오늘 사나에를 만나니 그 이름의 아기를 안는 자신의 모습이 머릿속에 선명히 떠올랐다. 1년에 한두 번은 미야코섬으로 돌아가 고향의 에메랄드그린색 바다를 사나에와 우미카에게 보여주고 싶다.

그런 꿈의 세계를 떠올리는데,

"아야!"

뺨이 아려와 현실로 되돌아왔다.

"유고, 사나에랑 결혼해서 바람이라도 피워봐. 또다시 그 싸대기를 맞을지도 몰라."

고타로가 히죽대며 말했고 유고는 무심코 파르르 떨었다.

"적당히 해줘. 그 싸대기는 이제 두 번 다시 맞고 싶지 않아."

고타로와 마사키가 동시에 웃었다.

6

이튿날 우미카는 거실로 향했다.

아빠, 겐키, 잇큐, 고타로 삼촌도 일어나 있었다. 아빠는 어제 맞은 싸대기 탓인지 뺨이 부어 있었다. 아빠와 눈이 마주쳤지만 우미카는 일부러 고개를 돌렸다. 전날 있었던 시 낭독 사건은 아직 용서하지 않았다.

험악한 분위기가 흐르고 있어서 잇큐가 안절부절못했다. 잇큐는 주변 분위기를 신경 쓰는 사람이다. 다만 겐키와 고타로 삼촌은 평소대로였다.

"잘 잤니? 우미카, 어제 동영상 올라왔더라. 다시 봐도 대단해."

유이 선생님이 나타났다. 아침 이 시간에 유이 선생님이 오는 일은 드물다.

어제 동영상이란 우미카가 아빠의 뺨을 때린 것일 테다.

유이 선생님이 아빠를 힐끗 보았다. 그 부어오른 뺨을 시야에 담은 순간 갑자기 고개를 푹 숙였다. 뭘 하는지 우미카가 가만히 보니 그 어깨가 가늘게 떨렸다.

"유이 선생님…… 왜 그러세요?"

"……아무것도 아냐."

슬쩍 비스듬히 아래에서 들여다보자 뺨이 경련하고 있었다. 그 모습을 보고 바로 알아차렸다.

"유이 선생님 웃기면 웃는 편이 나아요."

웃음이 많은 유이 선생님이 또 웃음을 참고 있었다.

"괜찮아. 그런 거 아니야……."

"어제, 아빠가 저한테 뺨 맞은 게 재미있는 거죠? 아빠 뺨이 부어오른 것도 재미있죠? 참지 말고 웃어도 돼요."

그 순간 유이 선생님은 쌓여 있던 웃음을 모두 내뱉듯이 배를 잡고 폭소했다. 눈물마저 글썽였다. 웃음소리가 너무 커서 다들 눈이 휘둥그레졌다.

우미카는 유이 선생님의 등을 문질러주었다.

"미안해. 고마워."

유이 선생님은 겨우 진정되었는지 앉은 자세를 고치고 눈물을 닦고서 심호흡을 했다.

그러자 아빠가 의아한 듯이 물었다.

"유이 선생, 그게 그렇게 재미있었어?"

아빠의 얼굴을 보고 유이 선생님은 다시 웃음을 터뜨릴 듯했지만 간신히 참았다.

"재미있었어요. 유고TV 중에서 제일 재미있었어요."

"정말? 그거 편집도 안 하고 그대로 올리기만 했는데."

"최고로 재미있었어요. 저만 그렇게 생각한 거 아니에요. 유고 씨, 조회수 봤어요?"

"아니."

"얼른 보세요. 엄청나요."

아빠가 반신반의하며 컴퓨터를 켰고 모두가 그 주변을 둘러쌌다. 그리고 잠시 후에 아빠가 놀란 소리를 질렀다.

"10, 10만⋯⋯."

우미카도 눈이 휘둥그레져서 확인했다. 확실히 10만이었다.

"거짓말. 1만을 잘못 본 거 아니에요?"

떨리는 목소리로 잇큐가 물었다.

"아니, 10만 맞아⋯⋯."

아빠가 스크롤을 내려 댓글 창을 보았다. '폭소' '유고의 리액션 최고' '따님이 프로 레슬러?' '날아가는 줄. 벽을 부수고 바깥으로 튕겨 나가는 줄 알았음요' 등 이것저것 하나같이 평가가 좋았다.

"떡상했다⋯⋯."

우미카가 그리 말하자 아빠가 물었다.

"떡상이라니 그게 뭐야?"

겐키가 대신 설명했다.

"인터넷 용어예요. 단숨에 확산됐다는 거죠."

"왜 이 동영상만…… 그렇게 열심히 만든 건 조금도 반응이 없더니만."

"유고 씨의 매력이 묻어난 게 아닐까요?"

싱글벙글 웃으며 겐키가 말하자 아빠가 멍해졌다.

"매력이라니 뭐가……?"

"리액션이요."

겐키가 짧게 대답하자 고타로 삼촌이 납득이 간다는 듯 말했다.

"맞아. 그게 유고의 특기지."

"저기, 리액션이 뭐야?"

고개를 갸웃거리는 우미카에게 겐키가 눈썹을 치켜들고 가르쳐주었다.

"코미디언이 텔레비전 예능 프로그램에서 자주 하잖아. 뜨거운 어묵을 먹거나 뜨거운 욕탕에 들어가거나 해서 웃긴 행동을 하는 거."

"아, 본 적 있어."

"그런 걸 유고 씨는 잘하는 거야. 우미카가 뺨을 때렸을 때 드디어 그게 드러난 거고."

"흐음."

일단 납득한 척은 했지만 뭐가 뭔지 알 수 없었다.

"이제 유고TV의 방향성이 보이네요."

마무리하듯이 겐키가 말하자 아빠가 어리둥절해했다.

"방향성이라니? 내가 우미카한테 뺨 맞는 걸 또 찍는다고?"

"아니에요. 앞으로는 유고 씨가 몸을 써서 무언가에 도전하는 기획을 짜면 돼요."

아빠가 의구심을 품은 목소리로 말했다.

"그게 재미있을까?"

"재미있어요."

갑자기 유이 선생님이 소리를 높여서 모두가 흠칫했다. 그러고는 유이 선생님이 흥분한 모습으로 손뼉을 쳤다.

"맞다, 깜짝 카메라. 깜짝 카메라도 해요. 유고 씨한테 깜짝 카메라 하면 분명 재미있을걸요?"

"좋네요."

그 제안에 겐키가 기쁜 듯 찬성했다.

"자, 다 함께 깜짝 카메라를 기획해서 유고 씨한테 시도해 보죠."

참다못해 아빠가 말에 끼어들었다.

"어이, 깜짝 카메라를 할 거면 내가 없는 곳에서 말해. 다 들리잖아."

고타로 삼촌이 웃으면서 말했다.

"괜찮아. 유고는 경계심이 제로라 잘 잊어버리잖아. 깜짝 카메라를 한다고 해도 분명 걸려들걸?"

"야, 그렇게 말하면 내가 마치 바보 같다는 것처럼 들리잖아."

비난하는 목소리를 높이는 아빠를 무시하고 겐키가 빙긋이 웃으며 말했다.

"우선 지금부터 기획을 짜야 하니 유고 씨는 어딘가에 가 있어주세요."

"어이, 웃으면서 차가운 소리 하지 마. 괜히 무섭잖아."

그리 투덜대면서도 아빠는 집에서 나갔다.

우미카가 교실로 들어섰다.

"어이, 친구. 너희 아빠 짱이더라?"

지넨이 눈을 크게 뜨고 말했다. 그 뒤에는 학급의 다른 남자아이도 있었다. 하나같이 흥분해서 상기되어 있었다.

"……대단하긴 뭐가."

"유튜브 말이야. 인기 급상승 순위에 들어 있었어."

지넨이 외치다시피 말해서 우미카는 흠칫했다.

그렇다. 이 녀석들이 유고TV를 보고 있다는 사실을 잊었다. 또 놀림받겠다 싶어서 우미카는 몸을 사렸지만 의외로 지넨이 칭찬했다.

"짱이야. 너도 대활약하던데? 이제 유명인이네."

다른 친구들도 입을 모아 아빠와 우미카를 칭찬했다. 남자아이는 모두 못된 말만 골라 한다고 생각했는데 우미카는 당혹스러웠다.

그리고 유튜브의 영향력에 놀랐다. 영상이 조금 퍼지기만 했는데도 모두의 화제에 오른 것이다.

한참을 붙잡혀 있다가 풀려나 모에미와 호카에게 갔다.

"아저씨, 대단하셔."

남자아이들만큼은 아니지만 모에미도 흥분하고 있었다.

"모에미도 봤구나……."

"응. 우미카한테 뺨 맞아서 아저씨 날아갔잖아."

깔깔대고 웃으면서 그 모습을 따라했다.

우미카는 호카를 돌아봤다.

"호카도 봤어?"

"봤어. 그건 진짜 재미있더라."

평소라면 침착했을 호카조차도 감정을 담아 말했다. 그 대답으로 동영상의 여파가 얼마나 컸는지 확실히 실감되었다.

"유고 아저씨는 그 노선을 공략해야겠어."

"응. 겐키도 그리 말했어."

고개를 끄덕이는 우미카를 보고 호카가 미안한 듯이 말했다.

"우미카, 유고 아저씨한테 사과 전해줘."

"뭘?"

"솔직히 난 아저씨가 유튜버로 성공하지 못할 거라고 생각했는데 이번 영상으로 그게 아니라는 걸 알았어.

해보지 않으면 모르는 거네. 겐키 형이 그리 말했으니 그 말이 맞겠지. 반성했어."

진지한 얼굴로 말하는 호카를 보고 우미카는 깜짝 놀랐다. 반성은 아이가 하는 게 아니다.

"······그런데 우연히 하나가 잘된 것뿐이잖아?"

호카가 조용히 고개를 가로저었다.

"아냐, 그렇지 않을 거야. 유고 아저씨는 다른 유튜버에겐 없는 다른 독특한 멋을 찾았잖아. 이 계기로 유고 아저씨는 인기 유튜버가 될 수 있을지도 몰라."

"그럼 아빠가 히카링처럼 되는 거야?"

"그건 모르지만 가까워질 거란 생각은 들어."

확신에 가득 찬 호카의 얼굴을 보고 우미카는 침을 삼켰다.

지금부터 대체 어떻게 될까······. 지금까지 보낸 일상이 뒤엎어질 거라는 기대와 불안감이 섞였다.

(●LIVE)

7

두 달이 지났다.

이제 여름이 지나 가을이 다가오고 있었다. 관광객은
줄었지만 아직 더웠다. 다만 잇큐나 겐키는 이 정도 더
위는 쾌적하다고 한다. 도쿄의 더위가 어떤지는 우미카
는 체감한 적이 없어서 모른다.

우미카는 거실로 가 아빠에게 말을 걸었다.

"아빠, 바퀴벌레 나왔으니 잡아줘."

아빠가 귀찮은 듯이 손을 저었다.

"네가 알아서 해. 이제 5학년이잖아."

"크단 말이야."

"미야코 벌레는 전부 다 커. 너도 이제 익숙하잖아."

"근데 진짜 너무 크다고."

"거참 시끄럽네. 크다 크다 해도 바퀴벌레잖아. 대수롭지도 않은 걸 가지고."

하는 수 없다는 듯이 아빠가 일어나 슬리퍼를 가지고 왔다. 그리고 쓴웃음을 섞어 말했다.

"너도 다 큰 척해도 아직 애네. 고작 바퀴벌레 한 마리에 벌벌 떨다니."

우미카는 열이 받았지만 간신히 억누르고 손님방으로 앞장서 갔다. 오늘은 손님이 묵지 않는 빈 방인데 커다란 2층 침대만 놓인 구조였다.

커튼이 쳐진 창문을 가리켰다.

"저기에 있어."

"하는 수 없네. 아빠가 콱 퇴치해 줄게."

아이구, 아이구 하고 숨을 뱉더니 아빠가 커튼을 잡고 힘차게 걷었다. 그 순간이었다.

"으아아아아아아아아악!"

아빠는 세찬 비명 소리를 지르며 엉덩방아를 찧었다. 그리고 그대로 뒷걸음질 쳐서 달아나려고 했다.

눈앞에 큰 바퀴벌레가 있었다.

평범한 크기가 아니었다. 성인만 한 크기의 바퀴벌레가 창문 건너편 테라스에서 이쪽으로 다가온 것이다.

"부탁이야, 저쪽으로 가."

아빠는 어째서인지 평소보다 상냥해진 말투로 눈물을 글썽이며 필사적으로 벌레를 내쫓으려고 했다. 그 모습을 보고 우미카는 폭소했다.

몰래 숨겨둔 보드를 들고 아빠 앞에 보였다.

그곳에는 '깜짝 카메라 대성공!'이라고 쓰여 있었다.

그걸 보고 아빠가 눈을 끔벅거렸다.

"이게 뭐야……."

그러자 바퀴벌레가 벌떡 일어났고 아빠가 다시 비명을 질렀다. 그 바퀴벌레가 인형 탈을 벗자 잇큐의 얼굴이 드러났다.

"유고 씨, 저예요."

테라스 안쪽에서 겐키와 유이 선생님 그리고 고타로 삼촌이 줄줄이 나타났다. 유이 선생님은 또 너무 웃어서 눈에 눈물을 글썽이고 있었다.

제정신으로 돌아온 아빠가 목소리를 높였다.

"야, 이게 뭐야……."

"리얼한 바퀴벌레예요. 미국에서 공수했어요."

잇큐가 인형 탈을 보여주었다. 진짜와 똑같은 광택에 보기만 해도 불쾌했다. 겐키가 특별한 루트로 입수했다고 한다. 최근에 이런 깜짝 카메라용 소품을 사 보관하느라 손님방을 하나 허비했을 정도였다.

유고TV의 인기가 계속 쭉쭉 오르고 있다.

겐키의 말대로 아빠는 리액션이 특기다. 매운 음식 많이 먹기나 전신에 로션을 바르고 스모하기처럼 몸을 쓰는 기획을 연달아 짰다.

마치 물 만난 고기처럼 아빠는 대활약했다. 혹독한 일을 당하면 당할수록 재미가 배로 늘었다.

어떤 일이든 아빠는 진심으로 저항하고, 진심으로 화를 내고, 진심으로 몸부림치고, 진심으로 아파했다. 그 모든 순간이 재미있었다.

딸인 내 입장에서는 솔직히 아빠의 그런 모습이 한심하고 창피하기도 했지만, 그것보다 재미가 웃돌았다.

그 기획은 겐키, 잇큐, 유이 선생님, 고타로 삼촌이 생각했다. 지금까지는 거의 지켜보기만 하던 겐키가 어째서인지 갑자기 적극적으로 나서기 시작했다.

우미카의 싸대기 영상으로 유고TV에 불이 붙었다. 이어서 떡상했던 건 아빠가 처음에 조회수 5를 본 동영상이다. 우미카 일행은 조회수 5라고 부르고 있다.

처음에 겐키가 조회수 5를 편집해서 유튜브에 업로드하자고 말을 꺼냈다. 아빠는 그게 어디가 재미있는지 모르는 눈치여서 겐키가 편집까지 해서 보여주었다.

겐키가 편집도 할 수 있다는 걸 알고 나서 우미카는 깜짝 놀랐다. 지금까지 아빠와 잇큐한테 조금도 가르쳐주지 않았는데…….

편집된 영상은 아빠의 재미있는 부분만 모여 있었다. 자막이나 효과음도 근사하게 들어가 있어서 도무지 아마추어라고는 생각할 수 없는 완성도였다.

그걸 보고 유이 선생님은 자지러지게 웃었다. 유이 선생님은 이 조회수 5가 제일 재미있다고 예전에 말했다.

우미카의 싸대기에 조회수 5 동영상이 더해지자 유고TV가 인터넷상에서 화제가 되었다.

더구나 겐키가 편집한 영상을 보고 아빠는 무언가 감을 잡은 듯했다. 편집 실력이 몰라볼 정도로 좋아져서 아빠의 매력이 더 잘 드러났다. 물론 그건 잇큐도 마찬가지였다. 겐키 덕분에 두 사람은 편집의 중요한 요소를 이해한 것 같았다.

유이 선생님도 분발해서 여러 아이디어를 내주었다.

"나 사실 예능 프로그램 만드는 일을 해보고 싶었어."

그리 말하고서 적극적으로 참여했다. 확실히 유이 선생님의 아이디어가 제일 재미있고 조회수도 많이 나왔다.

유고TV는 조회수도 채널 구독자도 갈수록 늘어났다. 반 친구뿐 아니라 학교에도 알려지게 되었다.

제일 인기 있는 기획은 유고의 깜짝 카메라였다.

놀라거나 함정에 걸려드는 모습은 훌륭하다고밖에 표현할 길이 없었다. 고타로 삼촌이 말한 대로 아빠만큼 깜짝 카메라에 잘 걸려드는 사람은 없을 테다. 기억력도 안 좋고 경계심도 거의 없어서 매번 신선한 리액션을 보여준다.

그리고 함정에 빠뜨리는 역은 우미카였다. 우미카가 아빠를 속여 깜짝 카메라 대성공! 팻말을 보여준다. 인터넷상에서 우미카는 깜짝 카메라 걸로 불렸고, 이 깜짝 카메라 대성공 팻말은 여신의 성검이라는 이름이 붙었다.

깜짝 카메라 동영상만 올리는 건 아니었지만, 깜짝 카메라 조회수는 다른 방송보다 시청 횟수가 많았다. 이 깜짝 카메라만 찾아 본다는 시청자도 있을 정도였다.

다만 동네 할아버지나 할머니한테는 아무 반응이 없었다. 역시 아직 유튜브가 전 세대를 아우르지는 못하는 모양이다.

바퀴벌레 깜짝 카메라가 끝나고 모두 만족스럽게 거실로 돌아갔다. 모두 큰일을 끝낸 듯한 표정을 짓고 있었지만, 게스트 하우스 일은 아직 하지도 않았다. 최근에는 아빠와 잇큐가 유튜브를 담당하고 겐키 혼자 게스트 하우스를 운영하고 있다.

컴퓨터를 켜고 아빠가 손을 주무르며 말했다.

"자아, 어느 정도 벌어들였으려나?"

이제 유고TV는 유튜브에서 수익을 올리고 있다. 매일같이 광고비가 들어왔다. 웃음이 멈추지 않는 건 아마 이 때문일 테다. 실제로 아빠는 이 금액을 보고 늘 웃고 있다.

나쁜 일은 아니다. 이걸로 우미카의 대학 자금을 벌 수 있을지도 모르니 말이다. 우미카가 유고TV에 순순히 출연하고 있는 것도 그런 이유가 있었다.

아빠가 이상한 소리를 질렀다.

"어이, 처음 보는 곳에서 메일이 왔어."

"어디서요?"

잇큐도 화면을 보자 아빠가 혀에 쥐가 난 것처럼 더듬더듬 말했다.

"KU, KUUM이래."

"뭐예요? 미용실이에요?"

둘이서 고개를 갸웃거리고 있는데 부엌에서 채소를

썰던 겐키가 입을 열었다.

"유튜버 에이전시예요."

"유튜버한테 에이전시가 있어요?"

유이 선생님이 놀란 듯 묻자 겐키가 손을 닦으면서 답했다.

"네. 있어요."

의아한 듯이 아빠가 물었다.

"유튜버는 혼자서 전부 할 수 있으니 필요 없지 않아? 왜 에이전시가 있지?"

"요즘 유튜버는 기업이랑 제휴하거나 방송이나 영화에 출연해서 활동하는 폭이 넓어졌거든요. 개인이라면 처리하기 어려운 안건도 늘어서 그런 에이전시도 생겼어요."

고타로 삼촌의 눈이 휘둥그레졌다.

"와, 이제 유튜버는 배우나 가수 같은 거네?"

네, 하고 겐키가 고개를 끄덕였다. "이른바 새로운 시대의 직업이죠."

"어차피 여기는 수상쩍은 곳이겠지."

미심쩍은 듯이 아빠가 말하자 겐키가 가볍게 반박했다.

"그렇지 않아요. KUUM은 유튜버 에이전시 중에서 최대기업이고 히카링도 소속돼 있으니까요."

"헉, 히카링도 소속돼 있어?"

소리 지르는 우미카를 보고 겐키가 고개를 끄덕였다.

"소속돼 있다고 할까, 뭐랄까. 히카링을 중심으로 만들어진 회사니까."

"와아, 히카링은 대단하네."

우미카는 이제 완전히 히카링의 팬이었다. 히카링TV도 매일 보고 있다.

"히카링은 유튜버라는 새로운 직업을 일본 사회에 뿌리내리고 있지."

어째서인지 겐키가 자랑스레 말했고 아빠는 콧방귀를 뀌었다.

"그럼 히카링 에이전시에서 왜 나한테 메일을 보낸 거야?"

"잠시 봐도 될까요?"

겐키가 메일을 보고 내용을 확인했다.

"KUUM이 유고 씨를 스카우트하고 싶대요."

"스, 스카우트?!—"

우미카는 기겁해 무심코 소리를 질렀고 삽시간에 모두 시끄러워졌다.

"어, 유고 씨 스카우트된 거예요? 그건 아이돌이나 모델 같은 사람이 받는 거잖아요?"

흥분한 잇큐가 아빠의 등을 두드렸다.

"응? 내가 스카우트됐다고? 여긴 미야코섬이야. 하라주쿠가 아니라고."

스카우트라는 소리를 듣고 아빠가 떠올린 건 그것밖에 없는 모양이다.

"KUUM은 인기 있는 유튜버를 이렇게 스카우트해요."

"내가 인기 있는 거구나……."

콧대가 높아진 아빠가 의기양양한 말투로 물었다.

"KUUM에 들어가면 거기서 돈을 주는 거야?"

"반대예요. 반대. 유고 씨가 그 사람들한테 매니지먼트 비용을 지불하는 거예요. 그렇다 해도 광고 수입의 일부를 지불하는 거지만요."

"그게 뭐야. 손해잖아. 그럼 안 들어갈래."

아빠가 손을 거칠게 내젓자 잇큐가 아깝다는 듯이 말했다.

"그래도 유고 씨, 기껏 히카링 에이전시에서 스카우트하려고 하잖아요. 혹시 히카링이랑 친해지지 않을까요?"

"어, 진짜 히카링이랑 친해지는 건가?"

우미카가 설레서 물어보자 아빠가 무뚝뚝하게 대답했다.

"같은 에이전시일 뿐 톱인 사람이랑 친해질 수 있을 리가 없잖아."

"왜 그래? 그런 건 모르는 거잖아."

"아, 시끄러. 시끄럽다고."

아빠가 컴퓨터를 보며 키보드로 무언가 타이핑하기 시작했다.

"이거면 되겠지."

그러더니 엔터 키를 세게 눌렀다. 우미카가 궁금해서 물었다.

"뭐라고 보냈어?"

"내가 들어가길 바란다면 히카링이 직접 부탁하러 오라고 답했어."

"바보 아냐? 무슨 생각을 하는 거야?"

그만 노성이 튀어나왔다.

"유고 씨, 맞아요. 히카링은 유튜버의 신이에요."

잇큐까지 눈을 치켜 뜨자 아빠는 기가 죽은 표정을 지었다.

겐키가 그때 입을 열었다.

"유고 씨, KUUM은 매니지먼트 비용은 받아가지만 그만큼 각 방면으로 영업을 해줘요. 기업 제휴나 여러 일이 날아들면 지금 이상으로 유명해질 거고 수입도 얻을 수 있어요."

"음, 그런가……."

아빠가 경직된 표정을 지었고 겐키가 덧붙이듯이 말했다.

"무엇보다 큰 장점은 KUUM 소속의 유명한 유튜버와 알고 지낼 수 있는 거죠. 그 사람들이랑 콜라보 영상을 만들면 조회수는 단숨에 올라가요. 더구나 KUUM은 매해 다 같이 일본에서 가장 큰 유튜버 축전을 열어요. 물론 거기서 히카링도 만날 수 있고요."

잇큐의 표정이 변했다.

"유고 씨, 대체 무슨 짓을 한 거예요? 지금 메일로 히카링을 화나게 했을지도 몰라요. 이제 유튜브에서 추방될지도 모른다고요."

"아빠. 지금이라도 사과해."

순식간에 아빠의 얼굴이 새파래졌다. 그리고 기어들어 가는 목소리로 말을 걸었다.

"……겐키."

"왜요?"

"……보낸 메일을 취소하는 건 어떻게 하면 돼?"

울먹이는 아빠를 겐키가 웃는 표정으로 내쳤다.

"그런 건 불가능해요. 자, 이제 슬슬 숙박객분들도 돌아오실 거예요. 준비해요."

겐키가 손뼉을 크게 쳐서 그 자리를 마무리했다.

일주일 후 우미카는 해변에 앉아 평소처럼 바다 그림을 그렸다. 가을이 되어 바다의 표정도 조금 달라졌다. 여름처럼 놀라운 에메랄드그린색이 아니라 차분한 어른 같은 잿빛이 되었다.

아빠의 인기가 이대로 이어지면 미대에 진학할 자금은 어떻게든 충당될 듯하다. 나머지는 우미카의 실력에 달렸다. 그래서 최근에는 예전보다 힘을 더 실어 그림을 그리고 있다.

"유튜브는 대단하네……."

일반인인 아빠가 텔레비전에 나오는 연예인만큼 돈을 벌고 있다. 더구나 꽤 거금을. 왠지 지금도 믿을 수 없는 기분이었다.

해가 조금 기울어서 집으로 돌아가기로 했다. 그런데 집 앞에서 유이마루 간판을 바라보는 사람을 보고 우미카는 무심코 뒷걸음질 쳤다.

검은 모자에 검은 선글라스를 쓰고 검은 후드를 입고 있었다. 마치 도주 중인 범인 같은 차림이었다.

그런 그가 우미카의 존재를 알아차리고서 아 소리를

냈다.

"혹시 너, 유고TV에 나오지 않았어? 유고의 싸대기를 날렸던 우미카."

요새는 유고TV를 보고 아빠를 만나러 오는 손님이 간혹 찾아오기도 했다.

"맞는데요…….."

누가 봐도 수상한 인물이니 우선은 경계를 해야 한다. 다만 우미카는 순간 그걸 잊고 말았다. 말투가 온화했거니와 그 목소리가 어째서인지 익숙해서였다.

"그 영상 재미있었어, 정말로."

"……감사합니다."

아빠의 뺨을 때린 걸 재미있었다고 하니 조금도 기쁘지 않았지만, 우선 감사하다고 인사했다.

"그런데 무슨 용건이라도 있으세요?"

"묵으러 왔어. 방 있으려나?"

"여름 지나서 아직 있어요. 안내해 드릴게요."

더구나 평일이라서 실은 오늘 묵을 손님은 아무도 없었다.

"고마워. 대단하네. 이런 곳에서 돕기도 하고."

"이 게스트 하우스 딸이라서요."

"그렇구나. 그랬어."

그가 기쁜 듯이 고개를 끄덕이고 있었다. 역시 어딘가에서 들어본 적 있는 목소리였지만, 구체적으로 떠오르지 않았다.

안에 들어가 거실로 안내하자 그가 흥미진진한 듯 주변을 차근차근 둘러보았다. 벽 책장에 나란히 꽂혀 있는 소설과 만화책, 게임기를 기분 좋게 건드리고 있었다.

"근사하네. 내 방이랑 닮았어."

"손님도 놀기만 하나 보네요?"

"응, 그래. 난 노는 게 일이야."

그가 신나게 말하자 아빠가 머리를 긁적이며 나타났다.

"어이, 우미카. 손님 오셨어?"

"유고TV의 유고 씨세요?"

그가 밝게 말하는 사이에 아빠가 함박웃음을 지으며 답했다.

"응, 맞아. 어이 형씨, 내 팬이었어?"

"네, 완전 팬이에요."

"뭐, 이제 난 유명인이니까."

"네, 유고 씨는 지금 주목받는 유튜버죠."

아빠가 친근하게 그의 어깨에 손을 걸쳤다.

"아, 맞다, 맞다. 오늘은 고타로가 미야코산 소고기를 가지고 온다고 했지. 형씨, 많이 먹어. 아와모리도 남아돌 만큼 있으니까."

"감사합니다. 저도 오늘은 시간을 내서 왔으니 즐길 수 있을 듯하네요."

그때 아빠가 인상을 찌푸렸다.

"저기 형씨, 집 안에 들어왔으니 선글라스는 벗어. 스파이도 아니고."

"아, 실례했습니다."

다급히 그가 선글라스를 벗었다. 눈이 동그랗고 이목구비가 독특했다. 우미카는 어라, 하고 눈을 비볐다. 어딘가에서 본 적 있는 듯했다.

"자네, 나랑 어딘가에서 만나지 않았어……?"

우미카와 같은 생각을 했는지 아빠가 그를 응시했다.

그때 그가 갑자기 카랑카랑한 소리를 냈다.

"겐키 씨!"

부엌문 너머로 겐키가 나왔다.

"정말 왔어?"

그가 눈이 휘둥그레진 겐키에게 달려가 와락 끌어안았다. 그리고 몸을 떼어내고 눈물이 글썽한 눈동자로 바라봤다. 감정 표현이 꽤 풍부한 사람이었다.

어안이 벙벙해진 아빠가 물었다.

"뭐야, 겐키. 그 특이한 형씨, 네 친구야?"

"네. 친구이자 옛날 직장 동료예요."

"그럼 그 친구도 인터넷 관련 일을 한다는 거네?"

"겐키는 인터넷 일을 했던 거구나?"

우미카가 그리 묻자 "응, 맞아"라고 겐키가 인정했다. 그래서 유튜브를 잘 알았던 것이다.

그가 손등으로 눈물을 훔쳐내고 흥분된 목소리를 냈다.

"겐키 씨를 오랜만에 만나서 너무 기뻐요."

여전히 감격해서 목소리가 떨리고 있었다. 진심으로 겐키를 좋아하고 신뢰하는 모양이다.

"흐음, 다행이네."

아빠는 누가 보더라도 흥미가 없다는 듯 그리 말하고 의자에 앉았다.

"것보다 형씨, 이름이 뭐야?"

"안 물어도 아시잖아요?"

겐키가 큭 웃었다.

"내가 네 친구 이름을 어떻게 안다는 거야?"

의아한 듯 아빠가 묻자 겐키가 어리둥절한 표정으로 우미카를 보았다.

"우미카는 알지?"

"몰라."

고개를 가로저었다. 솔직히 겐키가 무슨 소리를 하는지 도통 이해할 수 없었다.

그러자 그가 웃으며 말했다.

"겐키 씨, 저 안경을 안 쓰면 아무도 몰라봐요."

"아, 그렇구나. 그래서구나."

겐키가 납득했다. 그는 가슴에 붙은 옷 주머니에서 안경을 꺼냈다. 큼직한 검은 뿔테 안경이었다.

그걸 끼고서 이쪽을 보았다. 안경 쓴 그의 얼굴이 눈앞에 다가오자 우미카는 숨이 멎었다.

나는 이 사람을 알고 있다……. 아니, 나뿐만이 아니다. 일본 사람이라면 전 국민이 아는 얼굴이다.

아빠에게서 가느다란 목소리가 새어 나왔다.

"히, 히카링……."

그렇다. 지금 눈앞에 히카링 본인이 서 있다.

그래서 어딘가에서 들은 적 있는 목소리라고 생각했다. 그건 늘 듣는 히카링의 목소리였다.

정신이 돌아온 우미카는 목소리가 들떠 있었다.

"어, 어, 어째서 히카링이 여기에 있는 거야?"

의아한 듯 히카링이 답했다.

"어, 그야 유고 씨가 KUUM에 본인을 영입하고 싶으면 직접 부탁하러 오라고 메일을 주셨으니까."

설마 그 메일 때문에 정말로 올 줄은 꿈에도 몰랐다.

"뭐, 것보다도 겐키 씨를 만나고 싶었던 게 제일 크지만. 정말 놀랐어요. 유고TV를 겐키 씨가 돕고 있었다니."

겐키가 웃으면서 부정했다.

"난 유고TV에서 아무것도 안 해. 돕는 건 이 게스트 하우스뿐이야."

우미카는 참지 못하고 끼어들었다.

"자, 잠시만. 겐키랑 히카링은 친구인 거네?"

"맞아. 난 겐키 씨 덕분에 유튜버로 성공했어. 겐키 씨는 내 은인 같은 사람이야."

고개를 끄덕이는 히카링에게 겐키가 쓴웃음을 지으며 말했다.

"은인이라니 오버야. 일본 최고의 유튜버가 된 건 히카링한테 능력이 있어서야. 난 아무것도 안 했어. 그냥 보고 있었을 뿐이지."

두 사람은 그동안 그리웠다는 듯이 애틋하게 마주 보았다. 그 시선에 우정과 신뢰가 담겨 있었다.

아빠가 혼란스러운 말투로 설명을 요구했다.

"어이, 겐키. 뭐가 뭔지 전혀 모르겠어. 자세히 설명 좀 해줘."

겐키가 밝은 목소리로 답했다.

"간단해요. KUUM은 제가 히카링이랑 세운 회사예요. 히카링이라는 훌륭한 재능을 가진 사람을 세상에 더 알리고 싶다. 유튜브의 가능성을 더 많은 사람이 알아줬으면 좋겠다 싶어서 만들었어요. 제가 대표고 히카링이 이사로 해서요."

"아빠 몰랐어?"

우미카가 아빠를 돌아보자 아빠가 작은 목소리로 답했다.

"아니, 겐키가 인터넷 관련 회사를 꾸려나갔다는 건 알았는데, 그게 설마 KUUM인 줄은 몰랐지……."

"옛날이야기예요."

겐키가 미안한 듯이 그리 말했다.

아마 호카는 KUUM의 대표 시절에 찍은 겐키의 사진을 어딘가에서 본 기억이 어렴풋이 남아 있었을 것이다.

"그런데 겐키, 그렇게 대단한 사람인데 왜 지금은 여기서 일하고 있어?……."

"이런저런 일이 있어서."

겐키가 대답을 얼버무렸다.

"으아아아아아!— 히, 히카, 히카링이 있어—."

어느새 나타난 잇큐가 기겁하며 소리 지르고 있었다.

그날 밤 히카링까지 해서 파티를 열었다.

어른 멤버는 아빠, 겐키, 잇큐, 고타로 삼촌, 유이 선생님이었고, 어린이 멤버는 우미카, 모에미, 호카였다.

히카링은 지금 유튜브의 영역을 넘어선 전국 규모의 유명 인사다. 텔레비전에 자주 나와서 할아버지나 할머니도 알고 있다. 만약 다른 사람이 알게 되면 어떤 소동이 벌어질지 몰라서 모두 아무에게도 말하지 않기로 했다.

히카링을 만난 순간 잇큐와 마찬가지로 모에미도 기겁을 했다. 천하의 호카마저도 놀라움을 감추지 못하고 있었다. 히카링이 이 유이마루에 왔다는 것은 그만큼 몹시 놀랄 만한 일이었다.

가라앉아 가는 석양이 바다에 비쳤고 그 모습을 바라보며 평소대로 파티를 시작했다. 오토리 세트, 미야코 산 소고기스테이크에 고타로 삼촌이 가지고 온 과일 그리고 히카링……. 일상의 풍경에 히카링이 있다는 걸 여전히 믿을 수 없었다.

히카링은 조금 떨어진 곳에서 그 바다를 조용히 바라보고 있었다. 평소에 바삐 일하는 사람일수록 이런 바다를 보며 이런 표정을 짓는다. 담담하게 흔들리는 그 눈동자에서 우미카는 히카링의 지난 일상을 엿볼 수 있었다.

그 옆얼굴에다 대고 물었다.

"히카링, 미야코섬 바다는 처음이죠?"

"응. 일본에 이렇게 예쁜 바다가 있을 줄이야. 왠지 이 바다를 보고 있으니 모든 걸 잊을 수 있을 것 같아. 와서 정말 다행이야."

"여행 별로 안 가요?"

"동영상을 매일 올려야 하니까. 여행할 틈이 없어. 오늘도 겐키 씨가 와달라고 안 했으면 오기 힘들었을 거야."

유튜버가 얼마나 바쁜지는 평소에 아빠를 보면서 우미카도 알았다. 매일 동영상을 업로드하는 건 혹독한 작업이다. 그리고 히카링이야 당연히 아빠에 비할 수 없을 만큼 바쁠 테다. 그래서 이런 눈을 하고 바다를 바라보는 것이다.

"오늘은 겐키가 부른 거죠?"

"응. 유고 씨 메일이 온 후에 바로 겐키 씨가 오랜만에 연락을 줬어. 그때 미야코섬에서 유고 씨 게스트 하우스에서 일하고 있다는 걸 알려줬어. 유고TV의 유고 씨랑 겐키 씨가 아는 사이인 줄은 몰랐어."

"히카링은 아빠를 알았어요?"

"그럼. 우미카가 유고 씨 싸대기를 날린 동영상이나 조회수 5인 영상이 유튜브에서 완전 인기였잖아. 그거 정말 웃겼어."

히카링도 알고 있었다. 아무래도 아빠는 상상 이상으로 주목받고 있나 보다.

"히카링, 여기 바다는 최고지?"

어느새 겐키가 곁으로 와서 바다를 바라보고 있었다.

"네. 겐키 씨가 여기에 있는 이유를 알 것 같아요."

히카링이 마음을 푹 놓은 듯이 말했다. 그 옆모습을 보고 우미카는 문득 떠올렸다. 그러고 보니 겐키도 처

음 미야코섬에 왔을 때 자주 이런 표정을 지었다. 히카
링과 옛날의 겐키가 우미카에게는 겹쳐 보였다.

왠지 느낌이 좋다고 생각하자마자 아빠가 분위기를
깨부수었다.

"자아, 오토리하자. 우미카!"

"아, 목소리 크다니까."

우미카가 손가락으로 귀를 막자 히카링이 웃었다.

"유고 씨랑 우미카는 최고의 부녀 유튜버인 것 같아."

"저요? 저도 유튜버예요?"

"유고TV에는 우미카도 자주 나오니까 엄연히 유튜버
지."

깜짝 카메라뿐만 아니라, 아빠와 잇큐의 매운 음식 빨
리 먹기 대결 진행자나 다른 역할도 우미카가 하고 있다.

"유튜버라도 자식은 보여주고 싶어 하지 않는 사람이
많아서 우미카는 한층 더 눈에 띄어."

역시 아빠는 평범한 아빠가 아니구나, 하고 뼈저리게
납득했다.

모두가 있는 곳으로 돌아가 우미카는 피처에 아와모

리와 물을 부어 오토리를 준비했다. 여름이 끝나서 얼음은 조금 넣었다.

아빠가 일어나서 소개했다.

"자, 오늘은 내 절친 히카링이 미야코섬에 왔습니다. 다들 박수."

언제부터 절친이 됐는지 모르지만, 잇큐가 격하게 박수를 쳤고 고타로 삼촌이 휘파람을 불었다. 그 분위기에 히카링은 당황했다.

모에미가 말에 끼어들었다.

"아저씨, 언제부터 히카링이랑 절친이 됐어요?"

나뿐만이 아니구나. 우미카는 안심했다.

"조금 전에 히카링이랑 콜라보 영상을 찍었잖아. 유튜버는 콜라보하면 절친인 거야. 그렇지, 히카링?"

"네, 지당하신 말씀입니다. 유고 씨와는 절친이죠."

그렇다. 이 일이 이번에 가장 충격적인 사건이었다.

히카링이 유고TV에 나온다. 다시 말해 일본 최고의 유튜버가 아빠를 인정해 준 것이다. 나중에 업로드할 예정이지만 대체 얼마나 조회수가 나올까. 그 숫자를 상상하자 우미카는 정신이 아득해졌다.

히카링과 오토리를 한다니 사상 최고의 사치스러운 오토리 덕분에 모두 요란법석이었다.

모에미와 호카가 집에 가고 싶지 않다고 해서 겐키가 두 사람의 부모님에게 연락을 한 덕분에 우리 집에서 하룻밤 묵게 되었다.

겐키주스를 마시면서 먹음직스러운 미야코산 소고기 스테이크를 먹었다. 더구나 히카링이 비트 박스를 해줘서 최고의 밤이 되었다.

우미카, 모에미, 호카가 모래사장에서 자고 있다.

평소에는 이 시간까지 깨어 있지 않지만, 히카링이 있어서 마지막까지 있고 싶었던 걸 테다. 건방진 녀석들이지만 하는 짓이나 자는 얼굴은 아직 아이다. 그 모습을 보면서 유고는 아와모리를 한 모금 마셨다.

겐키가 일어났다.

"애들 침대에 옮기고 올게요."

겐키가 우미카를, 잇큐가 모에미를, 고타로가 호카를

안아 올렸다. 유이 선생님도 같이 가서 침대를 정돈하기로 했다.

유고와 히카링 둘만 있게 되자 갑자기 조용해졌다. 캠프파이어 불길을 히카링이 조용히 응시하고 있었다.

"어때? 괜찮지? 파도 소리를 들으면서 불 보는 거."

말을 걸자 히카링이 미소를 지었다.

"네, 최고네요."

"그렇지? 이러고 있으면 평소의 바쁜 나날을 잊을 수 있어. 우리 숙박객들은 다들 이 불 앞에서 이런저런 이야기를 나눠."

문득 돌아가신 아버지를 떠올렸다. 아버지는 이렇게 숙박객과 불을 둘러싸고 여러 사람의 이야기에 귀를 기울였다. 그 모습을 보면서 잠에 빠져드는 것이 어린 유고의 일상이었다.

어릴 적에는 벌이도 시원찮은 이런 허름한 게스트 하우스를 왜 하는가 생각했는데 아버지가 게스트 하우스에 집착했던 일도 지금이라면 이해한다······. 여기는 일상에 지친 사람이 찾아와 쉬는 곳이다. 아버지는 그런

공간의 소중함을 알고 있었던 것이다.

불길에 비친 히카링의 옆얼굴을 보고 그만 옛날 일을 떠올렸다.

"하아암."

자신도 모르게 하품이 나왔다. 유튜브를 시작하고 나서 이 시간까지 오토리를 했던 적이 없었다.

"졸려요?"

히카링이 우습다는 듯이 입을 뗐다.

"뭐 그렇지. 최근엔 잠이 부족해서."

"저도 그래요. 이젠 푹 자지 못하는 게 당연해졌어요."

인기 유튜버만큼 바쁜 일은 없다. 거의 하루 종일 집에 틀어박혀 작업을 해야 한다. 유고는 그 수고를 사무치게 알고 있었다.

"오늘은 이렇게 파도 소리를 들으면서 맛있는 술을 마셔서 행복해요."

히카링이 어깨에 들어간 힘을 빼고 파도 소리에 귀를 기울였다. 일본 최고 유튜버의 알려지지 않은 모습이 그곳에 있었다.

무심코 유고가 물었다.

"히카링은 왜 유튜버가 된 거야?"

"저요? 어쩌다 보니 유튜버가 됐어요. 처음에는 비트 박스 그게 하고 싶었어요."

비트 박스는 타악기 소리를 입으로 내는 건데, 히카링이 조금 전에도 했다.

"그래서 상경해서 마트 일하면서 비트 박스 연습을 했어요. 때마침 유튜브가 생겨서 비트 박스 동영상을 올렸죠. 그 계기로 겐키 씨랑 알게 돼서 유튜버로 유명해지게 됐고요. 유튜브랑 겐키 씨가 없었더라면 저는 아직 분명 마트에서 반찬을 팔고 있었겠죠."

"그렇구나. 히카링은 꿈을 이루었구나……."

상경해서 꿈을 좇았다. 그건 바로 유고의 젊은 시절이기도 했다. 다만 유고의 머릿속에 떠오른 건 과거의 자신이 아니라 마사키의 그 미소였다.

12년 전, 도쿄

웃음을 온몸으로 뒤집어 쓰면서 유고는 무대 가장자리로 돌아왔다.

오늘 웃음을 제일 많이 끌어냈기에 스스로도 꽤 뿌듯했다.

사무실 매니저가 말을 걸어왔다.

"최근에 컨디션이 좋네. 사투리도 꽤 고쳐서 알아듣기 쉬워졌고. 요전번의 '태풍 속에서 야한 책을 사러 가는 중학생'은 최고였어."

"감사합니다. 미야코섬이라고 하면 태풍을 빼놓을 수 없으니까요. 그건 제 실제 경험담이에요."

"실제 경험이었군. 그래서 리얼했구나."

매니저가 크게 웃었다.

유고는 마사키를 본받아 다른 코미디언의 개그를 분석하거나, 만화나 영화에서 힌트를 얻으려고 했다. 그렇게 여러 가지를 습득하는 동안에 유고만의 특색은 갈수록 뚜렷해졌다.

유고는 말 센스가 뛰어나거나 유창하게 말해서 재밌는 타입은 아니었지만, 얼굴이나 몸짓으로 무언가를 표현할 때 웃겼다. 그래서 기묘하거나 엉뚱한 아이디어가 아니라 일상 속에서 그런 재미를 전달할 수 있는 설정으로 바꾸었다. 그러면서 점점 대중에게 먹히기 시작했다.

다른 직원에게 좋은 평가까지 받자 앞이 보이지 않는 깜깜한 터널 속을 빠져나온 기분이었다. 이런 상황이라면 이제 곧 잘나가게 될 테다. 유고는 그런 자신감에 차올랐다.

상점가 마트에서 장을 보고 귀가했다.

유고가 주로 먹는 음식은 저렴한 우동에 달걀과 간장을 섞은 것이지만, 오늘은 무대에서 큰 웃음을 터뜨린 포상으로 특별히 명란젓을 샀다. 토핑으로 삼아 명란젓 우동을 만들 생각이다.

집 문을 열었다.

"유고 늦었네."

고타로가 아이스크림을 먹으면서 손을 들었다. 그 옆에는 마사키가 마찬가지로 아이스크림을 먹고 있었다. 두 개가 붙어 있는 아이스크림이다.

"응. 조금 늦었어."

바닥에 마트 비닐봉지를, 앉은뱅이 탁자에 휴대전화를 놓는 순간 부르르 떨렸다. 발신자가 표시된 화면을 보고 가슴이 고동쳤다. 그곳에 사나에라는 이름이 떠 있었다.

펄쩍 날아오르다시피 메시지를 확인했다. 또 라이브 공연에 가고 싶으니 출연하는 날을 알려달라는 내용이었다.

유고가 나오는 라이브 공연에 사나에를 몇 번인가 초대했는데 요전번에 마침내 와주었다. 코미디언이 상대를 꼬시는 최고의 무기는 자신의 무대를 보여주는 것이다. 어떤 선배가 그리 조언했는데 바로 그 말 그대로였다.

콧노래를 섞어가며 앉자 고타로가 물었다.

"사나에랑 느낌 좋아?"

"글쎄. 가끔 밥도 먹으러 다니고 공연도 보러 와줘. 이대로라면 정말 결혼할지도 모르겠어."

"와아, 스토커 작전 대성공이구나."

"누가 스토커래. 잘 들어, 고타로. 아무리 좋은 상품이라도 알려지지 않으면 안 팔린다고."

"뭐, 그렇지."

"맞지? 난 그저 단순히 나라는 훌륭한 상품을 사나에한테 영업했을 뿐이야. 이건 영업을 한 노력의 성과고. 단언컨대 스토커가 아니야."

"유고, 다행이야."

내심 기쁜 듯 마사키가 말했다.

"저도 곧 기혼자가 돼서 마사키 씨를 따라잡을 거예

요."

크게 웃자 마사키가 말을 꺼냈다.

"때마침 잘됐어. 유고랑 고타로한테 좋은 뉴스랑 나쁜 뉴스가 있어. 어느 쪽부터 들을래?"

유고는 고타로와 얼굴을 마주 보았다. 마사키답지 않은 말투였다.

하는 수 없이 유고가 말했다.

"……좋은 뉴스부터요."

"사에코가 임신했어."

마사키가 웃는 얼굴로 말하자 고타로가 다급히 물었다.

"그럼 마사키 씨가 아빠가 되는 건가요?"

"응, 맞아. 내가 아빠가 되는 거야."

"축하드려요."

유고는 기쁨에 벅차올랐다. 마사키의 행복은 유고의 행복이기도 했다. 마사키라면 분명 좋은 아빠가 될 테다.

다만 조금 전에 마사키가 한 말이 신경 쓰였다. 유고가 조심스럽게 물었다.

"……그래서 나쁜 뉴스는 뭔가요?"

"만화가가 되려는 꿈을 포기할 거야."

마사키가 선뜻 말해서 유고는 순간 그 의미를 알 수 없었다. 하지만 곧바로 알아차리고 더듬거리며 되물었다.

"자, 잠시만요. 무슨 뜻이에요?"

"아이가 생기면 안정된 수입이 필요해져. 이제 만화가를 지망할 여유가 없어지겠지. 그러니 필연적으로 관둘 수밖에 없네. 그래서 지금 이자카야에서 사원으로 일하기로 했어. 그 가게의 점장이 될 거야."

담담하게 설명하는 마사키에게 유고는 거친 소리를 냈다.

"왜요? 지금처럼 일하면서 만화가를 목표로 하는 길도 있잖아요. 아이가 태어난다고 해서 꿈을 포기할 필요는 없잖아요?"

"프로 만화가를 목표로 하는 건 그렇게 안이한 일이 아니야."

진지한 얼굴로 마사키가 말해서 유고는 흠칫했다.

확실히 만화를 그리려면 열의도 시간도 필요하다. 지금처럼 아르바이트하는 정도면 그렇다 쳐도 점장이 되

면 신경 써야 할 일이 많아진다. 도저히 만화에 시간을
할애할 여유가 없다는 건 안다.

"그런데 그래도 괜찮아요? 프로 만화가가 되고 싶은
마사키 씨의 마음을 그렇게 간단히 포기할 수 있는 건
가요?"

유고가 참지 못하고 과격한 투로 말하자 마사키가 그
때 눈을 감았다. 그 표정에 갈등하는 기색이 들여다보
였다.

그렇다. 그런 것이다. 오랜 시간 만화에 바쳤던 마음
은 아이가 생겼다고 해서 버릴 수 있는 것이 아닐 테다.

마사키는 찰나처럼 아주 짧은 시간을 내서라도 책상
에 매달려 펜을 휘갈겼다. 잠자는 시간까지 아껴가며
여러 작품을 읽거나 보거나 공부했다.

그렇게 마사키가 진지하게 꿈을 좇는 모습을 보며 유
고도 비로소 정신을 차리고 자신의 개그와 마주하기 시
작했다. 그렇기에 마사키가 꿈을 포기하기를 바라지 않
았다.

마사키가 눈을 떴다. 그리고 미소 지으며 답했다.

"유고, 고마워."

"그럼, 그럼⋯⋯."

유고는 안도했지만 곧바로 마사키가 굳은 목소리로
말했다.

"그런데 이제 포기했어. 만화가는 포기할 거야. 그 결
심은 달라지지 않아."

"왜요?"

속상해서 눈에 눈물이 번지고 있었다. 아이가 생겼다
고 만화가가 되기를 단념한다니. 그건 유고가 내내 보
아온 마사키의 모습이 아니었다. 그래서는 단순한 낙오
자가 아닌가⋯⋯.

"유고, 진정해. 마사키 씨도 각오를 다지고 내린 결정
이니까."

고타로가 그리 타일렀지만 유고는 도저히 납득할 수
없었다.

8

우미카가 교실로 들어섰다.

"친구, 어제 유고TV 엄청 재미있었어."

기다리고 있었던 듯 지녠이 바로 말을 걸었다. 그리고 지녠의 뒤로 반 남자아이들이 평소처럼 한곳에 모여 있었다. 최근에는 그곳에 여자아이도 섞여 있었다.

"저기, 나도 유고TV에 나갈 수 있도록 유고한테 말해 줘. 부탁이야."

반 아이가 우리 아빠를 반말로 부르는 건 위화감이 든

다. 하지만 이제 아빠가 인기 유튜버가 되었다는 증거일 테다.

다른 남자아이가 끼어들어 말했다.

"그, 그것보다 히카링이 또 미야코섬에 오면 꼭 알려줘. 꼭이야!"

나도, 나도, 나한테도…… 하고 모두가 연달아 목소리를 높였다.

히카링과 유고의 콜라보 영상이 유튜브에 업로드되자 터무니없는 소동이 벌어졌다. 천하의 히카링과 함께 출연한 것만으로 아빠는 모두의 영웅이 되었다.

그 인기는 아이에만 머무르지 않고 미야코섬의 어른들 사이까지 퍼졌다. 유튜브가 무엇인지 모르고 아빠를 냉소적으로 바라보던 사람들이 히카링과 함께 찍은 영상을 보고는 손바닥 뒤집듯이 금세 태도를 바꿨다.

미야코섬의 지역 방송과 신문에서는 아빠를 '미야코섬의 유튜버'로 다뤘다. 의원도 일부러 아빠를 만나러 와서 미야코섬을 홍보해 달라고 부탁했다. 미야코섬뿐만 아니라 오키나와에서도 화제가 되며 이 기세는 계속

이어졌다.

더구나 아빠가 상경하는 횟수도 늘었다. 도쿄에서 히카링 말고 다른 유튜버와 콜라보 영상을 만든다고 했다.

우미카는 아이들 틈바구니에서 간신히 빠져나와 자신의 자리로 되돌아왔다. 최근에 이런 시간이 점점 늘어서 수업 전인데도 피로가 확 밀려왔다.

모에미가 위로하듯이 말을 걸었다.

"수고했어. 매일 힘들지?"

"이제 좀 적당히 해줬으면 좋겠어……."

어깨를 떨어뜨리는 우미카에게 호카가 말했다.

"그건 그렇고 히카링 효과는 절대적이었어. 겐키 형이 예상한 대로야."

이제 호카도 겐키가 KUUM의 대표였다는 사실을 알고 있다. 우미카가 가르쳐줬다. 호카는 말을 듣고 "역시 보통 사람이 아닐 것 같았어"라고 몇 번이나 고개를 끄덕였다.

학교가 끝나고 돌아오자 거실에 잇큐와 겐키가 있었다. 잇큐는 컴퓨터를 쓰고 있었고 겐키는 부엌에서 채소를 씻고 있었다. 저녁 준비를 하는 모양이다.

문득 테이블을 보니 많은 그릇이 놓여 있었다. 하나 같이 정교하게 디자인되어 있었다. 마치 옛날 귀족이나 사용했을 법했다.

"이거 뭐야?"

우미카가 만지려고 하자 잇큐가 다급하게 그 손을 막았다.

"만지면 안 돼."

"이거 뭐야?"

"유고 씨가 샀는데, 엄청 비싼 그릇이래."

"왜 이런 걸 샀어?"

"이 그릇으로 불량 식품을 먹는 동영상을 찍을 거래. 최고급 식기로 엄청 저렴한 걸 먹으면 맛있어질까 하는 기획이지."

재미있는지 어떤지는 잘 모르겠다.

"흠, 이 그릇 얼마나 하는데?"

"100만 엔이래."

"100, 100만 엔?"

너무 놀라서 목소리가 뒤집어졌다. 설마 그렇게 비쌀 줄은 생각지도 못했다.

"100만 엔이라니 너무 비싸!"

"비싼 걸 쓰면 쓸수록 동영상이 재미있어진다고 유고 씨가 그랬는데."

잇큐가 자신 없어하며 대답하자 우미카는 부엌을 돌아보았다.

"겐키, 그게 맞아?"

겐키가 냉정하게 답했다.

"음, 뭐, 히카링도 고가의 물건을 사서 보여주기도 하지만."

"……그야 히카링은 살 수 있을지도 모르지만."

인기 유튜버가 된 덕분에 아빠의 수중에는 거금이 들어와 있었다. 아빠가 자세한 금액을 알려주지 않았지만 조회수로 대략적인 건 판단할 수 있다. 이제 우미카의 대학 진학 비용은 이미 벌고도 남았을 테다.

하지만 그만큼 아빠의 돈 씀씀이가 헤퍼졌다. 이렇게 화들짝 놀랄 만큼 고가의 물건을 태연하게 사는 것이다.

문득 우미카는 알아차렸다. 잇큐의 눈이 빨갛게 충혈
돼 있는 것을.

"잇큐, 무슨 일 있어? 눈이 빨개."

"아, 최근에 편집을 혼자서 내내 하고 있어서."

"아빠는 안 해?"

"유고 씨는 여러모로 할 게 있으니까. 최근에는 취재
나 회의도 많고."

잇큐는 애써 아빠를 감쌌지만 우미카는 납득이 가지
않았다. 잇큐를 혹사해 아빠는 놀고 있는 걸로밖에 보
이지 않았다.

그때 바깥에서 큰 소리가 들렸다. 쿵쿵쿵, 집 전체를
뒤흔드는 듯한 무겁고 낮은 소리가 울려 퍼지고 있었다.

우미카가 놀라 집 밖으로 뛰쳐나갔다가 눈앞에 펼쳐
진 광경에 아연실색했다.

거대한 오픈카가 세워져 있었다. 번쩍번쩍한 빛과 외
관을 보아하니 고급 차였다.

운전석에는 아빠가 앉아 있었다. 크고 촌스러운 선글
라스를 끼고 화려한 흰 슈트를 입었다. 그 차림으로 음

악에 맞춰 몸을 위아래로 흔들었다. 그러다가 우미카의
존재를 알아차리고 시동을 껐다. 음악은 멈췄지만 아직
이명이 났다.

"어이, 우미카."

"……어이, 할 때야? 이 차는 뭐야?"

"뭐, 어때. 고급 외제차야. 미야코에서 이 차 타는 사
람은 나뿐이야."

잇큐와 겐키도 다가왔다. 잇큐가 눈이 휘둥그레져서
물었다.

"이거 얼마였어요?"

"천만 엔."

"처, 처, 처, 천만 엔……."

금액이 너무 커서 머리가 어질어질했다. 100만 엔짜리
그릇도 너무 비쌌는데 그 열 배나 되는 물건을 사 왔다.

"도대체 무슨 생각이야? 그렇게 비싼 차를 사서 어쩌
자는 거야?"

"바보야, 난 인기 유튜버라고. 그렇게 녹이 슬어빠진
용달차를 어떻게 타."

치켜올린 턱 끝에는 유이마루의 용달차가 있었다.

"더구나 이건 선행 투자라는 거야. 비싼 걸 사서 촬영하면 조회수를 벌어들일 수 있잖아. 그러면 또 돈을 벌수 있어."

그런 말을 듣자 말문이 막혔다. 논리는 알겠지만 헤픈 돈 씀씀이에 가슴이 조마조마했다.

아빠는 차에서 내려 잇큐를 보았다.

"난 지금부터 도쿄로 가야 해. 어제 촬영한 영상 편집 부탁해. 이번 편은 소리를 신경 써서 편집해 줘."

"알겠어요."

"유명인은 바쁘단 말이지."

아빠는 경쾌한 발걸음에 콧노래까지 부르며 집 안으로 들어가 버렸다.

우미카는 불안해졌다.

"겐키. 아무리 그래도 돈을 너무 쓰는 거 아닐까? 괜찮을까?"

겐키가 떨떠름한 표정을 지었다.

"확실히 천만 엔짜리 차는 너무하려나……."

천하의 겐키도 지금은 아빠를 차마 감싸줄 수 없었던 것이다.

"더구나 유튜버는 이렇게 몇 번이나 도쿄에 가야 해?"

"인터넷 관련 회사는 도쿄가 중심이니까."

"그래도 지금은 회의를 인터넷으로 할 수 있잖아."

"유고 씨는 얼굴을 마주하고 이야기를 하고 싶대. 더 구나 콜라보 영상을 만들려면 히카링 같은 인기 유튜버 는 도쿄에 있을 때가 많으니까."

"그런가……."

일단 받아들였지만 납득이 잘 되지 않았다.

그러자 우미카와 마음이 통했는지 잇큐가 고개를 갸 웃거리고 말했다.

"그런데 유고 씨는 유튜브랑 상관없이 도쿄에 가잖아 요. 뭘까요?"

"잇큐도 모르지?"

"응."

"겐키는?"

"몰라."

겐키도 고개를 가로저었다. 두 사람은 분명 알고 있을 줄 알았다.

"겐키도 잇큐도 아빠랑 도쿄에서 알게 됐잖아?"

"그렇지. 그래도 유고 씨가 도쿄에서 뭘 하는지까지는 들은 적이 없어."

아빠는 도쿄에서 무엇을 하고 있을까. 여태껏 그저 놀러 다니고 있다고만 생각했는데 왠지 묘하게 신경이 쓰였다.

그때 고타로 삼촌이 평소처럼 과일을 가지고 나타났다. 차를 보고 놀란 소리를 질렀다.

"이 차 어마어마하네. 어떻게 된 거야?"

"아빠가 조금 전에 사 왔어. 얼마인 것 같아?"

고타로 삼촌이 곰곰이 생각하며 차 안을 응시했다.

"……비쌀 것 같아."

"천만 엔이야."

"그렇게나 비싸?"

눈이 휘둥그레진 고타로 삼촌에게 우미카는 고개를 숙이고 부탁했다.

"삼촌이 아빠한테 말 좀 해줘. 비싼 걸 너무 많이 산 다고."

"알겠어, 알겠어. 말해줄게."

고타로 삼촌은 그리 말하고 집 안으로 들어갔다. 이제 아빠에게 충고할 수 있는 사람은 고타로 삼촌 정도다.

방에서 짐을 꾸리는데 고타로가 들어왔다.

"유고, 천만 엔이나 하는 차를 샀다면서."

"응. 근사하지?"

고타로가 참고 있던 숨을 뱉었다.

"……돈을 너무 많이 쓰는 거 아냐? 우미카도 그렇고 다들 걱정하고 있어."

그 말에 유고는 입을 다물었다. 오랜 세월 어울려오면 서 알 수 있다. 고타로는 진심으로 걱정하고 있다.

"시끄러. 돈을 써야 다른 사람이랑 제일 차별화되고 조회수를 벌 수 있다고. 지금 흐름을 탔잖아. 눈 멀뚱히 뜨고 이 기회를 놓칠 생각은 없어. 성공하려면 찾아온 기회를 확실히 붙잡는지 아닌지에 달렸어. 난 더 유명해질 수 있어."

"유명해지고 싶다는 말이지······."

고타로가 어깨를 떨어뜨리고 말했다.

유고는 그 목소리에 가슴 깊은 곳이 욱신거렸지만 아
무 말도 하지 않았다.

11년 전, 도쿄

유고는 아르바이트를 하는 이자카야에 왔다. 앞에는 '정기 휴일'이라고 쓰인 팻말이 걸려 있었다. 개그 수첩을 가게에 놓고 와서 가지러 왔다.

부엌문으로 가게에 들어갔다가 흠칫했다. 가게 안에는 마사키가 있었다. 의자에 앉아 장부 같아 보이는 것에 무언가를 써넣고 있었다.

"마사키 씨, 휴일인데 가게에 오셨어요?"

"응. 경리 일을 처리하자 싶어서."

점장이 되면 아르바이트와는 다른 수고가 든다. 마사키는 거의 매일 이 가게에서 일하고 있었다. 아이가 태어났으니 착실히 벌어야지, 하고 마사키는 태평한 모습을 가장하고 있었지만 아무리 생각해도 편해 보이지 않았다.

아이가 생겨서 만화가의 꿈을 포기한다. 마사키의 입에서 나온 그 말을 들었을 때 유고는 실망했다. 그 정도로 꿈을 포기하다니, 하고 마사키에게 내심 실망했다.

시간이 흘러 서서히 그 감정은 옅어졌지만 예전처럼 진심으로 마사키를 존경할 수 없었다.

유고가 마사키를 경애한 건 믿을 수 있는 선배이자 같이 꿈을 좇는 동료여서였다. 함께 가던 길에서 아무렇지 않게 혼자 훌쩍 떠나버린 마사키를 유고는 아직 용서하지 못했다.

마사키의 곁으로 다가가 그 옆모습을 보고는 순간 할 말을 잃었다. 눈이 움푹 패어 있고 다크서클이 생겨 있었다. 피곤함을 숨기려고 했지만 그걸 숨길 수 없을 만큼 겉으로 드러나 있는 것이다.

"무, 무슨 일 있어요? 꽤 피곤해 보여요."

"그래? 아니야."

얼버무리려고 하는 마사키를 유고는 응시했다.

"아뇨, 분명 이상해요. 무슨 일이 있었어요? 혹시 우라라한테 무슨 일이 있다든가……?"

우라라는 마사키의 아이 이름이다. 마사키와 사에코가 붙이기에는 조금 눈에 띄는 이름이다. 마사키도 그렇게 생각하고 있는지 유고와 고타로가 이름을 물었을 때 왠지 허둥대며 대답했다.

"우라라…… 우라라는 씽씽한데……."

마사키가 우물쭈물 말하는데 "아, 마사키 씨도 계셨어요?" 하고 고타로가 나타났다. 오늘은 고타로가 쉬는 날이라 같이 밥을 먹으러 가기로 했다. 그 약속 장소를 이곳으로 정한 것이다.

무거운 분위기를 알아차렸는지 고타로가 신중하게 물었다.

"왜 그래요? 무슨 일 있어요?"

"마사키 씨가 꽤 피곤해 보여서 무슨 일이 있는지 물어보고 있었어……."

고타로가 마사키를 보고 흠칫했다. 유고가 말한 뒤에 알아차린 것이다.

"마사키 씨, 무슨 일 있으세요?"

마사키는 여전히 입을 닫고 있었다. 그 표정을 보고 유고가 동요했다. 이건 심상치 않은 일이다.

"마사키 씨, 우리는 친구예요. 곤란할 때 서로 돕는 게 절친이잖아요?"

진지한 얼굴로 묻자 마사키가 미적지근한 숨을 내쉬었다. 그때 마침내 표정이 누그러들어 마사키의 평소 얼굴이 되었다.

"……그래. 유고가 하는 말이 맞아. 실은 사에코 일이야."

"사에코 씨라면 뭐가 문제예요? 간절히 바라던 아이가 태어나서 지금은 즐겁게 육아하고 있지 않아요?"

마사키가 내키지 않는 얼굴로 고개를 내저었다.

"육아는 즐겁기만 한 게 아냐. 솔직히 아이 키우는 일이 이렇게까지 힘들 줄 몰랐어."

아이는 그냥 내버려둬도 자라지 않나? 그리 생각한 유고는 의미를 알 수 없었다.

"그런데 나는 일이 바빠서 육아를 도울 수 없었어. 사에코는 한 살까지는 어린이집에 맡기지 않고 아이와 함께 있고 싶다고 해서 일을 관뒀어. 생활비는 내가 버는 수밖에 없지……. 그래서 사에코에게 아이를 맡겨두기만 했어. 사에코는 참을성이 강한 성격이야. 불평 한번 부리지 않았어. 그런데 오히려 그게 나빴던가 봐. 내가 모르는 사이에 육아 스트레스가 사에코를 천천히 좀먹었던 거야……."

"육아 우울증인가요?"

고타로가 묻자 마사키가 조용히 고개를 끄덕였다.

"응, 그런 것 같아. 얼마 전에 집에 돌아갔을 때 이런 편지가 있었어."

앞치마 주머니에서 편지 한 장을 꺼냈다. 거기에는 자잘한 글씨로 이렇게 쓰여 있었다.

'미안해. 이제 한계야. 찾지 말아줘. 사에코.'

그 한 줄을 읽고 유고는 충격을 심하게 받았다.

"……그럼 사에코 씨는요?"

"집을 나갔어. 집으로 돌아왔더니 아이만 침대에 누워 있었어……. 더구나 이것도 있더라."

또 다른 종이 한 장을 보여주었다. 이혼 신고서였다.

엄마가 아이를 버리고 가는…… 그런 일을, 내가 아는 사에코 씨가 그런 일을 저지른 걸까? 유고는 혼란스러웠지만 그걸 지워버리듯 분노가 치밀어 올랐다.

"최, 최악이네요. 육아 우울증인지 뭔지는 몰라도 어린애를 놓고 가버리다니."

유고가 말했지만 마사키가 강한 어조로 부정했다.

"아니야. 내가 전부 나빴던 거야!"

큰 목소리에 유고는 주춤했다. 마사키가 내는 목소리라고는 도무지 생각할 수 없었다.

거친 숨을 다듬고 마사키가 참회하듯이 말했다.

"사에코는, 사에코는 부모에게 버림받았어……. 그래서 부모가 뭘 하면 되는지 몰라서 어떻게 아이를 대해야 하는지 고민했던 거야. 여러모로 애를 써봤지만 엄마아빠에게 사랑받은 기억 없이 자란 인간은 우왕좌왕하다가 그렇게 되는 케이스가 많은가 봐."

그 말을 듣고 유고는 흠칫했다.

어린 시절이 그랬기에 사에코는 얼른 결혼해서 행복

한 가정을 꾸리고 싶었던 게 아닐까. 어린이집에 맡기지 않고 자신의 손으로 아이를 키우고 싶다는 말도 그런 생각을 표현한 게 틀림없다.

그런데 막상 결혼해서 아이가 태어나니 아이를 대하는 방법을 몰라서 몹시 혼란스러울 수 있다. 이상과 현실의 괴리에 사에코는 격렬히 괴로워한 것이다.

"죄송해요. 사에코 씨가 나고 자란 환경을 생각하지도 않고 제가 비난하고 말았네요……."

"괜찮아. 나쁜 건 그리 만든 나니까."

마사키가 힘없이 고개를 가로저었다.

"사에코는 그런 성격이라서 아무한테도 말 못하고 아이를 돌보면서 혼자 고민하고 있었던 거야…… 그런데 나는 일만 하느라 그런 사에코의 변화를 알아차리지 못했어. 그러니 전부, 전부 내가 잘못했어……."

진심으로 괴로워하는 듯 마사키가 머리를 쥐어 쌌다. 그런 마사키를 유고는 똑바로 볼 수 없었다.

"사에코 씨를 못 찾겠어요?"

진지한 표정으로 고타로가 묻자 마사키가 기어들어

가는 목소리로 답했다.

"……못 찾겠어. 전화에도 문자에도 답이 없고 솔직히 어디로 갔는지도 모르겠어. 아내한테는 친구도 없었으니까."

유고의 등에 식은땀이 흘러내렸다. 보통의 여성이라면 이런 상황에서 친정으로 돌아갈 것이다. 하지만 사에코에게는 그런 곳이 없다. 그런 사람이 홀연히 숨어버리면 과연 찾아낼 수 있을까?

고타로가 그런 불안감을 지워내듯이 강한 어조로 말했다.

"좀 패닉 상태가 돼서 나갔을 뿐일 거예요. 바로 돌아올 거예요."

"응, 그렇겠지……."

마사키가 나약하게 미소 지었다. 하지만 그 미소는 평소 같지 않았다. 거기에는 격렬한 불안감이 소용돌이치고 있었다.

그리고 그 불안감이 적중한 듯이 사에코는 돌아오지 않았다.

9

우미카는 아침에 일어나서 온몸에 습기를 느꼈다.

창으로 하늘을 보자 날씨가 잔뜩 찌푸렸다. 거실로 향하자 겐키, 잇큐, 고타로 삼촌, 유이 선생님이 텔레비전으로 일기 예보를 보고 있었다.

"역시 태풍이 오나 보네?"

우미카가 그리 묻자 겐키가 고개를 끄덕였다.

"응, 곧바로 오나 봐. 운 좋게도 오늘은 숙박객이 없어서 다행이야."

"그럼 학교도 쉬고 오늘은 할머니 집에 가는 건가?"

유이마루는 바다와 가까워 태풍 피해를 더 받기 쉽다. 그래서 태풍이 오면 우미카는 할머니 집으로 피난한다.

"드디어 태풍이 온 건가. 이게 나설 때군."

아빠가 방에서 모습을 드러냈다.

검은 우산을 들고 있었다.

"그 우산, 뭐야?"

얼굴을 찡그린 우미카를 향해 아빠가 의기양양하게 우산을 펼쳤다. 꽤 큼직한 우산이다.

"듣고 놀라지 마. 내가 이날을 위해 특별 주문해서 만든 태풍 우산이야."

"태풍 우산이라고?"

"응. 태풍을 타고 날기 위한, 절대로 망가지지 않는 우산이야."

머리가 아팠다. 어째서 어른인데 이렇게 어린아이 같은 생각을 할 수 있을까. 더구나 어린아이와 달리 돈까지 써서 더 악질이다.

"이거 조회수가 꽤 나올걸. 미야코섬 태풍은 말도 안

되게 강하니까."

"그런데 좀 위험하지 않아요?"

참을 수 없었는지 유이 선생님이 끼어들었다.

"유이 선생, 무슨 소리야?" 아빠가 웃으며 부정했다. "위험하니까 다들 더 많이 봐주겠지. 이 부근의 놀이공원에서 번지점프를 하면 아무도 안 봐. 해외에 있는 험한 골짜기에서 뛰니까 다들 좋아하면서 보잖아."

"그건 그럴지도 모르지만……."

"나는 잠시 사전 답사 좀 하고 올게."

아빠는 그리 말하고 우산을 돌리면서 나갔다.

들떠 있는 아빠와는 대조적으로 집에는 미묘한 공기가 흐르고 있었다. 그때 우미카가 알아차린 걸 말했다.

"그러고 보니 유이 선생님, 요즘에 유튜브 기획을 잘 안 하네요?"

"응. 유고 씨는 최근엔 과격한 것만 하고 싶어 하거든."

"과격한 거요?"

"요전번에 유고 씨를 함정에 빠뜨렸잖아."

우미카가 고개를 끄덕이자 유이 선생님이 난처한 표정을 지었다.

"그 후 유고 씨가 '다음에는 내가 다치는 건 신경 쓰지 말고 구멍을 더 깊이 파줬으면 해. 돈은 얼마든지 들어도 되니까 굴착기 같은 것도 사용해서'라고 했어……. 그런데 그렇게까지 나오면 나는 좀 따라가기 힘들어."

확실히 우미카가 봐도 최근에 아빠는 폭주하는 경향이 있다. 돈을 쓰는 건 그렇다 쳐도 갈수록 위험한 걸 하려고 한다.

"겐키. 조회수를 늘리려면 과격한 걸 해야만 해?"

복잡한 표정으로 겐키가 답했다.

"음, 예외가 없다고는 말 못하지만, 확실히 과격한 기획으로 조회수를 늘리려는 유튜버도 있긴 해."

"그래도 히카링은 안 그러잖아."

"히카링 채널 시청자층이 아이나 그 부모니까. 그 친구는 과격한 걸 안 해."

"아빠도 히카링처럼 하면 될 텐데……."

잇큐가 감싸듯이 말했다.

"유고 씨는 더 유명해지고 싶다고 하니까 주목받은 지금이 큰 기회라고 생각할지도 몰라."

우미카가 발끈해서 말했다.

"유명하다는 게 뭔데? 이미 충분히 유명해. 돈도 엄청 벌고 있으니 이 이상 유명해져야 할 의미는 없어. 더구나 왜 내가 나와야 하냐고?"

"……그건."

잇큐의 말문이 막혔다.

우미카는 유튜브에 자신까지도 나오는 게 가장 불만스러웠다. 처음에는 대학 진학 자금을 위해서 하는 수 없이 했지만 점점 싫어졌다.

학교에서도 유명해지고 지낸 일행이 시끄럽게 군 탓에 여자아이들이 자신을 비딱하게 보기 시작했다. 최근 들어서는 아예 무시당하고 있었다. 모에미와 호카는 내버려두라고 했지만 이젠 지긋지긋했다.

"오오, 바람이 좀 불어서 우산을 펼쳐봤는데 느낌이 좋아. 태풍이 정말 오면 이걸로 난 새가 될 수 있겠어. 잇큐, 카메라 확실히 부탁할게."

아빠는 기분이 좋아진 채로 우산을 휘두르며 돌아왔다. 어두운 분위기를 눈치챘는지 탐색하듯이 조심스레 물었다.

"왜 그래? 무슨 일 있었어?"

"아빠, 이제 유튜브 관둬."

"왜 그래? 기껏 고생해서 인기를 끌기 시작했는데. 이제 와서 못 관둬."

"이제 충분히 돈도 벌었으니 만족할 만하잖아."

"아직 한참 부족해. 더구나 난 유명해지고 싶어."

"이미 유명해졌어."

"그건 유튜브 안에서의 이야기지. 나는 텔레비전에 나오고 싶어. 히카링 정도 되는 유튜버가 되지 못하면 텔레비전에 못 나와."

"텔레비전? 아빠는 텔레비전에 나오고 싶어서 하는 거야?"

벌어진 입을 다물 수 없었다.

"그래. 전국 방송에 나갈 거야, 난."

"바보 아냐? 그런 거에 나가봤자 뭐해?"

씩씩대는 아빠와 우미카 사이에 고타로 삼촌이 가르고 들어왔다.

"자, 스톱. 둘 다 진정해."

워워 하고 말을 달래듯이 아빠와 우미카를 번갈아 보았다. 그러고 우미카에게 시선을 떨어뜨리고 말했다.

"우미카도 화가 나고 걱정인 건 알지만 아빠 좀 봐줘."

"못 봐줘. 어른이나 돼서 텔레비전에 나가고 싶다니 너무 바보 같아."

"부모한테 바보라니, 말버릇이 그게 뭐야?"

"바보한테 바보라고 말하는 게 뭐가 잘못인데? 바보, 바보, 바보, 완전 바보!"

"어, 너 계속 공격한다 이거지?"

"잠시만!"

보란 듯이 고타로 삼촌이 코에서 김을 크게 내뿜었다.

"……텔레비전에 나오는 건 유고가 젊었을 때부터 간직한 꿈이야."

"야, 고타로!"

아빠가 고함을 질렀지만 고타로 삼촌이 냉정하게 말

했다.

"이제 모두한테 말해도 되잖아. 유고가 과거에 한 일이 딱히 부끄러운 것도 아닌데."

"그게 뭐야? 아빠가 과거에 한 일이라는 게?"

"유고랑 내가 젊은 시절에 도쿄에 있었던 건 우미카도 알지?"

"응."

"난 과일 가게에서 일했지만 유고는 뭘 했을 것 같아?"

"몰라."

어차피 어슬렁어슬렁 놀러 다녔을 뿐이겠지, 하고 속으로 생각했다.

고타로가 빙긋이 웃으며 말했다.

"코미디언이었어."

"응?"

그만 괴상한 목소리가 나오고 말았다. 잇큐가 허둥지둥대며 말을 물었다.

"유, 유고 씨 코미디언이었어요? 왜 안 알려줬어요?"

아빠가 무뚝뚝하게 답했다.

"멍청한 녀석. 못 나가는 코미디언이라고 창피해서 말할 수 있을 리가 없잖아."

"그렇군요. 그래서 리액션이 아마추어랑은 남달랐던 거네요. 유튜버로 성공할 수밖에 없었네요."

납득이 간다는 듯이 겐키가 말하자 유이 선생님이 물음을 던졌다.

"코미디언 능력이 있으면 유튜버로도 성공하기 쉬운가요?"

"네. 그렇긴 해요. 지금 젊은 유튜버들은 예전이라면 코미디언을 준비하고 있어도 이상하지 않을 사람들이니까요. 누구든지 편하게 발언할 수 있는 유튜브라는 새로운 미디어가 생겨서 그들이 유튜버가 되었지만요."

겐키가 그리 설명하자 고타로가 조금 분하다는 듯이 말했다.

"요즘 사람들이 부러워. 유고가 젊었을 때 유튜브가 있었더라면 좋았을 텐데 싶었거든."

그때 우미카는 납득이 갔다. 그래서 고타로 삼촌은 아빠가 유튜버가 되어서 기쁜 듯했다.

잇큐가 흥미진진하다는 듯이 물었다.

"유고 씨, 코미디언 시절은 어땠어요?"

아빠가 퉁명스럽게 대답했다.

"안 먹혔어. 전혀 조금도 잘나가지 못했어."

"그럴 리가 없잖아. 높은 곳까지 올라갔잖아."

고타로 삼촌이 정정하자 아빠가 목소리를 크게 냈다.

"높은 곳 어디? 제길, 내내 숨기고 있었는데 좋알좋알 떠들어대기나 하고."

아빠가 고타로 삼촌을 노려보자 삼촌은 과장해서 어깨를 으쓱했다.

우미카가 목소리를 냈다.

"아빠가 유명해져서 텔레비전에 나오고 싶은 건 알겠는데, 난 됐어. 이제 유고TV에 나오기 싫어."

아빠의 야망 따위 우미카에게는 알 바 아니었다.

"안 돼. 네가 필요해."

"왜?"

"……애가 나와야 조회수가 올라가."

너무나 그 이기적인 말에 우미카는 화가 났다.

"이제 절대로 안 나가! 혼자서 해!"

그리고 노성을 퍼붓고 자신의 방으로 돌아갔다.

태풍 대책을 세워야 한다며 겐키, 잇큐, 유이 선생이
저마다 준비를 하기 시작했다.

네 사람이 사라진 틈을 봐서 유고가 불쑥 말했다.

"……코미디언 시절 이야기를 왜 한 거야?"

하는 수 없다는 듯이 고타로가 말했다.

"괜찮은 기회였잖아. 우미카는 몰라도 겐키랑 잇큐는
궁금해하는 느낌이 들었거든."

"시끄러."

그리 말하고 나니 옛날 생각이 되살아났다. 필사적으
로 개그를 짜고 무대에서 소리를 높였던 그 시절…….
그리고 불쑥 불렀다.

"……고타로."

"왜?"

"……네 덕분에 살았어. 고마워."

고타로가 빰을 아주 누그러뜨렸다.

221

11년 전, 도쿄

폭소에 감싸인 채 유고는 무대 가장자리로 돌아왔다.

흐트러진 숨을 고르면서 큰 만족감을 맛보고 있었다. 코미디언에게 관객의 웃음소리는 어떤 진수성찬보다도 만족스럽다.

요 1년간 쭉 상승세였다. 주변 코미디언이나 사무실 직원에게 받는 평가, 무엇보다 관객의 반응이 예전과는 완전히 달라졌다.

그렇다면 조만간 잘나가게 될 것이다. 그렇게는 생각

했지만 코미디언의 세계는 그렇게 만만하지 않다는 것 역시 뼈저리게 실감하고 있다.

기회다. 기회를 잡아야 한다. 잘나가기 위해서는 어떤 계기가 필요하다. 그 계기는 텔레비전 출연 말고는 마땅히 없다.

어떻게든 텔레비전에 나가고 싶다……. 유고는 간절히 바라고 있었다.

좁은 대기실에 코미디언으로 가득했다. 그 사내들의 냄새에 무심코 숨이 콱콱 막혔지만 유고 자신에게도 그 냄새가 났다.

숨을 참으면서 땀을 닦고 있는데 매니저가 와서 손뼉을 쳤다.

"유고, 잠시 할 이야기가 있어. 괜찮아?"

다른 코미디언들이 유고를 일제히 보았다. 그 시선을 느끼고 문득 유고는 마사키의 말을 떠올렸다.

'좋은 뉴스와 나쁜 뉴스가 있어.'

모두 앞에서 할 수 없는 말은 그 둘 중 하나라는 소리다.

매니저와 회의실로 들어가서 자리에 앉았다. 좋은 뉴

스일까, 나쁜 뉴스일까. 매니저의 안색을 보고 판단하려고 했지만 도저히 읽을 수 없었다. 그건 유고가 가장 어려워하는 분야다.

그때 매니저가 활짝 웃었다.

"유고, 기뻐해. 네가 새로운 프로그램 멤버 후보로 뽑혔어."

유고는 무심코 일어났다.

"……새로운 프로라면 혹시 〈고랏소〉인가요?"

"그래."

소문이 진짜였구나, 하고 전율했다.

고랏소는 젊은 코미디언 중에서 새로운 스타를 발굴하는 프로그램이다. 방송국이 총력을 기울여 기획하고 있다는 소문이 돌았고, 만약 그 소문이 진짜라면 대체 누가 뽑힐지 코미디언들은 전전긍긍하고 있었다.

"어떤 분이 네 무대를 봤대. 그래서 뽑아준 거래."

"감사합니다."

고개를 깊이 숙였다. 아마 매니저도 여러모로 힘써줬을 테다. 코미디언 이력을 쌓아왔으니 그 정도는 안다.

하지만 그때 매니저가 경직된 목소리로 말했다.

"기뻐하기엔 아직 일러. 후보에 뽑혔을 뿐이니까."

"알아요."

확실히 그렇다. 고정 자리를 꿰찰 때까지는 방심은 금물이다.

"너 승부를 볼 만한 개그, 몇 개 있어?"

"……두 개요."

"오디션에서는 세 개가 필요하대. 한 달 후 그날까지 하나 더 만들어."

"한 달 후인가요……."

조금 전에 닦아냈을 땀이 다시 번져 나왔다. 승부 개그는 그리 간단히 만들어지는 게 아니다. 무대에 선보여 관객의 반응을 보고 몇 번이고 또 몇 번이고 시행착오를 반복해서 만들어지는 것이다. 한 달 만에 만들기에는 너무나도 짧다. 하지만 이런 기회는 두 번 다시 찾아오지 않는다.

"가능해?"

매니저의 물음에 유고는 씩씩한 목소리로 답했다.

"하겠습니다. 꼭 시켜주세요."

극장을 나와 유고는 살고 있는 연립으로 직행했다. 서둘러 새로운 개그를 짤 필요가 있다. 평소에 극장 일이 끝나고 가는 파친코도 생략했다.

그래, 사나에한테는 알려줄까. 그리 생각하고 휴대전화를 꺼냈다가 그 손길을 멈추었다. 고정이 되고 나서 알려도 된다.

사나에와 관계는 양호했다. 그저 내내 꼬시고 있지만 "잘나가면 생각해 보지, 뭐"라고 사나에는 매번 얼버무렸다.

하지만 사나에가 유고에게 호감을 가지고 있다는 건 의심할 여지가 없었다. 그건 착각이 아니었다. 못 나가는 유고는 싫지만 잘나가는 유고라면 사귀어줄 것이다. 그런 영악한 면도 예뻐 보였다.

즉 고랏소의 정규 멤버 자리를 꿰차면 사나에를 여자친구로, 아내로 만들 수 있는 가능성이 비약적으로 올라간다. 이 오디션에는 유고의 두 가지 꿈이 달려 있다.

문을 열자 고타로가 있었다. 태평하게 아이스크림을 먹고 있었다. 유고를 보자마자 아이스크림을 한 입 먹고 그걸 씹으면서 물었다.

"오늘은 어디 갈래? 싸고 맛있는 꼬치구이집을 찾았어. 그리로 갈까?"

유고는 가방을 바닥에 두고 대답했다.

"한가하게 그럴 틈 없어."

"무슨 일 있었어?"

"들으면 놀랄걸? 무려 고랏소 고정 멤버 후보에 선택받았어!"

"고랏소라면 전에 유고가 말했던 프로그램?"

"맞아. 그 고랏소야."

"대단하잖아! 유고, 축하해!"

고타로가 마구 칭찬해 주며 눈물마저 글썽이고 있었다.

그 눈물을 보자 유고도 덩달아 울 것 같았지만 그 직전에 참았다.

"바보야! 아직 후보로 선택받았을 뿐이잖아. 지금부터 한 달 후에 있는 오디션을 대비해서 승부를 볼 개그를 하나 만들어야 해. 기뻐하는 건 고정 멤버로 선택된 후에 하도록 해.”

“그렇구나. 그럼 꼬치구이집에 갈 틈이 없겠네…….
그런데 아르바이트는 어떻게 해?”

“그게 문제야…….”

한 달 후에 오디션이 있다고 들은 뒤 맨 처음에 떠오른 건 마사키의 얼굴이었다.

개그를 짜려면 아르바이트 시간을 줄여야 한다. 하지만 최근에 유고 다음으로 경험이 있는 아르바이트생이 이제 막 관뒀고, 신입 아르바이트생이 몇 사람 있을 뿐이라서 자신의 자리를 채울 수 없을 듯했다.

유고는 팔짱을 끼고 물었다.

“마사키 씨는 지금 어떤 것 같아? 사나에 씨는 돌아왔어?”

그런 부분은 고타로 쪽이 더 잘 알았다.

“아니, 소식이 끊긴 데다가 행방도 모르나 보더라. 그리고 마사키 씨 엄청 고민하다가 최근에 이혼 신고서를 구청에 제출했다고 하고. 사에코 씨가 돌아오길 바라지만, 만약 사에코 씨가 새로운 인생을 걸어가려고 할 때 호적에 남아 있으면 재혼을 못해서 난감할지도 모른다면서."

얼마나 좋은 사람이면 이럴 수 있나, 하고 유고는 한숨을 쉬었다. 마사키는 마음대로 떠난 사에코의 남은 인생까지 배려하는 것이다. 자신은 도무지 생각할 수 없는 일이다.

어두운 표정으로 고타로가 이어나갔다.

"일하는 중에는 우라라를 야간에도 봐주는 어린이집에 맡겨놓고 있나 보더라고. 일이 끝나고 3시나 4시에 데리러 가나봐. 그런데 아침이랑 점심에는 마사키 씨가 보살펴야 하니까 솔직히 거의 못 자고 있지 않으려나?"

마사키의 가혹한 현실을 알고서 유고는 암담한 기분이 들었다. 육아 정도는 딱히 대수롭지 않다. 지금까지 그리 생각했지만 혼자서 일하며 아이를 키우게 되면 이야기가 다르다. 더구나 이자카야의 점장은 일이 몹시 힘들고 바쁠 수밖에 없다.

고타로가 보충하듯이 말했다.

"그런데도 어떻게든 시간을 만들어서 사에코 씨를 찾고 있다고 하는데……."

"마사키 씨, 경찰에 신고는 안 했지?"

"경찰에 신고해도 안 움직이지 않을까?"

"그럼 탐정 사무소라든가 흥신소에 부탁한다든가."

"그런 건 돈이 엄청 든대. 마사키 씨한테 도무지 그런 여유는 없지 않을까?"

사람을 찾는 데는 시간도 돈도 든다. 현실의 무정함이 유고의 가슴을 물들여 갔다.

하지만 요 한 달간은 유고에게 중요한 시기다. 코미디언을 관둔 한 선배가 이런 말을 했다.

'어떤 코미디언이든 반드시 한 번은 기회가 찾아와. 잘나가는 코미디언은 그 기회를 죄다 거머쥐었지. 안타깝게도 나는 그걸 못 붙잡았지만…….'

그 선배가 속상해하던 표정은 지금도 눈에 각인되어 있다.

아마 이 기회를 잡는지 놓치는지에 따라 유고의 코미디언 인생이 걸려 있을 테다. 마사키에게는 미안하지만 근무 시간을 줄여달라고 상담하는 수밖에 없다.

"……나 지금 마사키 씨한테 부탁하고 올게."

도무지 전화로 부탁할 일이 아니었다. 자신도 같이 가겠다고 하는 고타로와 둘이서 가게로 향했다.

부엌문으로 가게로 들어가자 마사키가 오픈 준비를 하고 있었다. 그 지친 옆얼굴을 보고 유고는 가슴이 아팠다.

유고와 고타로가 온 걸 알아차리고 마사키가 미소 지었다.

"둘 다 어쩐 일이야?"

피곤해 보이는 모습을 들키지 않도록 짧게나마 애써 웃은 것이다. 그 미소를 보자 유고는 말이 나오지 않아 묘한 간극이 생겼다.

그 미묘한 상황을 알아차렸는지 고타로가 대신해 말했다.

"마사키 씨, 유고가 텔레비전 프로그램 고정 멤버 후보에 올랐대요. 한 달 후에 오디션이 있는데 합격하면 그 방송 고정이 될 수 있대요."

"정말 축하해."

마사키가 기뻐해 주었다. 그가 기뻐하는 모습에 유고는 목이 메었다. 역시 지금 상황에서 아르바이트 시간을 줄여달라고는 도무지 말할 수 없었다.

마사키가 온화한 목소리로 말했다.

"시간표는 걱정 안 해도 돼. 한 달간 차분히 개그를 짜서 오디션에 도전해."

유고는 눈을 크게 떴다.

"……마사키 씨, 그걸 어떻게 아셨어요?"

목소리가 떨렸다.

"우린 이미 오래 어울려왔잖아. 유고랑 고타로 얼굴을 보면 바로 알아. 코미디언이 개그를 하나 짜는 데 얼마나 많은 시간과 노력을 필요로 하는지도 말이지. 중요한 방송 오디션이잖아. 유고 입장에서는 인생 최고의 승부처지."

"……네."

"그럼 당연히 도와야지, 절친이니까."

그렇다. 마사키는, 마사키는 이런 사람이다. 자신이

아무리 힘들고 괴로워도 다른 사람을 우선시한다. 그런 인품에 유고도 고타로도 이끌린 것이다.

"난 안타깝게도 만화가라는 꿈을 포기했어. 그러니 유고는 꿈을 꼭 이루어줬으면 해. 코미디언으로 성공하는 꿈을 말이지."

유고는 확인하듯이 말했다.

"……마사키 씨, 하나 묻고 싶은 게 있어요."

"뭔데?"

"만화가의 길을 포기한 걸 정말 후회 안 하세요? 결혼도 하지 않고 애도 안 생겼으면 좋았을 텐데, 그런 생각안 하세요?"

"야, 유고."

고타로가 나무라듯이 말했지만 유고는 마사키에게 시선을 떼지 못했다.

역시 유고는 지금 마사키가 살아가는 삶의 방식이 안타깝기 그지없었다. 마사키가 그리는 만화가 얼마나 재미있는지도, 그가 얼마나 대단하고 좋은 사람인지도 다알고 있다. 그래서 마사키가 꿈을 이루는 길을 더더욱 선택해 주기를 바랐다.

"물론 후회를 안 한다……고 하면 거짓말일지도 모르겠네……."

역시나, 하고 유고는 고개를 떨어뜨렸다. 미안하지만 이 기분만큼은 고타로는 이해할 수 없을 테다.

"이제 와서 말하지만 사에코가 임신했다는 걸 알고 나서 아이가 태어날 때까지 내내 고민했어. 만화가의 길을 포기한 게 과연 옳았나 하고…… 그림 실력이라는 건 늘 그림을 그리지 않으면 무뎌져. 피아니스트가 매일 연습하듯이 화가도 매일 그림을 그려야 해.

만화를 그리지 않은 지 두 달 정도 지났던가? 견디다 못해 시험 삼아 그려봤어. 그 그림을 보고 경악했어…… 너무 엉망이라서. 그리고 그만 울어버렸지. 내가 무슨 짓을 한 건가 싶어서……."

그의 가라앉은 목소리를 듣자 유고는 가슴이 조여들었다. 매일 갈고닦은 기술이 전보다 못해가는 것을 당연히 여긴다. 그만큼 괴로운 일은 없다.

"이젠 만화를 다시 그릴 순 없겠구나. 그렇게 구질구

질한 마음을 한 채 시간이 지나 마침내 아이가 태어난 거야."

기억한다. 슬슬 아이가 태어날 거라고 알렸을 때 마사키가 조마조마해하던 모습을. 그리고 일이 끝나자마자 가게를 뛰쳐나갔던 모습을.

"그런데 태어난 아이를 본 순간 그 기분이 전부 날아가 버렸어. 아, 내 선택이 틀리지 않았구나 하고……."

"무슨 뜻이에요?"

유고는 전혀 이해할 수 없었다.

"……나도 잘 모르겠어."

마사키는 어안이 벙벙한 유고를 곁눈질하고는 미소를 섞어 고개를 저었다. 그러고는 자신의 손바닥을 응시했다.

"그리고 아이를 안자마자 내가 왜 그리 생각했는지 곧바로 알았어. 이 아이를 무사히, 훌륭하게, 아무 어려움도 불행도 없이 키우겠다. 그게 만화가를 대신할 새로운 꿈이 되었던 거지……."

그 모습을 보고 유고는 그만 눈을 비볐다. 마사키의

손바닥에 아이가 정말로 있는 것처럼 보였다.

그리고 마사키가 고개를 들었다.

"하지만 유고한테는 두 가지 꿈을 이룰 수 있는 가능성이 있어. 코미디언으로 성공하는 것 그리고 사나에 씨와 결혼해 어여쁜 아이를 낳는 것."

"네……."

"그럼 나는 그런 유고의 두 가지 꿈을 응원할게. 가게는 신경 안 써도 되니까 보는 사람 모두 행복하게 해줄 개그를 만들어."

시원스런 표정으로 마사키가 유고의 어깨에 손을 얹었다. 그의 마음이 전해져 와 유고의 가슴이 떨렸다.

"……죄송해요."

고개를 떨어뜨리자 눈물 한 방울이 바닥에 흘러 떨어졌다.

10

우미카는 히라라에 있는 할머니 집에 있었다.

다다미방에는 오래된 장롱과 앉은뱅이 탁자가 있고
벽에는 볏짚 모자가 걸려 있었다.

창문 틈에는 신문지를 넣었고 덧문도 전부 닫혀 있어
서 꽤 어두웠다. 이 어둠이야말로 할머니 집의 인상이
라고 기억 속에 물들어 있었다.

태풍은 섬에 상륙했다. 덧문이 격렬한 소리를 내고 있
었다. 모든 걸 때려 부술 기세다. 이제 익숙해졌지만 그런데도 무서웠다.

"미야코섬 태풍은 역시 심하네."

젠키가 말을 걸었다. 태풍이 오면 우미카를 포함한 모두가 이 집으로 피난을 온다.

"도쿄는 안 그래?"

"태풍이 와도 이렇게 심하지는 않지."

"그렇구나."

그러자 잠긴 목소리가 들려왔다.

"우미카, 젠키, 사타안다기° 만들었으니 먹어."

돌아보자 할머니가 있었다. 꽃무늬 티셔츠에 오글쪼글한 에이프런을 걸치고 머리에 반다나 같은 걸 두르고 있었다. 할머니의 평소 차림이다.

"할머니, 고마워."

접시에 놓인 사타안다기를 얼른 집어 들었다. 달콤하고 바삭한 식감을 맛볼 수 있었다. 이 맛이야말로 할머니표 사타안다기다.

"여전히 맛있네요."

° 오키나와에서 먹는 전통 도넛이자 슈를 가리킨다.

겐키가 감탄하며 양껏 먹었다. 겐키가 아주 좋아하는 음식이다.

"많이 있으니 얼렁얼렁 먹어."

할머니가 얼굴에 자글자글한 주름을 짓고는 우미카를 빤히 보고 말했다.

"우미카는 이제 유고 닮아가네."

"또 그 소리야. 이제 됐어."

우미카가 지긋지긋해하며 말했다. 할머니는 우미카를 만나면 반드시 이렇게 말하는데 사춘기 소녀를 조금은 배려해 주기를 바랐다.

"유고랑 잇큐는 어디 간?"

"우산을 사용해서 날겠다며 나갔어요."

겐키가 그리 답하자 할머니가 말을 내뱉었다.

"그 대가리 꺾어진 놈 아직 그런 짓 하나 보네."

대가리 꺾어진 놈은 미야코섬의 말로 못난 녀석이라는 뜻이다.

"아직이라니 무슨 뜻이야?"

우미카가 되묻자 할머니가 어처구니가 없다는 듯 답

했다.

"느네 아방이 두린 때 똑같은 짓 했저. 경해서 전봇대에 박아서 다리 부러질 정도로 크게 다쳤주게."

"못 믿겠어. 그렇게 다쳤는데 어른이 돼서도 똑같다니……."

우미카는 아연실색했다.

"……유고 씨랑 잇큐 씨는 괜찮으려나."

겐키가 목소리를 낮추자 또다시 덧문이 덜컹덜컹 소리를 냈다. 그 불길한 울림에 우미카는 불안해졌다.

곧바로 현관에서 큰 소리가 나고 아빠와 잇큐가 우르르 들어왔다. 아빠가 흥분한 기색으로 말했다.

"와우, 엄청난 걸 찍었어. 이거라면 조회수가 장난 아닐걸."

잇큐가 연이어 말했다.

"유고 씨, 진짜 날아가긴 하네요. 저 이대로 대만까지 가는 거 아닌가 해서 조마조마했어요."

괜히 걱정했다……. 우미카가 고개를 떨어뜨리자 할머니가 큰 소리로 꾸짖었다.

"나이도 먹을 만큼 먹엉 징 애추룩 굴엄시냐. 몬딱 젖어신게. 얼른 씻고 오라."

아빠가 익숙한 듯이 대꾸했다.

"알겠어. 알겠다고. 잇큐, 이거 꽤 괜찮은 동영상이니까 바로 업로드해. 이런 건 스피드가 중요하니까."

"알겠어요."

그리 말하면서 두 사람은 욕실로 향했다.

이튿날 우미카는 학교로 향했다.

태풍이 지나가고 하늘은 화창해졌다. 구름 하나 없이 맑은 날씨다. 태풍이 하늘의 먼지를 죄다 치워준 것이다.

하지만 교실에 들어가자마자 이변을 알아차렸다. 평소에는 지넨과 그 친구들이 우미카를 둘러싸고 저마다 유고TV의 감상평을 말하고는 했지만, 오늘은 이상하리만큼 조용했다.

우미카가 남자아이들을 흘끗 훑어보니 어딘가 의기소침한 모습이었다. 더구나 우미카를 향해 당혹스러운 시선을 보냈다. 의아해하며 자리에 앉아 옆자리의 모에미에게 물었다.

"저기, 무슨 일이야?"

놀란 듯이 모에미가 답했다.

"우미카는 몰랐어? 지넨이 어제 유고TV의 태풍 동영상을 흉내 내다가 다쳤대."

우미카는 핏기가 가셨다.

"거짓말! 그래서 지넨은……?"

"다쳤다고는 해도 다리를 접지른 정도인가 봐."

마음을 놓고 가슴을 쓸어내렸지만 설마 이런 사건이 일어나다니……. 아빠가 과격하고 위험한 일을 하면 그걸 흉내 내는 지넨 같은 아이도 꼭 나오기 마련이다.

학교를 마치고 우미카는 서둘러 하교했다.

집에 들어가려고 하다가 때마침 중년 여성과 스쳐 지나갔다. 그 여성은 어쩐지 불편해 보이는 얼굴로 사라졌다. 그러고 보니 수업 참관에서 본 기억이 있다. 지넨의 엄마다.

거실에 모두가 있었다. 아빠가 불쾌하다는 듯이 턱을 괴고 있었고 다른 사람은 우울한 표정을 짓고 있었다.

우미카가 겐키에게 물었다.

"무슨 일 있어?"

"조금 전에 우미카네 반 지넨의 어머니가 오셨어. 유고TV 때문에 지넨이 다쳤다고 엄청 험악한 표정으로 화를 내셨어."

역시 그렇구나, 하고 우미카는 기분이 가라앉았다.

"……그래서 어떻게 했어?"

"내가 사과해서 간신히 별일 없이 돌려보냈어."

겐키가 그리 말해서 우미카는 심사가 뒤틀린 목소리로 물었다.

"아빠는 사과 안 했어?"

아빠가 불만스럽게 답했다.

"왜 내가 사과를 해야 하는데?"

"그야 아빠 동영상을 보고 지넨이 다쳤잖아."

"그런 건 그 녀석 탓이잖아. 애초에 자기 자식이 무모한 짓을 하는 걸 왜 내 탓으로 돌리는 거야? 그건 부모 책임이잖아. 진짜 고함이라도 지를까 싶었는데 난 참고 견뎠어."

아빠가 언짢아하며 티슈로 코를 풀었다. 어제 태풍 속에서 난리를 쳐서 감기에 걸린 모양이었다.

겐키가 달래듯이 말했다.

"유고 씨, 역시 이제 과격한 건 관두는 편이 낫지 않을까요?"

"왜? 어제 태풍 우산 조회수 장난 아니었잖아. 다들 그런 걸 보고 싶어 한다고."

"그래도 그런 만큼 댓글 분위기도 험악했어요. 더구나 지넨 같은 아이가 다시 나올 위험성도 있어요."

겐키가 날카롭게 지적하자 순간 아빠는 말문이 막혔다. 그러나 바로 태도를 바꾸어 협박조로 을러댔다.

"시끄러. 조회수는 올라갔다고. 난 틀리지 않았어. 더구나 애가 따라한다면 흉내 못 낼 정도로 엄청난 걸 하면 되잖아. 어이, 잇큐."

"왜요?"

"엊그제 주문한 솜화약이 도착했어. 그걸로 영상 찍자. 오늘은 기분 전환으로 라이브라도 할까?"

상황이 불리해지자 잇큐가 편집하는 수고를 덜기 위

해 라이브를 하겠다는 의미일 테다. 아빠가 하는 생각
은 훤히 보인다.

"솜화약은 뭐야?"

우미카가 묻자 잇큐가 답했다.

"……마술에서 자주 사용하는, 불을 붙이면 펑 하고
불타는 솜이야."

"또 그런 위험한 걸 하려고 하네."

우미카는 어처구니가 없었다. 우미카의 말에 아빠가 고
함을 질렀다.

"시끄러. 뭐가 위험해? 그렇다면 마술사는 전부 위험
하단 소리야? 너희는 과잉보호하는 엄마야? 지넨 엄마
야?"

아빠는 티슈 상자를 빼앗아 들고 안방으로 들어갔다.

방 너머로 바로 아빠의 목소리가 들렸다. 금세 유튜브
라이브를 하고 있는 걸 테다.

겐키가 나지막히 말했다.

"유명해지고 싶은 거구나……."

고타로 삼촌이 물었다.

"유고 말하는 거야?"

"네. 설마 저렇게까지 유고 씨가 유명해지고 싶어 하는 줄 몰랐어요……."

잇큐가 그에 동감했다.

"저도…… 처음에는 평소의 돈벌이라고만 생각했는데, 유고 씨가 이렇게까지 진심일 줄은……."

그때 유이 선생님이 물음을 던졌다.

"포기했던 꿈을 되찾기 위해서라고 해도 조금 이상하지 않아요?"

우미카가 고개를 갸웃거렸다.

"이상하다니 뭐가요?"

"유명해지고 싶은 건 알겠지만, 왠지 유고 씨 초조해하는 것처럼 보여서……."

유이 선생님의 지적에 동의하듯이 겐키가 팔짱을 끼고 말했다.

"확실히 지금 유고 씨는 초조해 보여. 뭘 그렇게 초조해하는 걸까……?"

그렇다, 그 표현이 확 와닿았다. 아빠는 초조해하고

있다. 하지만 초조해하는 건 가장 아빠답지 않은 행동이었다.

그때 무슨 냄새가 났다.

"저기 무슨 냄새 안 나……?"

희미하지만 어디선가 타는 냄새가 났다. 흠칫해서 부엌을 보았지만 가스레인지는 꺼져 있었다.

"진짜네. 뭐가 타는 것 같지 않아?"

잇큐가 얼굴을 찡그리고 있었다. 겐키는 무언가를 알아차린 것처럼 말했다.

"그러고 보니 유고 씨, 솜화약을 사용한다고……. 더구나 유고 씨는 화가 날 때면 담배를 피우니까 혹시 담배 피우면서 방송하는 거 아냐? 콧물 때문에 코도 막혔을 것 같고……."

그 순간 고타로 삼촌이 달리기 시작했다. 그러자 겐키, 잇큐, 유이 선생님, 우미카도 잇따라 뛰었다.

고타로 삼촌이 방 안을 보고 크게 소리 질렀다.

"유고, 불! 커튼이 타고 있어!"

"뭐?"

우미카도 방 안을 보았다. 커튼에 불이 붙어 있었다. 커튼이 하필이면 아빠의 등 뒤에 걸려 있어서 알아차리지 못한 것이다. 더구나 수많은 상자에 불이 옮겨 붙고 있었다. 전부 촬영을 하기 위해 사놓은 소품의 빈 상자였다.

아빠가 옆에 있던 방석으로 두드렸지만 불씨는 전혀 줄어들지 않았다. 오히려 커지고 있었다.

"소화기, 소화기!"

당황한 잇큐가 외쳤지만 그걸 겐키가 막았다.

"저렇게까지 불이 퍼지면 소화기로는 무리야. 모두 도망쳐!"

늘 차분하던 겐키가 큰 소리를 지르고 있었다. 그제야 사태가 얼마나 심각한지 이해한 우미카는 온몸으로 화염을 느꼈다. 지금껏 한 번도 체감한 적 없는 열기였다. 눈앞에서 일렁이며 작열하는 화염에 멍해졌다.

"우미카!"

겐키가 손을 잡아당겼다. 흠칫해서 집 바깥으로 쏜살같이 달아났다.

겐키와 둘이서 모래사장에 도착했다. 유이 선생님, 고타로 삼촌, 잇큐 그리고 아빠도 왔다.

화염이 번져 다른 곳까지 불타고 있는 듯했다. 검은 연기가 높이 솟구쳐 숨을 쉬기 힘들어졌다.

"더 떨어져야 해요. 소방서에 연락했으니 소방차도 바로 올 거예요."

겐키의 말에 모두가 멀리 떨어져 섰고 활활 타는 유이마루를 응시했다.

멀리서 사이렌 소리가 울려 퍼졌고 구경꾼이 모였다.

우미카는 화염에 휩싸인 집을 멍하니 바라보고 있었다. 추억이, 우미카가 태어나고 자란 모든 추억이 재가 되어버렸다.

그리 생각하자 눈물이 뺨을 타고 흘렀다. 마치 지금 눈앞에 일렁이는 불에 닿은 듯이 뜨겁고 뜨거운 눈물이었다.

"저기, 겐키, 다 타고 있어. 집이, 유이마루가 다 타버리고 있어."

참지 못하고 겐키의 셔츠를 잡아당겼다.

겐키는 아무 말도 하지 못하고 우미카의 머리를 쓰다듬었다. 그 얼굴은 지금까지 본 적 없을 만큼 슬퍼 보였다. 겐키에게도 유이마루는 우미카가 이 집을 아끼는 것만큼이나 혹은 그 이상으로 소중했다.

우미카의 눈에서 눈물이 더욱 흘러넘쳤다.

"흐, 흑…… 유, 유이마루가."

잇큐가 무릎을 꿇고 울었다. 유이 선생님과 고타로 삼촌의 눈에서도 눈물이 흘러내리고 있었다.

참지 못하고 우미카가 고함을 질렀다.

"아빠 때문이야. 전부, 전부 다 아빠 때문이라고! 나랑 겐키랑 잇큐의, 우리의 유이마루를 돌려내!"

아빠는 표정을 순간 일그러뜨렸지만 우미카를 무시하듯이 앞만 보았다. 불에 타는 유이마루를 그저 조용히 바라보고 있었다.

● LIVE

11

일주일 후 우미카는 다 타버린 집을 바라보고 있었다.

콘크리트조라서 무너지지는 않았지만 새까매진 채 원래 모습은 찾아볼 수 없었다. 안에 있던 물건은 전부 재가 되어버렸다.

다행히 해안가에 자리한 독채라서 주변에 불은 번지지 않았다. 더구나 겐키가 신속히 대처한 덕분에 누구 하나 다치지 않았다. 그것만이 유일한 위안거리였다.

란도셀의 어깨끈에 손을 살며시 갖다 댔다. 이것과 엄

마 사나에의 영정 사진만이 화재에서 가지고 나올 수 있었던 물건이다. 겐키가 가지고 나와주었다. 그 두 가지가 우미카에게 얼마나 소중한지 겐키는 알고 있었던 것이다.

이 화재는 빅뉴스가 되었다.

인기 유튜버가 유튜브 라이브를 하던 중에 화재를 일으켰다. 이만큼 떠들썩하고 우스운 뉴스는 없었다. 아빠는 세간에 크게 질타받았다.

유튜버는 관심을 받기 위해서라면 이번처럼 위험한 일을 저지르거나 법을 어겨도 태연하다. 텔레비전 와이드 쇼에서는 중년 해설자가 얼른 다른 대책을 세워야 한다고 눈을 치켜뜨며 비난했다.

더구나 아빠는 화재 동영상을 유튜브에 업로드하고 나서 삭제하지 않았다. 우미카를 포함한 모두가 반대했지만 일절 귀를 기울이지 않았다.

화재 동영상은 대대적으로 텔레비전으로 방송되었다. 유고TV에서 인기 있었던 깜짝 카메라 기획이나 다른 것도 다루어지고 있었다. 우미카도 모자이크로 얼굴이

가려진 채로 텔레비전에 나왔다.

텔레비전에 나와 유명해지고 싶다는 아빠의 꿈은 이루어졌다. 하지만 그 의도와는 다르게 세간의 뭇매를 맞는 존재로 이름이 알려졌다.

유고TV의 댓글 창은 험악해질 대로 험악해졌다. 호의적인 댓글은 일절 없고 온갖 욕설로 난장판을 이루었다. 이게 진정한 '악플 세례'라는 말이 SNS에서 확산되고 있었다.

겐키가 보다 못해 아빠에게 유고TV는 이제 닫는 편이 낫다고 조언했다. 하지만 아빠는 그 말을 받아들이지 않았다.

화재로 모든 걸 잃으면서까지도 여전히 유튜브에 미련이 있는가, 하고 우미카는 참을 수 없을 만큼 화가 났다.

텔레비전이나 인터넷에서만 아빠를 비난하는 게 아니었다. 미야코섬 사람들도 손바닥을 다시 뒤집어 아빠를 비난했다. 민폐니까 미야코섬의 홍보 영상도 삭제해 달라고 크고 험악하게 화를 냈다. 아빠에게 몰려온 사람들은 썰물이 빠지듯이 사라졌다.

숨을 후유 내뱉고 우미카는 히라라의 할머니 집으로 돌아갔다.

지금은 여기가 우미카의 집이 되었다. 아빠뿐만 아니라 겐키, 잇큐도 같이 살게 되었다. 이제 이 두 사람은 가족이나 마찬가지라서 아무 위화감도 없었다. 할머니도 아무 말 없이 모두를 받아들여 주었다.

"다녀왔습니다."

내키지 않은 얼굴로 문을 열자 겐키와 잇큐가 맞이해 주었다.

"다녀왔어?"

고타로 삼촌이 손을 들었다. 과일과 고기를 가지고 와 준 것이다.

툇마루가 있는 곳을 힐끗 보자 아빠가 주눅이 든 채 앉아 있었다. 화재 이후로는 비에 젖은 침팬지처럼 보였다.

불에 타는 집 앞에서 아빠를 그렇게 비난하고 나서 우미카는 아빠와 일절 한마디도 섞지 않고 있다. 아빠가 한 일은 도저히 용서할 수 없다. 얼굴을 보기만 해도 화가 울컥 치밀었다.

우미카는 분풀이라도 하듯이 난폭하게 란도셀을 내려 놓았다.

유고의 등 너머로 소리가 크게 울려 퍼졌다. 우미카 가 돌아온 모양이지만 도저히 그 얼굴을 볼 용기가 나 지 않았다. 란도셀을 내려놓는 소리만 들어도 알 수 있 었다. 유이마루가 불타버린 일에 대한 분노가 아직 사 그라들지 않았다는 것을.

문득 마당을 보자 비가 뚝뚝 내리고 있었다. 미야코섬 특유의 시원스러운 스콜이 아니었다. 하늘의 수도꼭지 에서 새어 나오는 듯한 비였다.

"도쿄에서 내리는 비 같네……."

고타로가 옆에 앉아 아득히 바라보며 말했다.

"그때도 이런 비가 내렸었지……."

유고도 먹구름이 낀 하늘을 바라보면서 말했다.

"그러게……."

그리고 도쿄에서 지낸 그 하룻밤을 떠올렸다.

10년 전, 도쿄

유고는 양배추를 썰면서 시계를 확인했다.

지금은 오후 4시다. 오디션은 10시부터라서 앞으로 여섯 시간 후에는 운명의 일전에 도전해야 한다. 방송 국에서 일하는 사람은 다들 바빠서 이런 늦은 시각에 오디션이 열렸다.

아무래도 안절부절못해서 칼을 떨어뜨릴 뻔했다.

"미안해. 오디션 당일인데 시간을 잡아서."

곁에 있던 마사키가 사과했다.

"아니요, 당일에는 어차피 할 일도 없어요. 요 한 달 간 정말 죄송했어요."

유고가 빠진 시간은 마사키가 모두 채워주었다. 한 달 간 마사키가 짊어졌을 부담은 상당했을 테다. 안색을 봐도 피곤한 기색이 짙게 배어 나오고 있었다.

하지만 그 덕분에 납득이 가는 개그를 짤 수 있었다. 마사키를 위해서라도 이 오디션은 어떻게든 성공하고 싶다.

"분명 유고라면 잘 풀릴 거야."

"이상하게 긴장이 돼서 벌써부터 손에 땀이 나요."

유고는 손바닥을 보여주었다.

"진짜네. 축축해."

"그렇죠? 그래서 본선 때 괜찮을까 걱정이에요."

"그래도 긴장하는 건 좋은 일이야."

"왜요?"

"유고는 긴장감을 힘으로 바꿀 수 있는 사람이니까. 긴장하면 할수록 좋지 않으려나?"

마사키가 미소 지으며 격려해 주었다. 그렇구나, 그

렇게 생각하면 이 긴장감도 든든하게 느껴졌다.

"고맙습니다. 왠지 편안해졌어요."

감사 인사를 하자 마사키가 생각났다는 듯이 손뼉을 짝 쳤다.

"오늘 가게 영업시간이 끝날 쯤에 모일 수 있으려나? 내일은 가게 정기 휴일이라서 느긋하게 쉴 수 있으니까. 실은 이미 고타로도 불렀어."

"오디션이 끝나면 아무 일도 없으니 괜찮아요. 그런데 무슨 일이에요?"

"실은 오늘 우리 애 한 살 생일이야."

"그러네요? 축하드려요. 우라라도 벌써 한 살이네요."

빠르다. 우라라가 태어났다는 소식을 들은 지 1년이나 지났다.

마사키는 시선을 떨어뜨리고 입을 다물었다. 갑작스러운 침묵에 유고는 고개를 갸웃거리며 물었다.

"······마사키 씨, 왜 그래요?"

"미, 미안. 아무 일도 아냐. 그래서, 우, 우라라의 생일 파티를 하고 싶어서. 그 시간에는 자니까 자는 얼굴을 보면서 하게 되겠지만."

"좋네요. 꼭 해요."

고타로는 우라라를 만난 적이 있지만 유고는 아직 얼굴을 보지 못했다. 아이를 위해서 만화가가 되는 꿈을 포기한 마사키를 두고 응어리가 남았기 때문이다.

하지만 지금은 이제 아니다. 속죄라고 하면 뭣하지만 우라라의 생일을 진심으로 축하해 주자.

그런데 마사키가 심각하게 말을 꺼냈다.

"……그리고 유고한테 한 가지 사과할 일이 있어."

그 가라앉은 모습을 보고 유고는 흠칫했다. 아무래도 큰일인 모양이다.

"마사키 씨, 죄송한데…… 그건 제가 사서 냉동고에 넣어둔 아이스크림을 몰래 드신 수준인가요?"

"그런 수준이 아니야. 상당히 중요한 일이야……."

심각한 듯 말하는 마사키에게 유고는 바로 대답했다.

"죄송해요. 마사키 씨, 그건 나중에 들으면 안 되나요? 오디션 전이라서 너무 어두운 이야기는 피하고 싶어서요……."

가라앉은 기분으로 본선에 임하고 싶지 않았다.

"그렇구나. 미안……. 그래도 꼭 오늘 안에 사과하고 싶어."

마사키답지 않은 말이었다. 그 정도로 중요한 일인 모양이지만 유고는 전혀 짐작이 가지 않았다.

"그럼 이렇게 해요. 그걸 편지로 써주지 않으실래요? 오디션이 끝나면 반드시 읽을게요."

"그러네. 그럼 바로 써 올게."

표정이 밝아진 마사키가 휴게실로 들어갔다.

잠시 후에 가게 전화가 울렸다.

—어이, 배달을 시키고 싶은데 괜찮아?

단골손님이었다. 이 이자카야는 배달은 받지 않지만 단골에게만 특별히 주문을 받고 있었다. 다만 유고가 시간표를 뺀 한 달간은 배달도 거절하고 있었다.

"죄송합니다. 오늘은 배달을 가기가 좀……."

부드럽게 거절하려고 하자 그 손님이 빠르게 말했다.

—11시에 모둠 회 우리 집으로 가지고 와줘. 난 주문했어.

때마침 유고가 없는 시간이었다.

"아니, 그 시간에는……."

─난 주문한 거야.

그러고는 멋대로 전화를 끊어버렸다.

잠시 후에 마사키가 돌아왔다. 손에 들린 봉투를 유고
에게 내밀었다.

"자, 이거. 꼭 읽어."

"알겠어요. 꼭 읽을게요."

그리 말하고 가방에 넣는데 마사키가 물었다.

"조금 전에 전화가 온 것 같던데 무슨 전화였어?"

"아, 사카키 씨가 11시에 배달을 주문한다고 하더라고
요. 거절하려고 하니 그 전에 막무가내로 전화를 끊어
버렸어요."

"그 사람은 원래 그러니까. 그런데 11시라니……."

마사키가 난감한 표정을 지었다. 아르바이트생도 빠
져서 때마침 일손이 부족한 시간대다. 더구나 사카키라
는 사람은 무슨 이유인지 마사키나 유고가 배달을 가지
않으면 화를 낸다. 거추장스럽지만 가게 매상을 올려주

는 단골이기도 해서 거절할 수도 없는 노릇이다.

"다시 전화해서 거절할게요. 제가 분명하게 말했으면 됐을 테니까요."

"됐어. 괜찮아. 모둠 회지? 일손 비는 시간에 만들어 놓고 얼른 갔다 오면 되겠지. 사카키 씨 집은 스쿠터로 십 분 정도면 갔다 올 수 있으니까."

"죄송해요."

유고는 고개를 숙였다.

11시 전이 되어 유고는 방송국 대기실에 있었다.

후보인 멤버들이 긴장한 얼굴로 준비하고 있었다. 하나같이 지금 주목받는 젊은 친구들뿐이다. 명백하게 자신과 노는 물이 달랐다.

AD°에게 불려 회의실 안으로 들어갔다. 다른 텔레비전 프로그램 오디션과 달리 인원이 많았다. 스튜디오 녹화 때 사용하는 대형 카메라까지 있었다.

긴장감으로 목이 조여드는 듯한 순간, 마사키의 그 말

° Assistant Director, 감독을 보조하는 사람.

을 떠올렸다.

'유고는 긴장감을 힘으로 바꿀 수 있는 사람이니까.'

그렇다. 이걸 힘으로 바꿔서 개그를 하기만 하면 된다. 직전에 그리 마음을 바꿔먹었다.

그리고 삼 분 뒤 폭소가 일었다.

오디션은 눈 높은 스태프 앞에서 개그를 펼치는 거라 웬만한 일이 없는 한 먹히지 않는다. 그런데 지금 그런 스태프들 사이에 웃음이 일고 있었다.

특히 마지막 개그가 예상보다 훨씬 잘 먹혔다. 마사키가 배려해 준 덕분에 생각해 낸 개그였다. 다른 무대에 시험 삼아 올릴 틈도 없이 무턱대고 본선에 올렸는데 믿을 수 없을 만큼 큰 웃음이 터졌다.

"이상입니다. 감사합니다."

고개를 숙이자 박수 소리가 울릴 정도였다.

오디션장을 나왔다. 흥분된 상태로 복도를 걸었다.

"유고 씨, 유고 씨."

누군가가 불러 세웠다. 돌아보자 그곳에 고랏소의 책임 프로듀서가 있었다.

"이야, 진짜 재미있었어. 최고였어."

"진짜요? 감사합니다."

일부러 따로 말하러 온 것이다. 프로듀서는 주변을 둘러보고 나서 속닥속닥 귓속말을 했다.

"다른 후보자한테는 말 안 했으면 하는데, 유고 씨는 조금 전 개그로 고정 멤버로 결정됐어."

"지, 진짜요?"

그만 큰 소리가 나고 말아 프로듀서가 입에 손가락을 갖다 댔다.

"쉿! 목소리가 커!"

"죄, 죄송합니다."

"유고 씨 캐릭터는 다른 데서는 안 맞았을지 몰라도 우리 방송에는 제격이야. 결과가 나올 때까지 기다리는 것도 좀 그렇지. 세 달 후에는 기자회견을 대대적으로 할 예정이야. 잘 부탁해."

그리 말하더니 유고의 어깨를 두드리고 모습을 감추었다.

유고는 주먹을 치켜들고 입을 크게 벌렸다.

"으, 으쌰……. 쿨럭, 쿨럭."

환호성을 지를 뻔하다가 그 직전에 억눌러서 기침이
터져 나오고 말았다. 하지만 그조차도 지금 유고에게는
쾌감으로 느껴졌다.

방송국을 나와서 이자카야로 향했다. 바깥에서는 추적
추적 비가 내리고 있었지만 우산을 쓰지 않아도 좋았다.
지금은 기쁨이 비를 날려 보내주었다. 빗속에서 발레리
노처럼 뛰어오르고 있어서 지나가는 사람마다 흠칫했
다. 실은 그 한 사람 한 사람을 끌어안고 싶을 정도였다.

이자카야의 부엌문을 열고 유고가 외쳤다.

"마, 마사키 씨 들어봐요. 저 해냈어요."

하지만 그곳에 마사키는 없었고 고타로가 있었다. 고
타로는 짐작한 듯이 환한 표정을 지었다.

"유고, 오디션 잘 봤어?"

"응, 백 퍼센트 확실히. 고정으로 뽑혔어."

"해냈구나. 해냈어."

손에 손을 맞잡고 빙글빙글 기쁨의 춤을 추었다. 고타

로가 눈물겨워하며 말했다.

"정말 다행이야. 유고, 애썼어."

그 눈물을 보자 유고도 눈시울이 뜨거워졌다. 나오려는 눈물을 겨우 참고 밝은 목소리로 말했다.

"고랏소의 고정이 됐으니 사나에한테 얼른 알려줘야지."

"그래. 코미디언으로 성공할 기회를 잡은 거잖아. 사나에가 정말로 사귀어주지 않을까?"

"당연하지. 고랏소의 멤버니까. 그리고 사나에랑 결혼해서 애를 만들고……."

"이름은 우미카잖아."

고타로가 기쁜 듯 말했다. 유고는 손가락을 튕겨 딱 소리를 냈다.

"그래, 그래, 우미카지. 나랑 사나에의 애니까 당연히 귀여울 거야. 그러면 연예계에서 내버려두지 않겠지. 부녀지간에 공동 출연도 하겠지. 아, 어쩌지? 내 딸이라고 공표해서 연예인 2세로 나가야 할까, 데뷔 직후에는 숨기고 있다가 나중에 우미카는 유고의 딸이라는 식으로

가야 할까. 그건 고민이 좀 되네. 아, 우미카랑 우라라한
테 만담을 시켜서 미녀 만담가로 만드는 방법도 있겠네.
마사키 씨랑 의논 좀 해볼까."

"어디까지 상상하는 거야."

고타로가 폭소했다.

"어때서 그래! 고랏소의 고정 멤버는 그 정도로 대단
한 거잖아. ……그런데 마사키 씨는 왜 안 보여?"

주변을 둘러보는 유고에게 고타로가 의아한 듯 말했다.

"아니, 내가 왔을 때도 마사키 씨는 가게에 이미 없었
어. 아르바이트하는 애가 둘 있을 뿐이었고."

오늘은 마사키와 아르바이트생들까지 세 사람이 일하
는 날이었다.

"……무슨 소리야?"

"알바생한테 물어보니 마사키 씨가 배달하러 갔다가
바로 돌아온다고 했던 모양인데 도무지 돌아오지를 않
는대. 손님한테 요리를 못 내니 내가 사과하고서 가게
를 일찍 닫았지. 알바생도 조금 전에 돌아갔어."

꺼림칙한 예감이 유고의 가슴을 스쳐 지나갔다.

"마사키 씨가 가게를 나간 건 몇 시쯤이야……?"

"11시 조금 전이라고 하던데?"

심장이 쿵쿵 뛰었다. 마침 사카키 씨에게 배달하러 간 시간이다. 마사키가 가게를 내팽개칠 리가 없다. 한창 배달하던 중에 뭔가 꺼림칙한 일이 벌어진 것이다.

그때 가게 전화가 울렸다. 벨 소리가 불길하게 느껴지기만 했다.

고타로가 수화기를 들어 답했다. 그리고 순간 얼굴이 새파래졌다. 유고는 겁이 났다.

전화를 끊고 고타로가 이쪽을 보았다. 그 눈은 공허하고 초점이 전혀 맞지 않았다.

"……고타로. 왜 그래?"

유고가 묻자 고타로가 나직하게 말했다.

"마사키 씨가 사고를 당해서 병원에 있대……."

그 대답을 듣자마자 유고는 가게를 뛰쳐나갔다.

두 사람은 병원으로 곧바로 갔다.

접수처에서 사정을 설명하자 직원이 안내해 주었다.

걸으면서 사정을 물었다. 마사키는 스쿠터로 배달하던 중에 차에 치였다고 한다. 비가 와서 시야가 어두워 운전자가 마사키를 알아차리지 못한 것이다.

설명을 듣는 동안 유고는 후회의 소용돌이에 빠지고 있었다. 만약 그 배달 주문을 거절했더라면 마사키는 사고를 당하지 않고 일을 마쳤을 것이다

내 탓이다. 내 탓이다……. 그 말이 저주처럼 유고의 가슴을 물들여 갔다.

직원이 어느 지점에 다다라 멈췄다. 그 문을 보고 유고는 우두커니 섰다. 다리에 감각이 어느 순간 홀연히 사라지고 서 있는 게 어떤 건지도 알 수 없어졌다. 그 문에는 이렇게 쓰여 있었다.

'영안실'이라고…….

간신히 기력을 쥐어짜 그 단어를 목소리로 뱉어냈다.

"마, 마사키 씨는 이미……."

직원이 안타깝다는 듯이 답했다.

"돌아가셨습니다. 삼가 고인의 명복을 빕니다."

그 순간 유고는 어찌할 바를 몰랐다. 불과 조금 전에,

불과 몇 시간 전까지 마사키는 살아 있었다. 평소처럼 이자카야에 있었고, 평소처럼 요리를 하고, 평소처럼 부드러운 미소로 손님을 맞이하고 있었는데…… 지금은 이제 이 세상에 없다. 무슨 일이지? 왜지? 영문을 알 수 없었다.

"유고! 정신 차려!"

고타로가 소리를 높이자 유고는 정신이 돌아왔다.

고타로는 지금까지 본 적 없는 표정을 짓고 있었다. 너무나도 갑작스러워서 슬퍼할 수도 없었다. 그래서 자신이 어떤 표정을 지어야 할지도 알 수 없었다.

직원에게 안내받아 안으로 들어갔다. 방은 서늘했고 중앙에 받침대가 있었다. 그곳에 흰 시트에 덮인 마사키가 누워 있었다.

직원은 얼굴을 가린 천에 손을 대다 확인하듯이 말했다.

"얼굴을 보시겠어요?"

네…… 그리 대답하려고 했지만 차마 목소리로 나오지 않았다.

"네, 부탁드립니다."

고타로가 대신해서 목소리를 쥐어짜 냈다.

직원이 천을 뒤집자 마사키의 얼굴이 드러났다. 상처 하나 없었다. 안경은 끼고 있지 않았지만 평소의 마사키였다. 죽었다고 믿을 수 없었다. 그저 조용히 자고 있는…… 것처럼만 보였다.

떨리는 손으로 유고는 마사키의 뺨을 만졌다. 그리고 흠칫했다.

차가웠다…….

그리고 그 차가움이 알려주었다. 이제 마사키는 정말 죽었다고…….

유고의 가슴속부터 목소리가 기어오르다 입가에서 새어 나왔다.

"죄, 죄송합니다. 마, 마사키 씨. 죄송합니다……."

전화를 받은 그 순간으로 돌아가고 싶다. 그때 내가, 내가 배달 주문을 거절했더라면…… 이런 일이…… 신이시여. 부탁이니 제발 그때로 돌아가게 해주세요!

유고는 무릎을 꿇고 오열했다. 그리고 몇 번이나 애원

하고 사과했다.

유고, 왜 그런 일로 사과하는 거야.

평소의 마사키라면 그리 대답해 준다. 부드러운 미소
를 띠고…… 하지만 지금의 마사키는 침묵하고 있다.
입을 닫고 아무 대답도 해주지 않는다. 그게 유고는 슬
프고 너무나도 괴로웠다.

12

우미카는 모래사장에 앉아서 혼자 그림을 그리고 있
었다.

화재 소동 이후로 그림을 조금도 그리지 않았다. 겐키
와 잇큐는 시간이 지나 회복했지만 아빠는 집에 틀어박
혀 있었다. 오토리를 하기는커녕 술 한 모금도 마시지
않았다.

동영상도 더 이상 업로드하지 않았지만 아이러니하게
도 조회수는 유고TV의 최고 기록을 계속 갱신했다. 텔레비전에 화재 사건이 보도되면서 유고TV의 존재가 더욱 유명해졌기 때문이다.

텔레비전에 나오면 이렇게까지 세간에 알려지는구나 하고 우미카는 경악했다. 아빠가 텔레비전에 나올 정도로 유명인이 되고 싶다고 한 말도 이제야 이해되었다.

이제 겨울도 가까워졌다.

물감을 섞어서 색을 만들고 눈앞의 바다를 그렸다. 겨울 바다는 여름보다도 색의 경계를 묘사하는 게 어렵다. 신중하게 붓을 놀리고 있었다.

"그림이 엄청 근사하네."

누군가 말을 걸어왔다. 유이 선생님인가 싶었지만 그렇지 않았다.

삼십 대 중반 정도 돼 보이는 여성이었다.

머리를 하나로 묶고 청결해 보이는 옷을 입었다. 스치듯 보기에도 차분하고 고상한 느낌이 들었다.

감사합니다, 하고 우미카가 가볍게 고개를 숙이자 그녀의 안색이 달라졌다. 눈을 크게 뜨고 입술이 가늘게 떨리고 있었다. 마치 믿을 수 없는 무언가를 본 듯한 표정이다.

"저기, 괜찮으세요?"

걱정이 되어 우미카가 묻자 그녀는 떨리는 목소리로 되물었다.

"호, 혹시 우미카?"

유고TV를 본 듯했다. 화재 소동 이후로 그녀와 비슷한 연령대의 시청자도 늘었다. 그 덕분에 우미카도 나이를 불문하고 여러 사람에게 알려졌다.

"그런데요?"

"그, 그렇구나……. 널 만나고 싶었어."

갑작스레 목소리를 높이자 우미카는 깜짝 놀랐다. 그눈에 눈물이 고여 있었다. 마치 동경하는 뮤지션이라도 만난 듯한 반응이다.

"갑자기 미안해. 놀라게 했지?"

그녀가 다급히 눈물을 닦아냈다.

"괜찮아요."

분명 다른 사람이 그랬다면 더 놀랐겠지만 신기하게도 이상해 보이지 않았다. 그녀의 분위기 때문일지도 몰랐다. 갑자기 울어도 상대의 경계심을 흐리는 온화함이 그녀에게는 있었다.

"유고 씨는 어디에 계셔? 조금 전에 게스트 하우스에 들렀는데 아무도 없어서."

그렇구나. 아빠를 만나러 이곳에 온 것이다.

"아빠라면 할머니 집에 있어요."

"미안하지만 괜찮다면 데리고 가줄래?"

"……괜찮아요. 그런데 아빠는 왜 찾으시는데요?"

그 소동 당시에는 매스컴의 기자나 피디 몇몇이 이 부근을 어슬렁거렸다. 이 사람은 그렇게 보이지 않았지만 일단 물었다.

"난, 니야마라고 하는데 아빠의 옛 지인이야."

"도쿄 시절에요?"

미야코섬에 사는 아빠의 지인이라면 우미카는 전부 알고 있다.

"응, 맞아."

그녀가 빙긋이 웃으며 고개를 끄덕였다. 그 미소를 보고 우미카는 바로 넘어갔다. 이런 다정한 사람이 나쁜 사람일 리가 없다.

둘이서 같이 걷는데 그녀가 이런저런 이야기를 물어왔다.

"우미카는 학교생활 어때? 즐거워?"

"네, 즐거워요. 남자애들은 싫어도요."

"그렇구나. 아줌마도 어릴 적에는 그랬어. 남자애들이 너무 싫었지."

그리 말하고는 큭큭 웃었다. 우미카의 긴장을 누그러뜨리기 위해서 이런 말을 해주는 것이다. 우미카가 생각한 대로 그녀는 좋은 사람 같았다.

그 후로도 여러 이야기를 했다. 그녀는 우미카가 어떤 말을 하든 오버스러울 만큼 크게 반응해 주었다. 그게 우미카의 기분을 좋게만 했다. 이 짧은 시간 동안에도 우미카는 그녀가 무척이나 좋아졌다.

할머니 집에 도착했다. 안으로 들어가자 겐키와 잇큐, 할머니는 없었다. 방구석에 아빠만 드러누워 있었다. 화재 이후로 아빠는 주로 여기에 붙박여 있었다.

말을 걸려다가 그만 말문이 막혔다. 이미 한동안 아빠

와 이야기를 나누지 않았기 때문이다. 하지만 어떻게든 말을 쥐어짜 냈다.

"아빠, 손님 오셨어…….."

"누구야? 방송 관련된 사람은 아니지?"

유고가 그리 돌아본 순간 우미카는 흠칫했다.

아빠는 놀라서 얼굴이 굳어 있었다. 방심한 듯이 입이 절반은 벌어져 있었다. 아빠에게 몇 번이나 깜짝 카메라를 했지만 이런 반응을 본 건 처음이었다.

그 시선은 우미카에게 향해 있지 않았다. 그보다 조금 위…… 등 뒤에 있는 그녀를 응시하고 있는 것이다.

그리고 절반쯤 벌어진 아빠의 입에서 목소리가 새어 나왔다.

"……사에코 씨."

아무래도 그녀와 아빠는 정말로 아는 사이인 모양이다.

사에코라는 사람이 고개를 숙였다.

"오랜만이에요."

그리고 두 사람은 서로 마주 보았다. 무척이나 기묘한 침묵이었다. 무언가 말하고 싶지만 뭐라고 말할 수 없다. 그런 느낌이었다.

"사에코 아줌마……."

참지 못하고 우미카가 그리 부르자 그녀가 흠칫했다.

"이, 이름으로 불러주는 거니……?"

뭔가 터무니없는 짓을 저질렀나 싶어서 우미카가 더 놀랐다.

"어, 사에코 아줌마가 아니세요?"

"응. 사에코 맞아. 니야마 사에코야."

사에코 아주머니가 고개를 끄덕이자 아빠가 나직하게 말했다.

"……지금은 니야마 씨군요."

"네."

그러자 아빠가 안심한 듯이 말했다.

"다행이에요. 사에코 씨가 행복해 보여서요……."

진심으로 안도하는 표정이다. 이런 아빠의 모습은 본 적이 없었다.

"……감사합니다."

감사 인사를 하더니 또다시 사에코 아주머니는 눈물

을 글썽였다. 정확히 알 수는 없지만 그 한마디에 온갖 감정이 담겨 있는 것 같았다.

두 사람은 식탁에 마주 앉았다. 우미카는 차와 사타안다기를 내려놓았다.

"드세요."

그리 말하고 물러나려고 하는데 아빠가 불러 세웠다.

"우미카, 너도 앉아서 이야기 들어."

"어, 왜?"

"잔말 말고 앉아."

"알겠어."

하는 수 없이 아빠의 곁에 앉았다.

아빠가 숨을 크게 내뱉더니 천천히 말했다.

"우미카, 너한테 전해야 하는 말이 있어."

진지한 말투였다. 농담만 던지는 평소의 아빠가 아니라서 우미카는 당황했다. 침을 삼키고 나서 물었다.

"뭔데……?"

아빠가 바로 말했다.

"네 눈앞에 있는 사에코 씨는, 이분은 네 친엄마야."

엄마…….

그 말은 제대로 들렸지만 의미는 전혀 알 수 없었다. 아빠는 대체 무슨 소리를 하는 걸까.

우미카는 불단을 가리켰다. 그곳에 엄마 사나에의 영정 사진이 장식돼 있었다. 화재가 일어난 게스트 하우스에서 가지고 나온 것이다.

"무슨 소리야. 우리 엄마는 이 사람이잖아."

아빠가 조용히 고개를 가로저었다.

"아냐. 저 사람은 내가 옛날에 좋아했던 사람이야. 네 진짜 어머니, 너를 낳은 사람은 이 사에코 씨야."

충격으로 머리가 잘 돌아가지 않았다. 우리 엄마는 죽지 않고 살아 있다. 더구나 사나에가 아니라 지금 눈앞에 있는 사에코 아주머니가 진짜 엄마라고……. 세상이 빙그르 돌아가는 기분이 들었다.

서둘러 사에코 아주머니를 보자 그녀는 진지한 얼굴로 고개를 끄덕였다. 아빠가 하는 말이 거짓말은 아닌 것이다.

그때 우미카는 알아차렸다.

"그럼, 그럼 아빠랑 사에코 아줌마가 결혼한 거야?"

"그게 아니야……."

힘겹게 부정하는 아빠에게 우미카는 쉰 목소리로 물었다.

"……무슨 소리야?"

아빠가 단호하게 대답했다.

"나와 넌 진짜 부녀가 아니야. 네 아버지 이름은 고미야마 마사키. 난 네 아버지의 절친이었어."

유고는 우미카의 모습을 살폈다.

충격적인 고백에 우미카는 멍해져 있었다. 사에코는 그런 우미카를 불안하게 응시했다.

마침내, 마침내 우미카에게 진실을 전할 날이 왔다…….

유고는 그만 눈을 감았다. 뇌리에 박힌 10년 전 그날의 일이 떠올랐다.

10년 전, 도쿄

병원 소파에 앉은 유고와 고타로는 허탈했다.

서기는커녕 팔을 움직일 기력조차 나지 않았다. 절망과 슬픔은 모든 힘을 빼앗아 가버렸다.

마사키의 죽음을 맞닥뜨리고서 조금 전까지 두 사람 모두 울었다. 마사키가 이 세상에 없다……. 그 사실을 전혀 받아들일 수 없었다.

그러다 고타로가 흠칫 깨달은 듯 말했다.

"맞다, 아이. 우라라를 어린이집에 맡겨뒀어."

그때 유고도 고개를 치켜들었다.

"그러네. 데리러 가야지."

우라라라는 이름에 유고는 다시 울 것 같았다. 마사키가 무사했더라면 지금쯤 우라라의 생일 파티를 하고 있었을 것이다.

"우라라는 유고 너한테 맡겨도 될까?"

"상관없지만 넌 뭐 하려고?"

"장례식 준비해야지. 마사키 씨와 친밀한 사람은 우리 말고 없으니까……."

그리 말하고는 고타로가 참지 못하고 다시 오열했다. 그 울음소리에 또다시 눈물이 흘러넘칠 것 같았지만 유고는 간신히 억눌렀다. 그리고 이를 악물며 고타로의 등을 세게 두드렸다.

"야, 이제 울지 마. 더 이상 마사키 씨한테 못난 모습 보이지 마. 슬프더라도 제대로 보내주도록 하자."

"그, 그러네. 미안. 이제 안 울게."

손등으로 눈물을 훔치고 고타로가 일어났다.

유고는 병원에서 나와 어린이집으로 향했다.

바깥에는 아직 비가 내리고 있었다. 이 비 때문에 마사키가 죽은 것이다. 그리 생각하자 하늘에다 대고 분노를 퍼붓고 싶어졌다. 그런다 하더라도 되살아날 리가 없지만. 꽉 쥔 주먹을 풀고 터벅터벅 걷기 시작했다.

밤이 되어 어린이집에 도착했다.

이런 시간에도 사람이 드나든다. 도시에는 마사키처럼 밤에 일하는 사람도 많다. 그래서 야간에도 하는 어린이집이 성황이다. 미야코섬에서는 본 적 없는 풍경이었다.

사나에처럼 화려한 헤어스타일을 한 여성이 아이를 자전거 뒷좌석에 앉혔다. 아이는 이미 잠들었는지 꾸벅꾸벅 졸았다. 그 여성은 "왜 비가 오고 난리야. 최악이야"라고 중얼중얼 불평을 부리면서 아이에게 비옷을 입혔다.

건물 안으로 들어갔다. 주변은 어두웠지만 전등 하나가 켜져 있어서 그 부분만 희미하게 밝았다. 소리 하나 없이 고요했다. 이미 새벽 두 시라 아이는 자고 있을 시

285

간이다.

보육교사로 보이는 여성이 나타나자 유고는 바로 용건을 말했다.

"고미야마 마사키 씨를 대신해서 아이를 데리러 왔습니다."

그 순간 그녀의 얼굴이 경직되었다. 마사키가 사고로 죽었다는 사실은 병원이 어린이집에 알렸다.

그녀가 마음속이 괴로운 듯이 말했다.

"삼가 명복을 빕니다……. 설마 고미야마 마사키 씨가……."

말을 잇지 못하고 눈물을 글썽였다. 이내 마음을 다잡았다는 듯이 눈을 빛내고 눈물을 멈추었다. 하지만 아무리 애를 써도 참을 수 없었는지 다시 눈물을 펑펑 흘리기 시작했다.

"우, 우미카가 너무 가여워서…… 친구들을 모아서 우미카의 생일 파티를 한다고 어제 고미야마 씨가 말씀하셨는데……."

우미카……?

눈물로 젖은 그녀의 모습을 보고 유고도 따라 울 뻔했지만 그 이름을 듣자 그런 기분이 날아갔다.

유고는 되물었다.

"서, 선생님, 지금 우미카라고 하셨나요?"

"네, 맞아요."

그녀는 당황한 듯이 멍하니 있었다.

"무슨 말씀이세요? 이름이 고미야마 우라라가 아닌가요?"

"우라라요? 아니에요. 고미야마 우미카인데요……?"

유고는 당혹스러웠다. 우미카는 유고가 나중에 태어날 아이를 생각하고 지은 이름이다. 어째서 그게 우라라의 이름이 돼 있는 거지? 영문을 알 수 없었다.

이야기를 서두르듯 그녀가 빠르게 말했다.

"우미카 바로 데리고 올게요. 이미 자고 있지만요."

그러고는 곧바로 그 자리를 떠났다.

우라라가 왜 우미카인 걸까…….

그 직후였다. 어둠 속 바다에 한 줄기 빛이 비쳐 들듯이 유고는 무언가를 떠올렸다. 다급히 가방에 손을 집어넣어 봉투를 잡았다. 마사키가 유고에게 쓴 편지였다. 마사키가 사과하고 싶은 게 있다고 말했고, 유고는 그 말을 편지로 적어달라고 했다. 오디션이 끝나고 나면 읽을 작정이었지만 까맣게 잊고 있었다.

봉투를 열어 편지를 꺼내자 꼼꼼한 글씨체로 이렇게 적혀 있었다.

유고에게

미안. 오디션 전에 이런 이야기를 꺼내서. 실은 내내 유고에게 사과하고 싶었는데 이렇게 아슬아슬한 순간까지 와버렸네. 정말 미안해.

사과하고 싶은 건 우리 아이의 이름이야. 유고는 사나에 씨와 결혼해 둘 사이에서 아이를 가지는 게 꿈이라고 했지? 여자아이에다 그 이름은 우미카인.

유고가 그 말을 꺼냈을 때 어쩜 그렇게 근사한 이름이 다 있지 하고 정말 감동했어.

우미카라는 이름을 들으면 미야코섬의 풍경이 머릿속에 자연스레 떠올라. 바다 내음이나 파도 소리까지 들려. 나는 미야코섬의 바다를 한 번도 본 적 없지만, 우미카라는 이름을 듣기만 하면 그런 이미지가 떠올랐어.

부디 유고가 그 꿈을 이루어서 우미카를 소중히 키우기를 바랐어. 그때 나는 그렇게 간절히 바랐어.

그리고 나와 사나에 사이에 그렇게 바라던 아이가 태어났어. 처음 아이를 본 순간, 문득 이 아이의 이름이 뇌리에 떠올랐어.

우미카라고…….

물론 바로 그 이름을 머리에서 떨쳐내려고 했어. 그야 그 이름은 유고가 낳을 아이의 이름이라고 이미 정해졌으니까. 이 아이가 우미카일 리가 없지.

그리 스스로 타일러서 다시 한번 더 냉정하게 아이를 보았지. 그랬더니 이미 우미카로밖에 보이지 않았어. 그리고 나는 그 갓 태어난 아이를 불렀어.

우미카…….

그때였어. 응애 하고 아이가 울더라. 마치 자신의 이름을 부른 걸 아는 것처럼…….

나중에도 몇 번이나 다른 이름을 생각해서 붙여보려고 했

어. 하지만 우미카라는 이름이 머리에 들러붙어서 떨어지지
를 않았어.

하는 수 없었지. 유고가 화를 낼 걸 각오하고 우미카라는 이
름을 이 아이에게 붙여도 되는지 부탁하려고 했어. 그런데 아
무리 애를 써도 말을 꺼낼 수 없었어. 유고에게 우미카는 소중
한 이름이라는 걸 충분히 알고 있어서야.

결국 유고에게 숨긴 채 우미카라는 이름으로 구청에 출생
신고서를 내고 말았어. 아이가 태어났다는 소식을 전한 후 유
고와 고타로가 아이의 이름을 물어봤지? 그때 나는 우라라라
고 순간적으로 거짓말을 하고 말았어.

우미카의 첫 글자인 '우'에서 그만 그 이름이 나온 걸 테지. 내
가 붙이지 않을 법한 이름이라서 유고는 조금 의아했지 않아?

우라라는 거짓말이었으니까. 미안. 당장이라도 유고에게
사과하자 싶었어. 하지만 아무리 노력해도 마음을 정하지 못
한 채 결국 우미카의 한 살 생일을 맞이하고 말았어.

그래서 유고가 오늘 우미카와 만나기 전에 어떻게든 이 사
실을 사과하고 싶었어. 정말, 정말로 미안해. 난 유고의 꿈 하
나를 빼앗은 나쁜 사람이고 그걸 사과할 용기조차 없는 겁쟁

이야.

용서해 줄 리가 없다고 생각해. 하지만 만약 유고가 용서해 준다면 생일 파티에서 우미카를 안아줬으면 해. 유고가 이 아이에게는 이름을 지어준 부모인 셈이니까. 그만큼 최고의 생일 선물은 없을 거라고 봐. 억지스러운 부탁뿐이네. 정말 미안. 내가 생각해도 어처구니가 없어.

그리고 이 기회를 빌려 요즘 내가 꾸고 있는 꿈을 써도 될까? 하는 말들이 두서없지? 하지만 왠지 모르게 쓰고 싶어졌어. 장난인가 싶으면 읽지 않고 넘겨도 돼.

내 새로운 꿈은 이래. 우미카가 크면 미야코섬의 바다를 보여주고 싶어. 유고네 민박 근처에 있는 그 사진 속 바다 말이야. 그 바다야말로 우미카의 고향이나 마찬가지니까.

물론 그곳에 같이 있는 건 나, 유고, 고타로 그리고 사에코야. 그때까지 반드시 사에코를 찾아낼 거야. 사에코는 우미카를 버려두고 간 걸 내내 후회하면서 살고 있을 게 분명해.

얼른 돌아가서 우미카를 안아주고 싶다, 그렇게 진심으로 바라고 있을 텐데 집으로 돌아올 용기를 도무지 내지 못하는 걸 거야. 그 심정은 충분히 이해해. 그야 나도 그렇거든. 유고에게 우미카 이름을 털어놓고 사과해야 하는데 이렇게 막바지까지 말을 하지 못했어.

이런 나야말로 사에코의 심정을 뼈저릴 만큼 이해할 수 있어. 우미카를, 자신이 배 아파 낳은 딸을 보고 싶은데 보지 못하고 있잖아. 사에코의 심정을 생각하면 내 가슴이 찢어질 것만 같아. 그래서 나는 한시라도 빨리 그녀를 찾아내고 싶어. 그리고 사에코의 고민을 알아차려 주지 못한 걸 진심으로 사과하고 싶어.

가능하다면 그녀에게도 그 바다를 보여주고 싶어. 에메랄드그린색으로 빛나고 세상에서 제일 예쁜 미야코섬의 바다를. 우미카와 모두 함께.

프로 만화가가 되겠다는 꿈은 포기했지만 이게 내가 새로 찾은 꿈이야. 그리고 유고도 꿈을 이루길 바랄게. 잘나가는 코미디언이 돼서 사나에 씨와 인연을 맺게 되는 꿈을.

나와 유고 그리고 고타로. 세 사람 모두 저마다 꿈을 이루어서 같이 미야코섬 바다를 보자. 나는 그날을 고대하고 있어.

미안. 편지가 길어졌네. 그럼 오디션, 성공을 기원할게. 분명 좋은 결과가 나왔겠지.

우미카의 이름을 마음대로 사용해서 정말 미안해. 다시 직접 제대로 사과하고 싶어.

그럼 우미카의 생일 파티 때 보자.

너의 절친 마사키로부터

편지를 다 읽고 유고는 한숨을 쉬었다.

뭐가, 뭐가 미안하다는 말입니까…… 이름은 얼마든지 사용해도 상관없는데. 거짓말하지 않았어도 됐는데. 우미카는 그 바다 사진을 보고 문득 떠오른, 그 이상도 그 이하도 아닌, 가벼운 마음으로 지은 이름일 뿐이다. 특별한 의미 따윈 아무것도 없었다. 그런데 마사키는 내내 끙끙 앓고 있었던 것이다.

유고는 소리 높여 울었다. 눈물이 뺨을 타고 내려와 편지에 뚝뚝 떨어졌다.

'야, 이제 울지 마. 더 이상 마사키 씨한테 못난 모습 보이지 마.'

조금 전에 고타로에게 그렇게 말해놓고서…… 아무리

애를 써도 눈물을 멈출 수 없었다.

"기다리셨죠?"

보육 교사의 목소리가 들려서 유고는 고개를 들었다. 그 얼굴을 보고 보육 교사가 고개를 돌렸다.

"죄송합니다. 조금 후에 다시 올까요?"

유고는 소맷부리로 눈물과 콧물을 훔쳤다. 그리고 눈에 혼신의 힘을 주고서 억누른 목소리로 말했다.

"이제 괜찮습니다. 죄송합니다."

그녀의 품에 잠든 아이의 사랑스러운 얼굴이 보였다. 뺨이 동그랗고 머리카락이 갈색에 가늘었다.

우미카다…….

그 이름을 마음속으로 불러보았다. 그러자 그 순간 불이 밝혀진 듯했다.

"쓰다듬어도 되나요?"

"네. 물론이죠." 우미카의 머리를 조심스레 어루만졌다. 어쩜 이렇게 머리가 작을까. 그리고 머리카락이 보드랍고 옅었다. 그게 무척이나 포근했다.

"자, 여기요. 안아주세요."

그녀가 우미카를 옆으로 안았다. 유고는 조심스럽게 우미카를 받아 들어 안았다.

가볍다. 아직 한 살된 아이는 이다지도 가볍다.

그리고 팔에 온기와 어린아이한테서만 나는 냄새가 감돌았다. 그러고 보니 이렇게 작은 아이는 안아본 적이 없다.

"원래 이렇게 부드럽나요?"

"예쁘죠?"

그녀가 빙긋이 웃으며 답했고 유고는 우미카의 자는 얼굴을 응시했다.

이 아이는, 이 아이는 아직 이렇게 작은데 아빠도 엄마도 사라졌다. 우미카는, 이 작은 아이는 앞으로 대체 어떻게 될까? 부모 없이 어떻게 성장해 나갈까? 과연 정말 행복한 인생을 살아갈 수 있을까?

그런 생각을 하고 있으니 또다시 눈시울이 뜨거워졌다. 그러자 바로 눈물이 흘러넘쳤고 우미카의 옷 위로 떨어졌다.

"······흑, 흑······."

유고는 그 따스하고 보드라운 감촉을 느끼며 오열했다.

어린이집을 나서서 유고는 택시를 타고 이자카야 앞
에 도착했다.

우미카를 안고 있어서 우산을 쓸 수 없었다. 운전기사
가 대신 우산을 씌워줘서 가게 안으로 들어갔다. 안에
는 고타로가 앉아서 기다리고 있었다. 꽤 초췌했다.

유고의 품에 있는 우미카를 보고 고타로는 벌떡 일어
났다. 그러고서 의자와 방석을 나란히 놓아 재빨리 침
대를 만들어주었다.

그 위에 우미카를 조심스레 놓았다. 우미카는 아직 쌔
근쌔근 자고 있었다.

"이럴 때도 기분 좋게 자고 있구나……."

고타로의 눈에 서서히 눈물이 차올라서 유고는 나무
랐다.

"야."

"알고 있어. 이제는 안 울기로 했잖아."

고타로가 코를 훌쩍대며 눈물을 멈추었다.

"그것보다 장례식 준비는 어떻게 준비하고 있어?"

"응. 우선 상조 회사 사람이랑 이야기해서 절차는 밟았어."

"……우미카는 어떻게 될까?"

유고는 그게 신경 쓰였다.

"우미카? 이 애는 우라라잖아?"

고타로가 어리둥절해했다.

"그게 아니었어. 우라라는 거짓말이고 실은 이름이 우미카였어."

"어, 무슨 소리야?"

놀란 고타로에게 마사키의 편지 내용을 들려줬다. 그러자 고타로가 납득이 간다는 듯 말했다.

"그랬구나. 그래서 마사키 씨, 우리가 우라라라고 하면 복잡한 표정을 지었구나. 유고한테 내내 미안하다고 생각했나 보네."

"응, 내가 그런 걸 신경 쓸 리가 없는데 마사키 씨답지."

그리 말하고 다시 우미카를 바라보았다. 그 자는 얼굴

이 어딘가 마사키 씨와 겹쳐 보였다.

"우미카 말인데, 마사키 씨 장례식이 끝나면 우미카를 키워줄 보육원을 찾아야 할 것 같아."

"보육원 말이구나……."

그 단어를 듣자 유고의 가슴속에 그림자를 드리운 듯이 어두워졌다.

"마사키 씨 친척하고는 연락이 안 됐어."

고타로가 유고의 마음을 읽은 듯이 덧붙였다. 마사키는 부모님과 헤어지고 나서 친척 집에서 길러졌다고 들었다.

"마사키 씨, 만화가가 되겠다고 집을 뛰쳐나오고 나서 그 친척이랑은 거의 연락을 안 하고 지냈나 봐."

"마사키 씨가 말이지."

의리 넘치고 정이 많은 마사키답지 않은 일이라 유고는 귀를 의심했다.

"그 친척들이 마사키 씨한테 엄청 엄격했나 봐. 억울한 일도 꽤 당한 것 같고. 마사키 씨가 옛날이야기를 안 한 것도 고향에 딱히 좋은 추억이 없어서였던 것 같

아. 그래서 우리가 하는 미야코섬 이야기를 듣고 싶었나 봐. 아마 우리 고향인 미야코섬을 자신이 꿈꿔온 고향이라고 생각해서 이 애를 우미카라고 이름을 붙인 게 아닐까."

"그럴지도 모르겠네……."

아마 고타로가 말한 대로일 테다. 마사키가 따스한 가족 만화를 자주 그렸던 것도 마사키의 이상이 있어서일 테다.

음울한 공기를 떨쳐내듯이 유고는 큰 소리를 냈다.

"자, 오토리하자."

"뭐? 이런 시간에?"

"너도 이제 도쿄 사람이 다 됐네. 오토리는 아침까지 하는 거잖아. 우미카의 첫 번째 생일을 축하해 줘야지."

그때 고타로의 눈이 커졌다.

"그러네. 오늘은 우미카 생일이었네."

"그래. 잊지 마. 오늘은 아주 경사스러운 날이야."

우미카의 생일을 성대하게 축하해 주고 싶었다. 그게 마사키가 바랐던 일이다. 지금 천국에서 바라보고 있을 마사키를 위해서라도 가능한 한 흥을 돋우고 싶었다. 유고는 그리 결심했다.

작위적일 만큼 밝게 행동하는 유고를 보고 고타로가 느낌이 온 것 같았다.

"그럼 유고의 오디션 합격 축하 파티도 하자. 고랏소의 고정 멤버가 됐으니까. 이제부터 잘나가는 코미디언에 합류하는 거네."

"그, 그러네. 고타로 넌 장식 좀 하고 있어. 난 다른 할 일이 있으니까."

"알겠어."

둘이서 준비에 들어갔다. 유고는 주방으로 가서 술병 선반을 바라보았다. 오토리를 한다면 미야코섬 아와모리는 빼놓을 수 없다.

선반 한가운데에 아와모리 새 병이 있었다. 유고와 마사키가 가장 좋아하는 브랜드에서 나온 것이었다. 아마 마사키가 준비해 준 걸 테다.

냉장고를 열자 생일 케이크가 있었다. 더구나 냉동고에는 막대가 두 개 달린 아이스크림까지 있었다. 또다시 눈물이 솟구칠 것 같았지만, 눈에 힘을 실어서 억지로 억눌렀다. 축하하는 자리다. 이제 눈물은 흘리지 않을 테다.

주방에서 나오자 고타로가 의자에 올라가 '한 살 축하해'라고 적힌 장식을 달고 있었다. 이것도 전부 마사키가 사전에 준비한 것이었다.

유고도 함께 도와 모든 장식을 마쳤다. 가게 안이 화려한 생일 파티 회장으로 변신했다.

상자에서 먹음직스러운 조각 케이크를 꺼냈다. 그 아래에 '우미카, 생일 축하해'라고 초콜릿으로 쓰인 플레이트가 놓여 있었다.

유고가 초를 하나 꽂고 라이터로 불을 붙이려고 했다.

"잠시만 기다려."

고타로가 서둘러 주방으로 향했다가 바로 돌아왔다. 손에 든 접시에는 색이 선명한 망고가 있었다. 그걸 케이크에 올리기 시작했다.

"엄청 호사스럽잖아."

신이 난 유고에게 "맞지?" 하고 고타로가 의기양양하

게 윙크했다.

가게 안의 조명을 모두 끄고 초에 불을 붙였다. 둘이서 불빛 건너편에 있는 우미카를 보면서 생일 축하 노래를 불렀다.

"자니까 내가 대신해서 끌게."

유고가 입으로 촛불을 훅 껐다.

"우미카, 한 살 생일 축하해."

고타로가 손가락으로 엄청 시끄럽게 휘파람을 불었지만 우미카는 여전히 쌔근쌔근 잠들어 있었다.

그리고 오토리를 준비하기 시작했다. 유고는 피처에 물과 아와모리를 붓고 얼음을 넣었다.

"이 아와모리를 만드는 법도 우미카한테 가르쳐줘야지."

"아직 이르잖아. 그런데 우미카가 커서 미야코섬에 올 때 만들어줬으면 좋겠네."

기쁜 듯 고타로가 대답하자 유고는 가만히 잔에 술을 따랐다. 그리고 그걸 치켜들고 인사말을 했다.

"오늘은 고미야마 우미카의 첫 번째 생일 축하 파티

날입니다. 이 아이가 고타로의 망고처럼 의젓하게 무럭무럭 자라기를 바랍니다."

벌컥 들이켜자 위가 따스해졌다. 이어서 고타로에게 잔을 건네자 마찬가지로 원샷을 했다.

그 뒤로도 연달아 술을 마셨다. 둘이서 하는 오토리라서 페이스가 빨랐다. 술안주는 망고케이크와 막대가 두 개 달린 아이스크림이었다. 조촐해 보여도 유고와 고타로에게는 최고의 만찬이었다. 그리고 피곤하기도 해서 바로 취하고 말았다.

고타로가 쭈뼛대며 말을 꺼냈다.

"유고, 나 할 말이 좀 있어."

"……뭐야. 어두운 이야기는 아니지?"

더 이상 그런 이야기는 듣고 싶지 않았다.

"아니야. 나 슬슬 미야코섬으로 돌아가 아버지를 도와야 할 것 같아."

"이제 돌아가는 거야……?"

"청과점에서 일도 충분히 배웠으니 슬슬 돌아갈까 싶어. 아까 전에 유고가 오디션 합격했다는 소리도 들었

303

으니 안심하고 미야코섬에 돌아갈 수 있겠어."

고타로의 미소에 유고는 다시 울 것 같았다. 고타로는 미야코섬으로 더 빨리 돌아가고 싶었을 텐데 유고가 걱정이 되어 도쿄에 남아준 것이다. 고타로는 그런 녀석이다.

"텔레비전에서 유고가 활약하는 모습 꼭 보고 싶어."

고타로가 그리 말하자 유고는 고개를 숙였다. 우는 얼굴을 숨기고 싶기도 했지만 한 가지 이유가 더 있었다. 어떤 각오를 내뱉기 전에 잠시 시간이 필요하다.

그리고 고개를 들고 잔에 남은 아와모리를 들이켰다. 주머니에서 휴대전화를 꺼내 고타로에게 말했다.

"오디션 이야기를 매니저한테 전하는 걸 깜박했어. 지금 걸게."

"이 시간에?"

"업계 사람이야. 24시간 언제든 전화를 받는 게 일이지."

전화를 걸자 매니저가 바로 응답했다.

—무슨 일이야? 고랏소 오디션 일이야?

아무래도 유고의 전화를 애타게 기다린 모양이었다.

"네. 오디션은 무사히 잘 끝났어요. 그리고 거기 책임 프로듀서한테 절 고정 멤버로 넣겠다는 말을 들었어요."

—진짜야? 해냈구나. 너 정말 애썼지. 드디어 노력이 결실을 이루네.

눈물 섞인 목소리가 전화기에서 돌아왔다. 고타로뿐만 아니라 그 역시도 유고의 분투를 옆에서 지켜봐 주었다.

그 목소리를 듣자 도쿄에서 고군분투했던 하루하루가 뇌리에 스쳤다. 이 악물고 가난과 굴욕을 견디며 개그를 짜느라 애써온 이 대도시의 생활을……

미련을 힘차게 떨쳐냈다. 이미 정한 일이다. 그리고 그 결심을 말한다.

"죄송합니다. 한 가지 더 보고할 게 있습니다."

—뭐야. 혹시 프로그램 MC로 발탁됐어?

"아니에요……. 저, 코미디 관두겠습니다."

침묵이 생겼다. 형체는 보이지 않았지만 그가 동요하고 있는 모습을 생생하게 떠올릴 수 있었다.

시간이 흐르고 마침내 떨리는 목소리가 되돌아왔다.

"너, 무슨 소리야? 농담이지……?"

"농담 아닙니다."

"무슨 생각이야? 오랜 세월 고생한 게 이제야 결실을 이룰 텐데. 바보 같은 소리 하지 마."

"내일 사무실에 가서 자세한 건 설명드릴게요."

그리 말하고 휴대전화 전원을 껐다.

숨을 푹 내쉬자 고타로가 멍하니 물었다.

"무, 무슨 일이야? 코미디를 관두다니……."

"말 그대로야."

"코미디 관두면 뭐 하려고……?"

"미야코섬으로 돌아갈 거야. 그리고 섬에서 우미카를 키울 거야."

우미카는 이 소동에도 여전히 꿈나라에 있었다.

"잠깐만. 꼭 유고가 우미카를 키울 필요 없어. 시설 사람이 돌봐줄 거잖아."

얼굴이 새파랗게 변한 고타로에게 유고가 고개를 가로저었다.

"안 돼. 내가 키울 거야."

"왜?"

"너, 우미카를 정말 시설에 맡길 작정이야? 천국에 있는 마사키 씨가 그런 우미카를 보면 진심으로 기뻐할 것 같아?"

고타로가 순간 말문이 막힌 표정을 지었다.

"……마사키 씨의 친척을 찾아서 우미카를 키워달라고 하면?"

"웃기지 마. 마사키 씨는 그 인간들이 싫어서 집을 뛰쳐나왔잖아. 난 그런 인간들한테 우미카를 절대로 못 맡겨."

고타로가 잠자코 있었다. 잠시 후에 눈에 힘을 줘 크게 뜨고 결심한 듯이 말했다.

"……알겠어. 그럼 이렇게 하자."

"어떻게 하자는 거야?"

"내가 미야코섬에서 우미카를 키울게. 유고는 기껏 코미디언으로 성공할 기회가 생겼는데 도중에 포기하게 할 순 없어."

고타로라면 분명 그리 말할 줄 알았다. 유고는 추측하고 있었다.

"그것도 안 돼. 내가 키울 거야. 이미 정했어."

"왜? 코미디언으로 잘나가는 게 유고의 꿈이었잖아."

"그것보다도 더 중요한 꿈이 생겨서야."

"중요한 꿈? 뭔데?"

유고는 강한 목소리로 말했다.

"고타로, 나, 있지. 마사키 씨가 만화가의 길을 포기한다고 들었을 때 솔직히 마사키 씨를 경멸했어. 그 정도밖에 안 되는 꿈이었나 하고."

고타로가 고개를 끄덕였다.

"그리고 우미카가 태어난 후에 내가 마사키 씨한테 직접 물은 거 기억나?"

"응. 만화가의 길을 단념한 걸 후회하지 않느냐고 물었지."

"그래. 그랬더니 마사키 씨가 이렇게 답했어. 갓 태어난 아기를 안은 순간, 그 후회가 날아가 버렸다고. 이 아이를 무사히, 의젓하게, 아무 어려움도 불행도 없이 키우고 싶다. 그게 만화가를 대신해 새로운 꿈이 되었다고 말이지."

"기억해. 분명 그리 말했지."

"그런데 나는 그런데도 납득을 못했어. 말에 담긴 의미야 이해했지만 전혀 실감 나지 않았어."

그때 우미카의 얼굴을 보았다. 여전히 꿈나라에 빠져 있었다.

"그런데 조금 전에 우미카를 어린이집으로 데리러 가서 이 손으로 이 아이를 안은 순간…… 마사키 씨가 한 그 말이 마침내 와닿았어.

아이를 무사히 의젓하게 키운다. 그건 만화가나 코미디언으로 성공하는 것 이상의 꿈이 될 수 있다는 걸 말이지."

일어나서 우미카를 안았다. 그 감촉에 자신의 결심이 틀림없다는 걸 알았다.

"그 순간 이 아이를 키우는 게 내 꿈이 됐어. 마사키 씨의 아이를 미야코섬 바다가 지켜보는 곳에서 키워나갈 거야. 이게 지금 내 꿈이야."

가만히 듣고 있던 고타로가 숨을 푹 내쉬었다. 그 얼굴에는 미소가 돌아와 있었다.

"유고, 알겠어……."

그리 말하고 일어나서 양손을 뻗었다.

"나도 우미카 안아볼래."

"응."

유고가 조심스럽게 우미카를 건넸다. 고타로는 기쁜 듯 우미카를 가볍게 들어 올렸다.

"그럼 이 아이를 키우는 데 나도 돕게 해줘."

유고도 미소로 답했다.

"당연하지. 날 돕는 게 옛날부터 네 역할이잖아. 우미카한테 맛있는 망고 같은 과일이나 고기를 든든히 먹여줘. 앞으로 이 애의 식품 조달이 네 중요한 역할이야."

고타로가 웃으며 답했다.

"그러게. 맛있는 걸 잔뜩 먹여야지."

그 순간 우미카가 눈을 번쩍 떴다. 평소와 달리 낯설었는지 눈에 눈물이 잔뜩 고인 채 울음을 터뜨리기 시작했다.

그걸 보고 고타로가 쩔쩔맸다.

"야, 우는 애는 어떻게 달래야 하는 거야?"

"내가 어떻게 알아?"

"맞다. 도리도리 까꿍, 도리도리 까꿍 해봐. 유고, 너 잘하잖아."

"좋았어, 우미카, 도리도리 까꿍."

한껏 이상한 표정을 짓자 우미카가 응애응애 하며 더욱 울부짖었다.

"이 멍청아. 하나도 안 먹히잖아."

"누가 그렇게까지 이상한 표정을 지으라고 했어? 그런 건 어른이라도 놀라겠네."

잠시 동안 유고는 고타로와 둘이서 우미카를 필사적으로 달래야 했다.

그리고 그 세 달 후 유고는 미야코섬으로 돌아왔다.

세 달 간은 정신없이 바빴다.

사무실에 몇 번이나 발걸음을 옮겨 코미디언을 관두겠다는 결심은 그대로라는 말을 전했다. 그때마다 매니

저는 유고를 달랬지만 결국 유고의 끈기에 져서 인정해
주었다.

사나에와도 헤어졌다. 코미디언을 관두고 미야코섬으
로 돌아간다고 하자 "아, 그래? 잘 지내"라고 선뜻 말해
주었다.

좌우지간 부딪쳐 보자 싶어서 "같이 미야코섬에 안
갈래?" 하고 부탁했지만, 사나에는 "바보 아냐? 내가
갈 리가 없잖아" 하고 쌀쌀맞게 거절했다.

실연의 깊은 상처에 아파할 틈도 없이 우미카를 양자
로 들이기 위한 절차를 밟느라 분주했다. 관계된 각처
에 질문을 하러 다니며 산더미처럼 쌓인 번거로운 절차
를 조금씩 해치워 나갔다.

그 모든 걸 우미카를 돌보면서 했다. 육아라면 간단할
거라고 우습게 여기고 있었던지라 이만큼 힘든 일이라
고는 생각지도 못했다.

우미카는 엉금엉금 기어서 주변을 헤매었다. 어디로
갈지도 모르고, 쓰레기 같은 것도 입에 넣으려고 해서
한시도 눈을 뗄 수 없었다.

더구나 우미카는 잠을 어지간해서 자지 않았다. 곧잘 울어서 옆집 주민이 벽을 난폭하게 두드렸다. 이 허름한 연립 벽은 방음 효과가 전혀 없어서 당연한 일이었다.

그래서 매일 밤마다 우미카를 유모차에 태워서 온 거리를 계속 어슬렁거렸다. 잠이 부족해 녹초가 되면서도 돌아다니다 보니 힘들어서 몇 번이나 울 것 같았다. 더구나 그런 때면 경찰관이 검문을 하러 오기 일쑤였다.

낮에는 어린이집에 맡겨도 소용없었다. 사에코가 육아 우울증에 걸린 것도 지금이라면 충분히 이해가 되었다.

모든 일을 마치고 나서야 드디어 미야코섬으로 돌아올 수 있었다. 정신을 차리고 보니 도쿄로 나오고 나서는 한 번도 고향에 돌아간 적이 없다는 사실을 깨달았다.

우미카를 다시 끌어안아 자세를 바로잡았다. 비행기 안에서는 잠들어서 다행이었다. 아이가 잔다는 게 부모에게는 이렇게나 감사한 일이다. 이 짧은 순간만이라도 부모가 쉴 수 있었다.

고타로가 공항까지 데리러 왔다. 한발 먼저 미야코섬으로 돌아온 고타로는 여러 준비를 해주었다.

공항을 나오자 푸른 하늘과 태양이 맞이해 주었다. 눈부시고 맑게 갠 하늘이야말로 미야코섬이다. 그 하늘을 올려다보며 고향에 돌아온 걸 실감했다.

고타로의 차를 타고 목적지로 향했다.

곧 도착해서 차에서 내렸다. 몇 걸음 내딛으면 하얀 모래사장으로 나갈 수 있다. 이 발바닥 아래에 느껴지는 감촉도 그리웠다. 도쿄에서는 해변을 걸어 다닐 일이 없었다.

좀 더 걸으니 콘크리트 건물이 보였다. 간판에는 '민박 유이마루'라고 쓰여 있었다. 이곳이 유고와 우미카의 새로운 집이 되었다.

안에서 엄마가 나왔다. 예전보다 주름이 늘고 왠지 키는 작아진 것처럼 보였다.

유고가 무뚝뚝하게 인사를 했다.

"……다녀왔습니다."

엄마는 아무 말 없이 유고가 안은 우미카의 얼굴을 보았다.

"니랑 많이 닮았네."

"무슨 소리야. 내 애가 아닌데. 닮을 리가 있겠어?"

"똑 닮으신게."

단언하는 엄마를 보고 유고는 그제야 그 말뜻을 이해했다. 자기 자식처럼 제대로 키워라. 엄마는 넌지시 그리 말한 것이다.

우미카를 옆으로 안고 그 앳된 얼굴을 보며 읊조렸다.

"그러게. 부녀지간이지. 그야 닮고말고……."

그길로 해안가로 향했다. 그곳에는 에메랄드그린색 바다가 한없이 펼쳐져 있었다.

도쿄에 살 때 그 허름한 연립에서 매일 이 바다 사진을 바라봤다. 하지만 오랜만에 이 눈으로 보자 역시 사진과 진짜는 하늘과 땅 차이였다.

매우 아름다우며 반짝반짝 빛나는 바다를 바라보면서 냄새를 맡고 뺨으로 바람을 느꼈다. 그 모든 것을 체감하고서야 비로소 바다를 봤다고 할 수 있다.

"고타로, 부탁할 게 좀 있는데 들어줄래?"

"뭔데?"

"나 말이야, 앞으로 도쿄에 종종 가서 사에코 씨를 찾을 작정이야. 그사이에 우미카를 돌봐줘."

"물론이지."

그리 미소 지으며 고개를 끄덕이더니 "아, 잠시만" 하고 고타로가 가방에서 무언가를 꺼냈다. 그건 SLR 필름카메라였다.

"그건 왜?"

"도쿄에서 사 왔어. 어차피 유고는 우미카 사진 안 찍을 거잖아. 그래서 내가 카메라맨이 돼서 우미카가 커 가는 모습을 기록하려고."

유고는 혀를 찼다.

"쓸데없이 낭비나 하고. 사진으로 안 남겨도 난 머리로 확실히 기억할 거야."

"유고를 위해서 찍는 게 아냐. 성장한 우미카랑 사에코 씨를 위해서지. 사에코 씨를 찾으면 우미카 사진을 건네줄 거야."

"……그런 거였어……?"

역시 육아처럼 섬세한 일에 고타로를 빼놓을 수 없을 듯했다.

잠에서 깼는지 품에서 우미카가 움직였다. 유고는 우미카의 겨드랑이 아래에 손을 넣어 그대로 쑥 들어 올렸다.

"어때. 우미카, 이게 미야코섬의 네 바다야."

그러자 우미카가 소리를 높였다.

"꺄아, 꺄아."

그 소리를 듣고 고타로가 신난 목소리를 냈다.

"대단해. 우미카가 이 바다를 보고 소리를 냈어."

유고는 웃으며 말했다.

"당연하지. 여기가 우미카의 고향이니까. 우미카는 앞으로 매일 이 바다를 바라보며 자라게 될 거야."

"잠시 그대로 있어. 우미카를 안은 상태로 사진을 찍고 싶으니까."

고타로가 허둥지둥 카메라 이곳저곳을 건드렸지만 작동법을 잘 모르는 것 같았다. 촬영은 영 젬병이었다.

"얼른 해, 고타로. 팔이 떨어질 것 같아."

"기다려. 잠시만 기다려."

우미카의 엉덩이에서 이상한 냄새가 났다. 유고가 외

쳤다.

"제길! 이 녀석이 응가를 했어. 어이 고타로, 기저귀 줘. 바보야! 사진 찍을 때가 아니잖아. 카메라가 아니라 기저귀랑 엉덩이 닦을 거 말이야!"

"엄청 근사한 사진이 나올 것 같다고! 사진 찍을 기회야!"

찰칵찰칵 셔터 소리가 울렸고 우미카가 앳된 목소리를 내고 있었다. 그 소리는 바다 끝에 그리고 마사키의 곁에 닿아 있는 듯했다. 유고는 그렇게밖에 생각할 수 없었다.

13

사에코 아주머니가 미야코섬을 방문한 지 사흘이 지났다.

우미카는 여느 때처럼 해변에 앉아 바다를 바라보고 있었다. 캔버스나 도화지는 없었다. 그저 바라보기만 했다.

아빠가 친아빠가 아니었다…….

그 말을 들은 순간, 우미카는 동요했다. 또 평소처럼 하는 농담인가 싶었지만 아빠의 진지한 표정을 보자 그건 아니란 걸 바로 알았다.

그 후에는 아빠가 옛날이야기를 전부 말했다.

사에코 아주머니가 육아 우울증에 걸려 우미카를 두고 떠나버린 일, 친아빠인 마사키가 불행하게도 교통사고를 당해 고인이 되어버린 일, 마사키의 절친이 바로 유고라는 것, 그리고 유고가 우미카를 거둬들여 미야코섬으로 돌아온 일. 모두 우미카가 전혀 몰랐던 사실이었다.

사에코 아주머니의 이야기도 들었다. 육아 우울증에 걸려 집을 나간 아주머니는 갈 곳이 없어 처음에는 여기저기를 전전했다고 한다.

이윽고 우미카를 버려두고 온 걸 너무나 후회했다. 하지만 한 번 딸을 버린 자신을 친아빠인 마사키가 용서해줄 리 없다. 이제 와서 도무지 얼굴을 비출 수 없었다.

결단을 내리고 도쿄를 떠나 흘러들어 간 곳이 도야마의 료칸이었다. 그곳에서 숙식을 제공받으며 일했다고 한다.

그리고 그곳의 숙박객이었던 남성과 결혼해서 도쿄로

돌아왔다. 새 가정을 꾸렸고 자식도 한 명 얻었다. 여자아이로 우미카의 동생이기도 했다.

그사이에 우미카를 한순간도 잊지 못했다. 그 아이는 어떻게 지내고 있을까? 건강하게 지내고 있을까? 우미카를 생각하며 함께 살고 싶다며 늘 울었다고 한다.

그러던 어느 날 유튜버가 화재로 자택을 전소시켰다는 뉴스를 텔레비전에서 보고 숨이 멎을 만큼 놀랐다.

텔레비전 속 유튜버가 마사키의 친구인 유고였기 때문이다. 그리고 잠시 뒤 유고를 봤을 때보다 더욱 충격적인 얼굴을 봤다.

화재와는 별개로 유고의 유튜브 영상이 흘렀고 그곳에 한 여자아이가 비쳤다. 열 살 정도다……라고 생각한 순간 사에코 아주머니는 흠칫했다.

유고TV 유튜브를 봤다. 거기서 그 여자아이의 이름이 우미카라는 사실을 알았다.

딸아이가 틀림없다…….

사에코 아주머니는 너무나 놀랍고 당황스러웠다. 젊은 날의 과오로 남겨두고 온 채로 마음 한구석으로 늘 생각하던 딸이 유고의 딸이 돼서 유튜브에 출연하고 있었다.

바로 흥신소로 가서 마사키와 유고를 알아봐 달라고 의뢰했다. 그리고 충격적인 진실을 알았다.

마사키는 교통사고로 사망했고, 유고가 우미카를 양자로 삼아 고향인 미야코섬에서 키우고 있다는 것을.

사에코는 지금의 남편에게 그 모든 사실을 털어놓았다. 남편은 받아들였고 바로 우미카를 만나러 가라고 말해주었다.

사에코는 비행기로 날아와 미야코섬을 찾아왔다.

시종 울면서 말해서 이야기가 끝날 때까지 시간이 꽤 걸렸다. 그리고 미안합니다, 미안합니다,라고 유고와 우미카에게 몇 번이나 사과했다.

우미카는 그런 그녀를 달래느라 온 마음을 기울였다.

멍하니 바다를 보고 있는데 겐키와 고타로 삼촌이 나타났다. 그리고 우미카를 사이에 두고 두 사람이 앉았다.

겐키가 물었다.

"지금부터 사에코 씨를 바래다주러 가?"

젠키도 고타로 삼촌도 이제 모든 일을 알고 있다.

"응. 이제 조금 있다가 호텔로 가."

고타로 삼촌도 입을 열었다.

"어제는 사에코 씨랑 같이 미야코섬 관광했지? 어디로 갔어?"

"여기저기 갔어. 이케마섬의 야비지도 가고 요나하마에하마 해변도 가고 우에노독일문화촌에도 갔어."

"이 해변은?"

"맨 처음에 여기서 사에코 아줌마를 만났는데 아빠가 여기는 꼭 가라고 해서 또 왔어."

"그렇구나……."

어째서인지 고타로 삼촌이 가슴이 벅차오른 듯이 말했다. 그러자 젠키가 고개를 옆으로 돌렸다.

"고타로 씨는 전부 알고 있었던 거네요. 유고 씨가 유튜버로 유명해져서 사에코 씨한테 자신과 우미카의 소식을 알리려고 했다는 것까지도."

"그렇지. 그 녀석은 아무 말도 안 했지만."

"과격한 행동을 해서라도 조회수를 늘리려고 한 것도, 우미카를 유튜브에 나오게 한 것도, 불이 나도 채널을 안 닫은 이유도 전부 그 때문이었던 거네요."

납득이 간다는 듯이 겐키가 말하자 응, 그렇지 뭐, 하고 고타로 삼촌이 고개를 끄덕였다.

"유고가 도쿄에 종종 갔던 것도 사에코 씨를 찾기 위해서였어. 그 녀석의 오랜 꿈이 사에코 씨를 찾아 우미카와 다시 만나게 하는 거였으니까. 화재는 예상 밖의 일이었지만 어떻게든 그 꿈은 이루어졌네."

고타로 삼촌은 몹시 감동한 듯이 눈물을 글썽였다.

그동안 우미카는 아빠가 도쿄로 놀러 다닌다고 착각했다.

"설마 그 만화를 그린 고미야마 마사키가 우미카의 친부일 줄은 생각지도 못했네요……. 그래서 우미카도 그림을 잘 그리는 거군요."

뼈저리게 깨달은 듯 겐키가 말하자 우미카가 고개를 끄덕였다.

겐키와 우미카가 좋아하는 만화가가 바로 고미야마

마사키라는 사람이었다. 우미카는 내내 자신을 낳아준 아빠가 그린 만화를 읽고 있었던 것이다.

"저기, 고타로 삼촌한테 좀 묻고 싶은 게 있어."

고타로 삼촌이 눈물을 훔치고 미소 지으며 말했다.

"뭔데?"

"마사키라는 분은 어떤 사람이었어?"

그 질문에 고타로 삼촌이 흠칫하는 얼굴을 했다. 하지만 바로 원래의 미소 짓던 표정으로 돌아와 먼 기억을 더듬듯이 말했다.

"그러게. 한마디로 다정다감한 사람이었어. 그렇게나 다정한 사람을 만난 적이 없을 정도야."

"그렇구나."

고타로 삼촌의 얼굴을 보니 거짓말하는 건 아니었다. 그래도 나쁜 사람이 아닌 듯해서 다행이었다.

"그리고 마사키 씨는 겐키랑 많이 닮았어."

"저랑요?

겐키가 자신을 가리키자 고타로 삼촌이 싱글벙글했다.

"응. 판박이야."

"혹시 갈라서 나눠 먹는 아이스크림은 마사키 씨가 좋아했던 건가요?"

"용케도 알아차렸네……."

눈이 휘둥그레진 고타로 삼촌에게 겐키가 빙긋이 웃었다.

"고타로 씨가 한번 저랑 아이스크림을 나눠 먹고 싶어 했던 적이 있잖아요. 그래서 느낌이 왔어요."

역시 겐키는 감이 좋다. 머리가 좋은 사람이라는 건 이런 사람을 말하는 걸 테다.

우미카가 다시 물었다.

"고타로 삼촌. 아빠는 도쿄에서 코미디언을 했잖아."

"그랬지."

"엄청 못 나갔어?"

"그렇지 않았어. 우미카, 고랏소라는 프로그램 몰라?"

"알아. 코미디언들이 많이 나오는 프로그램이잖아."

"그래, 그래. 그 프로그램이 시작했을 무렵, 고정 멤버로 유고가 뽑혔었어."

"그거 대단한 거잖아요. 그 프로그램 자체가 신인 코

미디언의 등용문이 돼서 지금은 인기가 엄청나니까요. 잘나가려면 고랏소에 나가라고 할 정도고요."

젠키가 감탄하며 말했다.

"유고는 코미디언의 재능이 있었어. 영 틀렸던 건 아니야."

자랑스러워하는 고타로 삼촌을 보고 우미카는 가만히 생각에 잠겼다.

아빠는 코미디언으로 잘나가기 직전에 결국 도중에 관뒀다. 우미카를 키우기 위해서……

생각에 잠겨 있으니 젠키가 조심스레 물었다.

"그래서 우미카는 어떻게 할 거야? 사에코 씨랑 같이 도쿄로 갈 거야?"

그렇다. 우미카는 어제부터 그 일을 고민하고 있었다.

사에코 아주머니가 그런 이야기는 하지 않았지만 우미카와 함께 살고 싶어 하는 건 전해져 왔다. 우미카는 이미 열한 살이니 그 정도는 눈치 챌 수 있었다. 젠키 정도는 아니지만 우미카도 감이 좋은 편이다.

우미카는 어른이 되면 섬을 나가 도쿄에 있는 미대에

가고 싶었다. 어차피 집을 나가 도쿄로 가는 거니 빠르든가 늦든가 하는 차이뿐이다.

잠자코 있으니 고타로 삼촌이 불안한 듯 물었다.

"……혹시 사에코 씨한테 화났어?"

"모르겠어."

우미카는 곧바로 고개를 가로저었다.

"그야 내가 태어나고 바로 있었던 일이잖아. 조금도 기억이 안 나. 만약 좀 더 크고 나서 그랬다면 화가 났을지도 모르지만……."

"그렇구나……."

고타로 삼촌은 안도하는 표정을 지었다. 조금 전부터 이 질문을 하고 싶었을 테다. 고타로 삼촌은 감정을 파악하기 쉬운 사람이다.

"아빠한테도 들었어. 아줌마가 내내 괴로워하면서 나랑 같이 살기를 꿈꿔왔다고 했어. 그러니 초등학교를 졸업하고 나서가 아니라 6학년이 되는 타이밍에 사에코 아줌마랑 같이 살라고 했어."

"사에코 씨한테 우미카를 데려다준다. 그게 유고의

꿈이기도 하니까.”

고타로 삼촌이 진지하게 말했고 우미카는 다시 입을
다물었다. 스스로도 아직 어떻게 해야 좋을지 알 수 없
었다.

겐키를 향해 물었다.

“저기, 겐키는 도쿄로 안 돌아가?”

만약 도쿄로 간다고 해도 겐키가 도쿄에 있으면 든든
할 것 같았다.

“나? 나는 안 돌아가. 여기가 내가 있어야 할 곳이니
까.”

그 단호한 대답에 우미카는 물었다.

“왜? 겐키는 도쿄에서 사장이었잖아. 다시 하고 싶지
않아?”

“안 해. 나한테는 사업이 안 맞았어. 것보다 유이마루
를 다시 시작하고 싶어.”

“어, 또 게스트 하우스 하는 거야?”

“당연하지. 거긴 나한테도, 잇큐 씨한테도 소중한 집
이니까. 더구나 유이마루가 없으면 우미카가 컸을 때

돌아올 집이 없잖아."

그런 생각까지 하고 있었구나, 하고 우미카는 눈을 크게 떴다. 평소에 말로 표현하지는 않지만, 어른이라는 존재는 우미카가 예상치 못한 방향으로도 생각해 준다.

"유이마루를 새로 지어도 아빠가 다시 태울지도 몰라."

겐키가 크게 웃더니 말했다.

"분명 그럴지도 모르겠네. 그럼 그때도 다시 지을 거야."

"왜 겐키는 아빠를 위해 그렇게까지 해?"

"그러게. 난 유고 씨를 좋아하고 믿으니까."

"믿어? 그렇게 허술하고 흥이 넘치는 사람을 믿는다고?"

"집을 태울 정도로 흥만 넘치긴 하지." 겐키가 동의하듯이 말했다. "그래도 나는 유고 씨한테 구원받았어. 그래서 이번에는 내가 유고 씨를 구할 차례야."

"구원받았다니 무슨 소리야?"

"길어질 텐데 괜찮아?"

젠키가 우미카와 고타로 삼촌을 보았다. 우미카는 응, 하고 고개를 끄덕였다. 고타로 삼촌 역시 꼭 듣고 싶다고 말했다.

젠키가 마른 숨을 뱉더니 이야기를 시작했다.

"우리 아버지는 대기업 사장이고 인터넷 쪽에서는 선두 주자라고 불리는 회사를 경영하고 있어. 난 아주 어렸을 때부터 거길 이어야 한다고 교육받았어. 인터넷, 어학, 경제, 금융을 가르치는 개인 가정교사가 따로 있기도 했으니까. 학교 공부는 일절 하지 않고 비즈니스와 관련된 것만 배웠어."

"학교 공부를 안 했어? 숙제도?"

"응. 아버지가 입버릇처럼 하시던 말이 쓸데없는 짓은 일절 하지 말라는 거였거든. 아버지가 보시기엔 학교 공부는 쓸모없었겠지. 그런 교육 방침이 있어서 나는 다른 애들처럼 소설도 만화도 애니메이션도 보질 못했고 게임도 해본 적 없었어. 지금 생각해 보면 좀 이상한 환경이었지."

그래서 젠키는 유이마루에 있는 소설과 만화에 푹 빠

겨들었다. 어른이 되고 나서야 처음으로 재미있는 걸 만났으니까.

"그런 영재교육을 받고 나는 어른이 됐어. 그리고 아버지가 명령한 건 내가 처음부터 회사를 차려서 성공시키는 거였지."

고타로 삼촌이 말에 끼어들었다.

"아버지 회사에 들어가는 게 아니라 사업을 시작한다고?"

"네. 우선은 사업을 성공시킬 수 있는지 보는 거였어요. 아버지는 내가 후계자로서 소질이 있는지 없는지 확인하기 위해 테스트해 본 셈이죠."

"그렇구나. 스케일이 큰 테스트네."

"그때 내가 점찍은 게 유튜브였어요. 미국에서 갓 시작한 무렵이라서 더욱 매료되었죠. 이게 미디어 혁명을 일으킬 거라고 확신하면서요. 그때 유튜브 스타트업 멤버와 약속을 잡아서 일본에서 유튜브를 보급하기 위한 회사를 세웠어요. 그 무렵에 유튜브에 동영상을 이제막 올리기 시작한 히카링을 알게 되었고요. 그를 일본 유튜버 일인자로 만들려고 히카링과 같이 KUUM을 설립했어요."

"와아, 왠지 잘 모르겠지만 대단해."

우미카는 저도 모르게 감탄했다. 뭔가 다른 세계의 이야기를 듣는 것 같았다.

"KUUM은 즐거웠어요. 일에 정신없이 몰두했고요. 히카링이 스타가 된 덕분에 KUUM도 정상 궤도에 올랐어요. 여러 매체에도 나오게 되었고요. 그런데 그러던 어느 날 아버지가 이런 말을 했어요. '잘했어. 이제 KUUM 사업을 모두 다른 사람한테 맡기고 넌 임원으로 내 회사에 들어와라'라고 말이죠. 난 아버지의 테스트에 합격한 거예요."

"그래서 겐키는 어떻게 했어?"

"물론 알겠다고 대답했어. 나한테 아버지의 명령은 절대적이었거든. 다만⋯⋯."

그때 겐키의 목소리가 가라앉았다. 그 표정을 보고 흠칫했다. 그렇게 내키지 않는 표정을 짓는 겐키는 처음 봤다.

"그 이야기를 마치고 아버지네 회사를 나와서 나는 공원으로 갔어. 벤치에 가만히 앉아 있었더니 그대로 일어날 수가 없어졌어."

"왜?"

"그때는 잘 몰랐지만 아마 나는 지쳤던 것 같아. 아버지가 말하는 대로 사는 인생에……. 그리고 내가 진짜로 경영자가 되고 싶은지도 알 수 없었고."

"KUUM은 즐거웠잖아?"

"응, 그랬지. 히카링이나 다른 유튜버가 유명해지는 과정을 돕는 건 즐거웠어. 하지만 그게 내심 내가 하고 싶었던 일인가 묻는다면 그렇지 않았던 거야. 아마 그 일그러진 마음 같은 게 아버지의 말을 계기로 바깥으로 드러난 거라고 봐."

난해한 이야기지만 왠지 모르게 이해됐다.

"그럴 때 '자네 왜 그래? 뭘 그렇게 주눅 든 강아지 같은 얼굴을 하고 있는 거야?'라고 누군가 말을 걸어왔어. 그게 유고 씨였지. 나는 어떻게 대답해야 할지 몰라서 아무 말도 못 했어.

그러고 있으니 유고 씨가 편의점 봉지에서 아이스크림을 꺼냈어. 그게 막대가 두 개 붙어 있는 그 아이스크림이었어. 유고 씨가 그걸 갈라서 절반을 나한테 건네줬어. 난 주는 대로 그 아이스크림을 받아 먹었어. 둘이서 나눠 먹는 아이스크림이 그렇게 달콤하다니 나는 몰랐던 거야…….”

그 맛을 떠올리듯이 겐키가 먼 곳을 응시했다.

“그때 유고 씨한테 내 이야기를 했어. 처음 보는 이상한 사람에게 내 이야기를 그토록 자세히 이야기하다니 보통이라면 말도 안 되지. 그런데 왠지 유고 씨한테는 그 이야기를 하고 싶어졌어. 그런 힘이 유고 씨한테 있었던 거야.”

그러고 보니 유이마루의 숙박객도 캠프파이어를 하면서 아빠에게 이런저런 이야기를 하곤 했다. 불빛은 어른거리며 숙박객과 아빠를 비췄고 그들이 이야기를 나누는 모습을 보고 잠드는 게 우미카의 일상이었다.

“유고 씨는 자기 일처럼 내 이야기를 끝까지 들어줬어. 그러고는 유고 씨가 물었어. 그래서 결국 너는 지금 뭐가 하고 싶어? 하고. 난 그만 이렇게 말했어. 바다가 보고 싶다고."

"바다? 왜 그런 대답을 했어?"

"몰라." 겐키가 고개를 가로저었다. "문득 어째서인지 바다가 보고 싶어졌어. 그랬더니 유고 씨가 알겠다고 말하고 일어나서는 나를 데리고 아버지네 회사로 향했어. 약속도 정하지 않고 막무가내로 말이야. 사장실로 쳐들어가더니 아버지를 향해 말했어. '겐키는 당신의 도구가 아니야. 아이를 자유롭게 살게 하는 게 부모의 역할이야. 이 녀석은 바다가 보고 싶대. 그러니 내가 보여줄게. 겐키는 당신 회사를 안 이을 거야. 꼴좋군'이라고."

고타로가 웃음을 터뜨렸다.

"유고답네."

"네." 겐키가 빙긋이 웃으며 고개를 끄덕였다. "아버지도, 주변에 있던 다른 직원들도 당황해했어요. 아버지에게 의견을 말하는 사람은 사내에서 아무도 없었거든요. 그랬더니 아버지도 무슨 이유에선지 그걸 수락해

줬어요. 유고 씨한테 무언가를 느꼈나 봐요…… 그길로 공항으로 갔어요. 어디로 가는지 유고 씨에게 물어보자 '세상에서 제일 예쁜 바다를 보여줄게. 자넨 잠시 그 바다를 보고 소설이나 만화나 읽고 느긋하게 지내. 미인 카운슬러도 있으니 이야기도 들어봐. 앞으로 어떻게 지낼지는 거기서부터 생각해'였어요.

미인 카운슬러라는 사람이 유이 선생님이라는 사실을 나중에 알았지만 말이죠. 그리고 미야코섬 공항에 도착하더니 이곳으로 데리고 와줬어요."

겐키가 눈을 가늘게 뜨고 앞으로 다시 향했다. 시선 너머에는 한없이 펼쳐져 있는 바다가 보였다.

"그런 일이 있었구나……."

겐키가 이곳에 온 이유, 계속 남아 있는 이유가 마침내 밝혀졌다.

"잇큐 씨한테도 물어보니 유고 씨랑 만난 상황이 나랑 비슷했어요."

"어, 그랬어?"

"잇큐 씨가 일하던 회사가 너무하더라고요. 오랜 시

간 일하게 하면서 월급은 적게 주고 잔업수당은 나오지도 않았대요. 관두고 싶다고 해도 관두지 못하게 하는 회사였대요.

어느 날 잇큐 씨가 지칠 대로 지쳐서 공원 벤치에 앉아 있다가 유고 씨를 만났대요. 나와 처음 만난 날처럼 아이스크림을 나눠 먹고 그길로 회사 상사한테 가서 큰 소리로 꾸짖었대요. 그리고 이 바다로 데리고 와서 그때부터 쭉 있는 거래요."

"똑같네……."

"그래. 똑같아. 유이 선생님한테 물으니 유이 선생님도 일에 지쳐서 공원 벤치에 앉아 있는 걸 유고 씨가 말을 걸어왔대."

고타로 삼촌이 우습다는 듯이 말했다.

"마치 도쿄의 공원에서 버려진 고양이를 줍는 거랑 같네."

"네, 바로 그거예요. 우리는 유고 씨가 주워 온 고양이에요."

겐키의 뺨이 누그러들었다.

"그래서 유이 선생님도 미야코섬에 같이 와서 지금 일하는 시설을 소개받았대요."

그리고 겐키는 따뜻한 무언가가 스며드는 듯한 목소리로 말했다.

"미야코섬으로 와서 한동안 시간이 지나고 유고 씨가 나한테 이렇게 말해줬어요. 우미카, 고타로, 잇큐, 유이는 내 야디야. 그리고 겐키, 너도 앞으로 내 야디야,라고 말이죠."

"야디……."

우미카의 입에서 그 말이 새어 나왔다. 야디란 미야코섬의 말로 가족이라는 뜻이다.

문득 옆을 보자 고타로 삼촌은 마음이 충만한 표정을 짓고 있었다. 그렇다. 아빠, 고타로 삼촌, 잇큐, 겐키, 유이 선생님…… 모두가 내 야디다. 새삼 그리 실감했다.

겐키가 후유 하고 숨을 내뱉었다.

"유고 씨의 그 한마디를 듣고 저는 참을 수 없이 기뻤어요. 피가 이어져 있기만 하고 아무것도 통하지 않는 가족이 아니다. 서로를 진심을 다해 믿고 이해하는, 진정한 가족이 나한테도 생겼구나 하고 말이죠. 그리고 가족에게는 '다녀왔습니다' '잘 다녀왔어?'라는 말을 나눌 수 있는 집이 필요해요.

우리 야디의 집은 유이마루밖에 없어요. 그래서 다시 짓고 싶어요."

그렇구나 하고 우미카가 납득하자 겐키가 감정을 꾹꾹 눌러 담은 목소리로 말을 이어나갔다.

"나도 잇큐 씨도 유이 씨도 유고 씨에게 은혜를 입었어요. 그래서 유고 씨를 믿고 있고 돕고 싶어요. 유고 씨는 우리에게 영웅이니까요."

"아빠가 영웅이라는 거네……."

예전이라면 전혀 그리 생각하지 않았겠지만 지금은 조금은 이해할 수 있다.

아빠는, 우리 아빠는 영웅이구나 하고…….

그때 고타로 삼촌이 생각났다는 듯 말했다.

"우미카, 사에코 씨를 슬슬 데리러 갈 시간 아냐?"

"아, 맞다. 그럼 다녀올게요."

우미카는 서둘러 일어나 엉덩이에 묻은 모래를 털어

냈다.

"우미카, 깜박한 물건 있어."

젠키가 모래사장에 놓인 종이봉투를 주워주었다.

"고마워. 큰일 날 뻔했네. 아빠가 사에코 아줌마한테 건네주라고 한 거거든."

가슴을 쓸어내리고 우미카는 종이봉투를 받아들었다.

"내용물은 뭐야?"

"내 어릴 적 사진이래. 짐이 되니까 이런 건 필요 없을 것 같은데."

"무슨 소리야. 사에코 씨한테는 최고의 선물일 텐데."

젠키가 상쾌한 미소를 지었으나 아주머니가 정말 그렇게 느낄지는 알 수 없었다.

우미카는 호텔로 가서 사에코 아주머니와 만났다. 아주머니는 서둘러 왔는지 짐이 거의 없었다.

공항에서 탑승 수속을 마치고 보안 검색대로 갔다.

사에코 아주머니가 돌아보고 말했다.

"우미카, 그럼 또 연락할게."

"네."

어제 아빠가 우미카에게 스마트폰을 사주었다. 사에코 아주머니와 연락하려면 필요할 거라면서. 지금까지 스마트폰을 사달라고 아무리 졸라도 사주지 않았는데 우미카는 허탈해졌다.

"이제부터 매달 미야코섬에 올 생각이야. 도쿄에서 산 선물도 가지고 올게."

"어, 매달 미야코에 와요?"

놀라는 우미카를 보고 사에코 아주머니가 슬픈 얼굴을 했다.

"……민폐가 될까?"

"아니요. 아니에요. 기쁘지만 비행깃값이 엄청 나올 거라서요."

"괜찮아. 신경 쓰지 마."

우미카가 큰 소리를 냈다.

"아, 맞다. 아줌마 이거요."

우미카는 종이봉투를 사에코 아주머니에게 내밀었다.

"어릴 적 제 사진이에요. 아빠가 전해주래요."

"정말?"

사에코 아주머니가 허둥지둥대며 종이봉투에서 앨범을 꺼냈다. 다급해하는 그 모습에 우미카는 눈이 휘둥그레졌다.

앨범에는 꽤 많은 양의 사진이 들어 있었다. 고타로 삼촌이 옛날부터 찍어준 사진이었다. 사에코 아주머니는 그걸 한 장 한 장 꼼꼼하게 보기 시작하며 눈물을 희미하게 글썽였다. 옆에 있는 우미카의 존재는 이미 잊어버린 듯이 몰입해 있었다.

"······아줌마."

비행기 시간이 신경 쓰여서 불렀다.

"미안해. 나도 모르게 그만. 유고 씨한테 감사하다고 인사 꼭 전해줘. 나, 이렇게 기쁜 선물은 처음 받았어."

사에코 아주머니가 환한 미소를 지었다. 내 사진을 선물로 받고 이 정도로 기뻐해 주는 사람이 있다······. 그 사실이 아직 우미카에게 크게 와닿지는 않았다.

맞다, 하고 사에코 아주머니가 주머니에서 카드 지갑을 꺼냈다. 우미카는 그 안에서 꺼낸 사진을 보고 아, 하고 소리를 높였다.

"그거, 나네요?"

그곳에는 아기 시절의 우미카가 있었다. 같은 물방울 무늬의 옷을 입은 사진이 집에도 있어서 바로 알아봤다.

다만 집에 있는 사진과 다른 점은 사에코 아주머니가 가지고 있는 사진은 너덜너덜하다는 것이었다. 소중히 다루어왔지만 손때가 묻어 색이 바래고 곳곳이 닳아 있었다.

"미안. 우미카 사진은 이 한 장밖에 없거든. 새 사진이 가지고 싶다고 내내 생각했는데."

사에코 아주머니가 미안한 듯 말하더니 앨범에서 사진을 한 장 뽑아서 카드 지갑에 넣었다. 무척이나 행복해 보였다.

우미카는 마음이 아렸다. 그리고 천천히 물었다.

"저기 사에코 아줌마, 부탁이 있는데 들어줄래요?"

"뭐야? 뭐든지 말해, 우미카 양."

놀란 사에코 아주머니가 조금 긴장한 기색으로 답했다.

"우선 우미카 양이라고 양 안 붙여도 되니 그냥 우미카라고 불러요."

그 순간 사에코 아주머니는 놀라서 숨이 멎은 듯했다.

"응, 알겠어. 우미카……."

사에코 아주머니는 아기였던 나를 버리고 도망쳤다. 그리 듣고 솔직히 우미카는 화가 났다. 그러면서도 왜 그랬는지 상상하다 보면 슬퍼졌다. 그 두 감정이 얽혀서 마음이 답답했다.

하지만 그 일을 사에코 아주머니는 내내 후회하고 있다. 나를 한시도 잊지 않고 계속 생각해 주었다. 며칠을 함께 지내보면서 우미카는 갈수록 그리 생각하게 되었다. 그리고 지금 사에코 아주머니의 표정을 보고 그 마음은 곧 확신으로 바뀌었다. 아기 시절의 사진을 늘 지니고 다녔다는 것이 무엇보다 큰 증거가 아닐까.

우미카는 이어서 말했다.

"그리고 난 사에코 아줌마가 아니라 엄마라고 불러도 돼요?"

"……괜찮겠어? 엄마라고 불러주는 거야?"

"그야 사에코 아줌마는 우리 엄마니까. 엄마라고 부르는 게 당연하잖아요."

그 순간 엄마는 눈물이 흘러넘치도록 울었다. 그리고 우미카를 끌어안고 말했다.

"고마워, 우미카⋯⋯."

조금 답답할 만큼 힘이 셌지만 우미카는 가만히 있었다. 그건 오랜만에 느끼는 엄마의 포옹이었다.

엄마를 배웅하고 우미카는 할머니 집으로 돌아갔다.

출발 시간이 아슬아슬한데도 엄마는 헤어지는 걸 아쉬워해서 비행기에 태우느라 힘들었다.

집에는 아빠만 있었다. 누워서 마당을 멍하니 바라보고 있었다. 우미카는 그 등에다 대고 말했다.

"저기, 아빠, 사에코 아줌마 도쿄로 갔어. 다시 다음 달에 온대."

"그렇구나."

아빠는 이쪽으로 얼굴을 돌리지 않고 누운 채 답했다.

"그래서 나 결정했어."

"⋯⋯뭘?"

"4월이 되면 미야코섬을 나가서 엄마랑 같이 살기로

했어.”

엄마는 나와 보내지 못한 이 10년간을 무척이나 후회하고 있다. 그리고 그 시간을 조금이라도 되찾고 싶어 한다. 매달 미야코섬에 온다고 하는 게 그 증거다. 더구나 공항에서 엄마에게 안겼을 때 그 마음이 아릴 만큼 전해져 왔다.

머뭇거리면서 아빠가 대답했다.

“그, 그래. 넌 어른이 되면 도쿄에 있는 미대에 가고 싶다고 했으니까. 더 빨리 도쿄로 갈 수 있다면 다행이겠네.”

우미카는 한 박자를 쉬고 다시 말했다.

“그래서 아빠한테 할 말이 있는데⋯⋯.”

아빠가 도중에 어이, 하고 다급히 돌아보았다. 그리고 몸을 일으키고 책상다리를 하고서 험악한 표정으로 말했다.

“고맙다고는 하지 마.”

“⋯⋯왜?”

“난 내가 좋아서 너 키운 거야. 내 마음대로 한 일이야. 아이를 키우는 건 어른의 취미 같은 거지. 너한테 감사 인사를 들을 이유는 없어. 잘 들어. 그러니 나한테 고맙다고 하지 마. 섬을 나갈 때도 말이야."

우미카는 야무지게 고개를 끄덕였다.

"알았어."

그때 아빠가 천천히 숨을 뱉었다.

"……다만 고타로한테는 말해. 그 녀석은 내 취미를 거들어줬으니까. 널 키운 건 그 녀석이야. 난 아무것도 안 했어."

"응. 고타로 삼촌한테는 확실히 말할게."

"알았으면 됐어……."

"지금 말하고 올게. 다들 모여서 아직 바다를 보고 있는 것 같으니까."

"그 녀석은 나랑 다르게 울보야. 분명 오열할 테니 눈물 닦을 수 있게 대형 수건이라도 가지고 가."

"응. 특대로 가지고 갈게."

문으로 걸어가는데 아빠가 불쑥 말을 걸었다.

"……우미카."

"왜?"

돌아보자 아빠가 겸연쩍은 듯이 말했다.

"……불낸 거 미안."

고개를 돌리고 눈도 맞추지 않았다. 나이를 먹을 만큼 먹은 어른이 사과도 제대로 못하는 모양이다. 이 사람이 어딜 봐서 영웅이란 말인가, 하고 우미카는 한숨을 쉬고 말했다.

"이대로라면 용서 안 했겠지만 겐키가 다시 유이마루를 짓겠다고 해서 용서할게."

아빠가 눈을 끔벅거렸다.

"겐키가 그런 소리를 했어?"

"응. 거기는 겐키한테도, 잇큐한테도 중요한 집이래. 우리 야디한테는 유이마루가 필요하대. 사과할 거면 내가 아니라 두 사람한테 해."

"그렇구나……."

아빠가 어딘가 기쁜 얼굴로 그리 읊조렸다.

집을 나와 바다로 향했다.

해변가로 가자 겐키와 고타로 삼촌 말고도 잇큐와 유이 선생님이 있었다. 물에 탄 아와모리를 놓고 다들 술을 마시고 있었다. 아마 그러고 싶은 기분일 테다.

겐키가 우미카가 온 걸 알아차렸다.

"우미카, 사에코 씨는 갔어?"

"응, 엄마 갔어. 그런데 또 다음 달에 온대."

"엄마구나……" 하고 겐키가 미소를 짓고 반복해서 말하자 유이 선생님이 다행이라며 내심 기쁜 듯 말했다.

우미카는 큰 목소리로 말했다.

"모두한테 알려줄 게 있어."

모두가 동시에 우미카를 보았다.

"아빠한테는 이미 말했지만, 나 4월에 여길 나가 도쿄로 가. 그리고 엄마랑 같이 살 거야."

모두 잠시 놀란 듯 보였지만 그건 한순간이었다. 우미카가 그리 말을 꺼낼 걸 어렴풋이 알고 있었던 듯했다.

"그렇구나. 그 편이 낫지. 우미카가 없으면 외롭겠지만."

겐키가 먼저 말했다.

"응. 나도 엄마랑 같이 사는 편이 나을 것 같아. 하지만 방학에 또 미야코섬에 돌아올 거야. 그때는 같이 놀자."

유이 선생님이 우미카를 살포시 안아주었다. 이 좋은 냄새를 맡지 못하게 된다고 생각하자 조금 서운해졌다.

"우미카가 미야코섬에 돌아올 무렵에는 유이마루를 새로 다 지어놓을게."

잇큐가 팔에 알통을 만들어 보여줬다.

"잇큐, 고마워. 이번에는 여자 화장실은 따로 만들어줘."

그리고 고타로 삼촌을 보자 삼촌이 무언가 말하려고 입을 떼고 있었다. 그걸 막듯이 "고타로 삼촌, 이거" 하고 우미카는 가지고 온 거대한 수건을 건넸다.

"이 수건은 뭐야?"

눈을 반짝이는 고타로 삼촌에게 우미카는 고개를 숙였다.

"고타로 삼촌. 지금까지 아빠랑 같이 날 키워줘서 고마워. 고타로 삼촌이 과일이랑 고기를 많이 가져와 줘서 나 이렇게 잘 컸어."

그리 말하고 고개를 숙인 순간 고타로 삼촌의 큰 눈에 눈물이 차올랐다. 그러다 펑펑 흘러넘쳐 마치 폭포처럼 떨어졌다.

"우, 우미카, 도쿄에서도 잘 지내…… 망고랑 미야코 소고기, 보내줄게……."

그리 우는 모습에 다들 당황해하고 있었다.

"삼촌, 수건, 수건 써."

우미카가 재촉하자 고타로 삼촌이 다급히 그걸로 눈물과 콧물을 훔쳤다. 하지만 그런데도 눈물을 다 억누르지 못하고 수건으로 얼굴을 덮었다. 이렇게 되면 잠시 내버려두는 수밖에 없다.

우미카는 겐키를 돌아봤다.

"저기, 겐키."

"왜?"

"한 가지 부탁할 게 있어."

겐키가 의아한 듯한 표정을 지었다.

"뭐?"

"좀 생각해 둔 게 있어."

우미카가 말했다.

4월이 되었다.

유고는 집에서 혼자 멍하니 마당을 바라보고 있었다. 화재로 유이마루가 타고 나서 내내 이렇게 지내고 있는 듯했다.

4월이 되자 바람이 다르게 느껴졌다. 이 시기가 되면 바람이 불어오는 방향이 북에서 남으로 바뀐다. 그러면 맑은 날이 많아져서 바다가 예쁘게 보이기 시작한다.

바다가 보고 싶네. 그리 생각했지만 해변까지 나갈 기력은 나지 않았다. 유이마루를 새로 짓기 위한 준비는 이미 시작되었다. 자금은 유튜버로 벌어들인 돈이다. 오픈카도 팔아서 자금으로 댔다.

겐키와 잇큐는 목수와 작업원 들과 함께 일하고 있었다. 유고도 돕고 싶은 마음은 있지만 몸이 움직이지 않았다.

그러고 있는데 고타로가 찾아왔다.

"어이, 유고, 우미카 이제 가. 공항까지 바래다주러 안 갈 거야?"

그렇다. 오늘은 우미카가 도쿄로 떠나는 날이다.

사에코가 미야코섬을 찾아오고 다음 달, 그녀는 가족과 다 같이 미야코섬으로 다시 왔다. 남편인 니야마와 리카라는 여자아이와 함께 말이다.

그들이 우미카의 새로운 가족이 된다. 그 니야마가 불쾌한 남자면 어쩌나 걱정했지만 그건 다행히 기우로 끝났다.

일류 기업의 기술자로 일하며 성실하고 온화한 사람이었다. 우미카를 친자식처럼 생각하며 소중히 키우겠다고 니야마는 단단히 약속해 주었다. 그러면 우미카를 맡길 수 있다. 유고는 가슴을 쓸어내렸다.

우미카는 리카와 사이좋게 놀았다. 그러고 보니 옛날부터 여동생을 가지고 싶다고 했다.

그리고 눈 깜짝할 사이에 시간이 흘러 우미카가 미야코섬을 떠나는 날이 되었다.

"괜찮아. 이번 생에서 영영 헤어지는 것도 딱히 아니

잖아. 여름방학에 돌아온다고 했고. 공항까지 가는 게 귀찮아."

고타로가 한숨을 크게 쉬었다.

"진짜 그리 생각해?"

"응. 더구나 너도 다른 사람들도 배웅하잖아. 나 한 사람 없다 해봤자 뭐가 다르겠어."

"그럼 난 갈게."

고타로는 질려서 포기하고는 문 쪽으로 향했다. 유고는 그 등에다 대고 말을 걸었다.

"……고타로."

"왜?"

"우미카 일로 신세 많이 졌어. 네가 없었으면 못 키웠어. 고마워."

고타로가 어깨에 들어간 힘을 빼고 답했다.

"아이고, 천만의 말씀입니다."

"그리고 너, 이제 결혼해."

"뭐? 무슨 뜻이야?"

어리둥절해하는 고타로에게 유고는 감정을 억누른 목

소리로 이어나갔다.

"네가 결혼 안 한 건 우미카가 있어서잖아. 이제 그녀석은 괜찮아. 네 가정을 꾸려. 우미카로 육아 연습은 실컷 했잖아. 좋은 아빠가 될 거야."

고타로가 씨익 웃었다.

"무슨 소리야. 딱히 우미카 때문에 결혼 안 한 게 아니거든? 이렇게 생겨서 인기가 없을 뿐이야."

그리고 일부러 얼굴을 일그러뜨렸다. 유고는 그렇게 하게 내버려둘 것 같냐, 하고 하고 코에서 김을 내뿜었다.

"그럼 이제 시간이 아슬아슬해서 갈게. 우미카 바래다줘야지."

"응, 부탁할게."

고타로가 일어나자 갑자기 집이 조용해졌다. 시간을 세어나가는 벽시계의 바늘 소리가 귀에 몹시 크게 울리고 있었다.

유고는 일어나서 가장 안쪽 다다미방으로 향했다. 이곳은 우미카의 방이라서 깨끗하게 정리되어 있었다. 우미카의 책상 하나만 놓여 있을 뿐이었다. 우미카가 이곳에 머물 때 쓰라고 어머니가 사준 물건이다.

이 책상은 높이가 조절된다. 우미카가 키가 자란 뒤로 책상을 높여달라고 했지만 유고는 귀찮아서 해주지 않았다. 그래서 태풍을 피해 이곳에 지낼 때도 우미카는 웅크리고 공부해야 했다.

그 정도는 해주면 좋았을 텐데⋯⋯. 아련히 후회하면서 책상 위를 손가락으로 더듬어갔다.

벽장을 열어 앨범 하나를 꺼냈다. 이건 화재를 면했다. 잃어버리면 난감한 건 본가에 맡겨두고 있었다.

실은 두 권이지만 한 권은 사에코에게 건넸다. 그건 모두 고타로가 찍은 우미카 사진이어서였다. 사에코에게는 다른 무엇보다 보고 싶은 사진일 테다. 유고의 몫은 고타로에게 부탁하면 다시 인화해 줄 것이다.

다른 앨범에는 유고의 사진이 담겨 있었다. 어린 시절, 미야코섬에 있던 시절은 넘기고 도쿄에 있던 시절의 사진을 바라보았다.

그 무렵에 찍은 사진은 두 장밖에 없다. 하나는 사나에의 사진이다. 휴대전화로 촬영한 것을 프린트해 두었다.

어느 날 우미카가 영정 사진은 어디에 있냐고 물었다. 영정 사진이라는 말은 호카한테 배웠다고 했다. 그러면서 엄마의 영정 사진을 불단에 장식하고 싶다고 말을 꺼냈다. 당연히 사에코의 사진은 없다. 그때 어쩔 수 없이 사나에의 사진으로 거짓말했다. 아가씨처럼 청초한 그 사진 말이다. 설마 우미카가 그걸 보물처럼 다룰 줄은 사나에는 꿈에도 몰랐을 것이다.

그리고 다른 한 장은 아르바이트하던 이자카야 주방에서 검은 티셔츠에 검은 타월을 두른 유고가 찍혀 있다. 아직 10년밖에 지나지 않았지만 먼 옛날처럼 느껴졌다.

옆에는 마사키가 서 있었다. 마사키가 유고의 어깨를 두르고 싱글벙글 웃고 있었다. 이 사진을 찍은 사람은 고타로다.

그 사진 속 마사키를 바라보면서 유고는 나직이 말했다.

"……마사키 씨, 나 열심히 했죠?"

물론이지. 역시 유고야……. 우미카를 저렇게 키워주고 더구나 사에코까지 찾아줬구나. 정말, 정말로 고마워…….

그런 마사키의 목소리가 들리는 듯해서 유고는 미소지었다. 그 사람은 천국에서도 칭찬을 해줄 게 분명하다. 그런 사람이었다…….

앨범에서 다른 사진 한 장이 떨어졌다.

우미카의 사진이었다.

지금보다 더 어릴 적의 우미카였다. 유고가 우미카의 겨드랑이 밑에 손을 넣고 안아 올려 바다를 보여주고 있었다.

이 사진은 물론 기억하고 있다. 이건 갓 한 살이 된 우미카를 처음으로 미야코섬에 데리고 온 날에 찍은 사진이다. 갓난아기와 어린아이 사이 어딘가에 있는 오동통한 뺨을 하고 있었다. 그리고 그 동글동글한 눈동자는 바다를 가만히 바라보고 있었다.

이때 우미카는 처음으로 바다를 보았다. 더구나 우미카라는 이름의 유래가 된 바다다. 왠지 의아한 듯이 그리고 조금 자랑스럽게 바다를 보고 있다.

게다가 유고도 그런 눈으로 바다를 바라보고 있었다.

이때는 그립다는 마음은 한 톨도 없었다. 유고의 마음 속은 이러했다.

이 아이를, 아직 작고 걷지도 못하는 이 여자아이를 무사히 의젓하게 키워내겠다. 마사키 씨를 대신해서…….

눈부시게 빛나는 그 바다에 대고 맹세했다.

그 순간 유고의 가슴속에서 어떤 말이 솟구쳤다.

나는, 나는 우미카에게 아직 전하지 못한 말이 있다…….

시계를 보았다. 이제 가서는 비행기 출발 시간에는 맞추지 못한다. 하지만 그런데도 가야만 한다.

유고는 집에서 뛰쳐나와 밖에 있던 스쿠터에 걸터앉았다. 키를 챙겨 나오는 걸 잊었다고 생각했는데 어째서인지 키가 꽂혀 있었다. 잇큐가 뽑는 걸 깜박한 것이다.

시동을 켜고 액셀을 밟았다. 부르릉 하는 커다란 소리가 났고 앞바퀴가 순간 공중에 떴지만 바로 달리기 시작했다.

시모사토 큰거리를 나가 고속도로를 달렸다. 길을 건던 할머니가 기절할 만큼 놀라고 있었지만 그런 걸 신경 쓸 겨를이 없었다.

신호를 무시하고 내달렸다. 미야코 마모루가 노려보고 있는 듯했지만 그것도 태연한 얼굴로 지나쳤다.

땀이 뿜어져 나왔다. 손에 맺힌 땀 때문에 액셀을 놓쳐 한껏 힘을 실어 다시 잡았다.

인적이 드문 길로 나왔다. 왼쪽에 철조망이 있었다. 미야코섬 공항에 도착한 것이다.

그때였다. 때마침 비행기가 이륙했고 하늘 높이 날아올랐다. 출발 시간은 고타로가 귀에 딱지가 앉을 만큼 유고에게 몇 번이나 말했다. 틀림없다. 저 비행기다. 저 비행기에 우미카가 타고 있다.

유고는 속도를 늦춰 스쿠터에서 내렸다. 내동댕이쳐진 스쿠터가 펜스에 부딪치는 걸 곁눈질하면서 그대로 달렸다. 등 뒤로 강렬한 충돌음이 들렸지만 그런 건 아무래도 상관없다.

그리고 달리면서 비행기를 향해 힘껏 외쳤다.

"우미카! 들려? 깜박하고 못한 말이 있어. 하늘 위에서 잘 들어! 잘 들어, 넌 혹시 내가 불행하다고 생각한 건 아니야? 코미디언이 되는 꿈을 포기하고 남의 아이나 키우는 처지가 된 가여운 사람이라고 생각하는 건 아니지?

그리고 우미카, 너 그게 너 때문이라고 생각하는 거지? 넌 마사키 씨의 자식이기도 해. 그 사람의 다정다감한 피가 너한테 흐르고 있어. 그래서 분명 넌 그리 생각할 게 확실해."

그때 유고가 멈춰 섰다. 폐 한가득히 숨을 들이쉬고 혼신의 힘을 다해 목소리를 높였다.

"웃기지 마. 그런 거 아냐!

난 널 키우는 동안 내내 행복했어. 너한테 이유식을 먹이고 유모차로 밤마다 돌아다니고 네 기저귀를 갈아 준 그 전부가, 너를 키우는 모든 순간이 행복했어!

그리고 넌 자랐지. 그 강렬한 싸대기를 날릴 정도로 힘이 생겼고. 그걸 나는 가장 가까이에서 봤어. 어때? 샘나니? 세상에서 이런 행복한 일이 또 있겠어? 이게 어디가 불행하고 가엽다는 거야?

넌 나한테 그런 행복을 가져다줬어. 넌 그러니까, 내게 미안하다고 절대 생각하지 마. 만약 그런 생각을 했다면 가만 안 둘 거야!"

눈물이, 눈물이 연달아 흘러넘쳤다. 마치 물속에 잠겨 있는 것처럼 호흡이 마음대로 되지 않았다. 더구나 콧물도 더해져 입안 전체가 짭짤해졌다. 하지만 그런 건 지금은 아무래도 상관없다.

마음을, 지금 유고가 가진 마음을 모두 목소리에 실었다.

"우미카, 네가 태어나서 다행이야! 넌 모든 사람에게 사랑받았어. 도쿄에서도 분명 행복해질 수 있을 거야. 꼭 모두가 너한테 친절하게 대해줄 거야! 그건 내가 약속할 수 있어.

나는 네 아빠로 있을 수 있어서 정말 기뻤어. 마음속으로 매일 껑충거릴 정도로. 그 정도로 기뻤어.

고마워. 우미카, 정말, 진짜 고마워.

이 세상에 태어나 줘서 내가 키울 수 있게 해줘서 정말 고마워.

난 널 만나고 나서 요 10년간 세상에서 제일 행복한 사람이었어."

유고는 무릎을 꿇고 오열했다. 펑펑 울어서 숨이 막혔다.

얼마나 그러고 있었을까……. 다른 비행기가 떠나는 소리가 들렸다. 그때 마침내 유고는 고개를 들었다.

천천히 일어나 손바닥에 붙은 모래를 털어냈다. 꽤 오랫동안 엎드리고 있어서인지 깊게 박혀 있었다.

잠시 후 집으로 돌아가려고 했던 그때였다.

"얼마나 울려는 거야? 진짜 기다리다가 목 빠지겠어."

유고는 익숙한 목소리에 서서히 돌아보았다.

눈앞의 광경에 경악했다.

우미카가 있었다.

우미카뿐만이 아니었다. 고타로, 겐키, 잇큐, 유이 선생도 있었다. 그리고 모두의 눈에서 눈물이 흘러넘치고 있었다.

잇큐의 손에는 비디오카메라가 들려 있었다. 그 렌즈는 유고를 향해 있었다.

왜 비행기를 타고 있어야 할 우미카가 이곳에 있는 거지……?

그걸 먼저 묻고 싶었지만 말이 제대로 나오지 않았다. 그러자 우미카가 등에 감추고 있던 걸 꺼냈다.

앞이 보이게 천천히 치켜들었다. 거기에는 이렇게 쓰여 있었다.

'깜짝 카메라 대성공!'

그제야 깨달았다. 마지막의 마지막까지 이런 대형 깜짝 카메라를 진행했다니.

"너, 너 4월에 도쿄에 간다고 말한 거 거짓말이야?"

"거짓말 아냐. 4월에 갈 거야. 그런데 그건 내년 4월이야. 초등학교를 졸업하고 나서 도쿄로 간다는 뜻이야."

"뭐, 뭐야? 사에코 씨는, 사에코 씨는 뭐라고 했어?"

"엄마도 그 편이 낫겠대. 아빠가 괜찮다고 말해도 분명 엄청 외로워할 테니 앞으로 1년 더 같이 있어주는 편이 나을 것 같다고 했어."

그 말을 듣고 분노가 솟구쳤다.

"너, 해도 되는 깜짝 카메라랑 하면 안 되는 깜짝 카메라가 있어. 왜 이런 짓을 한 거야?"

"아빠가 진심을 말 안 해주잖아. 미야코섬을 떠나 도쿄로 가는데 아무 말도 안 해주잖아."

"그건…….."

"더구나 나도 하고 싶은 말이 있어."

"무슨 말…….."

우미카가 소리를 높였다.

"고맙다고! 코미디언이 되는 꿈을 버리면서까지, 그렇게 예쁜 사나에 아줌마랑 결혼하는 것도 포기하고 나를 키워줘서 고맙다고! 엄청 엄청 감사하다고. 꼭 전하고 싶었어."

우미카가 엉엉 울기 시작했다. 우미카가 이 정도로 우는 모습은 본 적이 없었다. 그 모습을 보니 다시 눈물이 흘러넘쳤다.

우미카가 흐느껴 울면서 말을 이어나갔다.

"뭐가 고맙다는 인사는 하지 말란 거야. 당연히 말해야지. 난 이제 6학년이야. 애 키우는 게 얼마나 힘든지 정도는 알아. 그러니, 아빠. 이렇게 키워줘서 정말 고마워!"

그리 우미카가 외친 순간 유고는 눈물을 흘리며 우미카에게 달려가기 시작했다. 그리고 힘껏 우미카를, 자신의 딸을 힘껏 끌어안았다.

"피가 이어져 있든 아니든 넌 내 자식이야."

오랜만에 우미카를 안고 알았다. 정말 많이 컸구나…….
그 감촉이 눈물을 더욱 부추겨서 유고는 엉엉 울어버
렸다.

우미카는 품에서 몸부림쳤다.

"괴로워. 냄새나. 티셔츠가 눈물이랑 콧물로 엉망이
라서 기분 나빠. 그리고 가슴 털 느낌이 오싹해. 최악이
야."

"시끄러. 이게 아빠라는 거야."

그리 말하고 더욱 힘을 실었다.

"꺄아아아아악! 관두라고!"

우미카가 혼신의 힘으로 발버둥 쳤지만 유고는 우미
카가 꼼짝도 못 할 만큼 강하게 끌어안았다.

모두가 울면서 그리고 웃으면서 보고 있었다.

평소와 다름없는 유고네 가족, 야디의 광경이었다.

앞으로 1년. 1년은 더 우미카와 있을 수 있다……. 그
기쁨에 유고의 가슴은 벅찼다.

그로부터 8년 후

우미카는 미야코공항에 내렸다.

오른손에는 대형 캐리어를, 왼손에는 대량의 종이봉투를 들려 있었다. 전부 다 선물이었다. 엄마가 쥐여주었다. 왠지 해마다 늘고 있는 듯하다. 이래서는 마치 보따리장수 같다.

그리고 하나 더, 큰 박스와 거대한 토트백이 있었다. 토트백 위로는 봉 하나가 튀어나와 있었다. 이 두 개는 이날을 위해서 직접 가지고 온 것이다. 캐리어 위에 올려 두었는데 곧 떨어질 것처럼 위태로워 보였다.

슬슬 이동해서 게이트에 도착했다.

"우미카."

원피스를 입은 유이 선생님이 손을 흔들었다. 그 곁에 젠키가 있었는데 세 살된 아이를 안고 있었다. 선남선녀와 사랑스러운 아이의 조합은 세제나 방향제의 산뜻한 광고처럼 보였다.

젠키와 유이 선생님은 5년 전에 결혼했다. 우미카가 미야코섬에 있을 무렵에는 그런 기류가 없었지만 우미카가 도쿄로 가고 나서 두 사람의 사이가 진전되었다고 한다.

"더 컸네."

유이 선생님이 우미카와 키를 비교하고 있었다. 우미카가 고등학생이 되었을 무렵에는 유이 선생님의 키를 넘어서고 말았다.

"선생님은 만나면 늘 그 소리만 하네요. 그런데 이제 안 커요."

"그런가? 그렇구나."

엄마가 되어도 유이 선생님은 여전히 사랑스러웠다. 우미카는 겐키가 안고 있는 아이에게 말을 걸려다 멈췄다. 아이는 쌔근쌔근 자고 있었다.

"린도 컸네요."

"응. 이제 말도 꽤 해."

겐키가 활짝 웃었다. 옛날부터 아빠가 되면 잘 어울릴 거라고 생각했는데 정말 잘 어울렸다.

공항을 나가자 선명한 하늘색 캔버스와 강렬한 햇빛이 맞이해 주었다. 이거야말로 미야코섬의 하늘이다.

다 같이 차를 타고 출발했다. 유이 선생님이 운전하면서 말했다.

"우미카, 대학 생활은 어때?"

"힘들어요. 과제만 잔뜩 있고요. 하루 종일 그림만 그려요."

우미카는 염원하던 미대에 들어가 지금은 미대생이 되었다.

아이의 머리를 쓰다듬으면서 겐키가 말했다.

"모에미랑 호카는 어때?"

"둘 다 유이마루에 올 거라고 했어. 모레인가. 모에미는 대학생이 되고서 엄청 놀러 다녀. 도쿄 여대생 다 됐지. 호카는 여전하고."

두 사람 모두 도쿄로 나와서 우미카와 마찬가지로 대학생이 되었다.

"그 친구는 어릴 적부터 어른스러웠지."

"응. 그리고 보니 사업을 할 거라면서 그 사업 계획을 겐키한테 프레젠테이션하고 싶대. 자금을 모으고 있나 봐."

"역시나."

겐키가 기분 좋게 큰 소리로 웃었다.

"아빠랑 잇큐, 고타로 삼촌은 유이마루에 있지?"

"응. 우미카가 돌아온다면서 고타로 씨가 과일이랑 고기를 산더미처럼 가지고 와줬어."

"기쁜 소린데 살찌겠어."

숨을 후 내뱉자 유이 선생님과 겐키가 또 웃었다. 그러자 유이 선생님이 생각났다는 듯 물었다.

"그리고 보니 캐리어 위에 있던 큰 토트백. 뭐가 들어 있는 거야? 봉이 달려 있던데?"

우미카를 대신해서 겐키가 입을 열었다.

"유이, 모르겠어?"

"전혀 모르겠어요?"

고개를 갸웃거리는 유이 선생님에게 겐키가 우습다는
듯 답했다.

"여신의 성검이야."

역시 겐키라며 우미카는 만족스럽게 고개를 끄덕였다.

바로 목적지에 도착했다.

눈앞에 있는 건 새로 지은 유이마루였다. 완성되었을
때는 완전히 새것이었지만, 이미 7년이나 지나서 전과
느낌이 같아졌다. 하지만 그 편이 오히려 기뻤다. 콘크
리트의 이 지저분한 느낌이 우미카는 그리웠다.

"자, 다들 목이 빠져라 기다리고 있어."

겐키가 우미카의 짐을 옮기려고 해서 "아, 잠시만" 하
고 우미카가 말렸다.

"응? 왜 그래?"

"준비를 좀 해야 하니 기다려줘."

그리고 우미카는 준비를 끝내고 안으로 들어갔다. 벽에는 여기저기 우미카의 그림이 붙어 있었다. 보내라고, 보내라고 아빠가 하도 성화라서 그림을 완성하는 대로 보내고 있었다. 우미카의 그림을 보러 오는 숙박객도 많다고, 겐키가 기분 좋은 소식을 말해줘서 더더욱 보내야만 했다.

벽 선반에는 소설책과 만화책이 빼곡하게 채워져 있고 게임기와 컨트롤러가 산더미처럼 쌓여 있었다. 이곳도 예전의 유이마루와 다르지 않다.

그 중앙에 자리한 대형 테이블에서 아빠, 잇큐, 고타로 삼촌이 이야기에 몰두하고 있었다.

아빠는 또 햇빛에 탔는지 까매져 있었다. 주름도 늘어서 갈수록 바다 사나이 같은 외모가 되어갔다.

우미카가 왔다는 걸 알아차리지 못했는지 아빠가 의기양양하게 말했다.

"잇큐, 근사한 아이디어가 떠올랐어."

"뭐예요?"

몸을 내밀고 잇큐가 재촉했다.

"잘 들어. 이 세상에서 돈을 쓰는 건 여자야. 그러니 남자를 상대로 장사를 해서는 안 돼. 타깃은 여성이야."

"그렇군요. 그게 맞을지도 몰라요."

"그래. 그러니 나랑 잇큐는 앞으로 호스트가 되는 거야."

"호스트요?"

얼이 빠진 잇큐를 보고 아빠가 히죽 웃었다.

"그래. 호스트가 있는 게스트 하우스야. 여성의 입장에서 보면 일석이조잖아. 우리는 가게도, 술도, 고타로의 과일도 있으니 초기 자본도 필요 없어. 잘 들어. 잇큐. 비즈니스에 있어서 중요한 건 얼마나 초기 자본을 줄이느냐야."

"뭐, 그렇긴 해요……."

"우선 흰 슈트에 빨간 장미가 필요하겠네. 그리고 머리도 길러야 해. 길러서 갈색으로 염색해서 불어터진 야키소바 같은 머리 스타일을 해야 해."

"싫어요. 저…… 앞머리가 눈을 찔러서 눈에도 안 좋

을 것 같아요. 지금처럼 까까머리는 안 되나요?"

"바보야! 세상 어디에 까까머리 호스트가 있단 말이야?"

두 사람의 대화를 고타로 삼촌이 기쁜 듯 듣고 있었다. 이 광경을 보자 집으로 돌아온 게 비로소 실감 났다.

이쪽을 좀처럼 알아차려 주지 않아서 결국 우미카가 소리를 높였다.

"아빠."

반사적으로 아빠가 이쪽을 보았다.

"오, 우미카 돌아왔구나…… 아아아아악!"

의자에서 요란하게 넘어졌다. 그리고 일어서지 못한 채 손가락으로 가리켰다.

"돼, 돼지…… 돼지 괴물."

눈과 입을 크게 벌려서 이상한 표정을 지었다. 여전히 리액션이 대단하다.

아빠가 놀란 것은 우미카가 복면을 쓰고 있기 때문이다. 거대한 돼지 얼굴이다. 이걸 일부러 도쿄에서 가지고 왔다.

이걸 벗으면서 말했다.

"어때, 놀랐어? 미대 친구가 만들어줬어. 엄청 실감 나지?"

그리고 근처에 놓아두었던 봉이 달린 팻말을 손에 들었다. 이 감촉도 그리웠다. 거기에는 '깜짝 카메라 대성공!'이라고 쓰여 있었다.

이게 여신의 성검이었다.

모두가 아빠의 그 모습에 웃었다. 유이 선생님은 너무 웃어서 "배가, 배가 아파" 하고 신음했다. 그 모습도 그리웠다.

팻말을 보고 아빠가 가슴을 쓸어내렸다.

"깜짝 카메라였어? 너무 오랜만이라서 깜짝 카메라를 잊고 있었어. 왜 갑자기 이걸 한 거야?!"

"나 지금부터 유튜브 할 거야. 잘 봐."

우미카가 겐키를 가리켰다. 겐키는 아이를 안고서 카메라로 촬영하고 있었다.

"너 유튜버가 되려는 거야?"

"응. 우미카TV. 채널 구독이랑 좋아요 눌러줘."

"시끄러."

아빠가 웃기다는 듯이 말해서 우미카는 미소 지었다.

"아빠."

"왜?"

어리둥절해하는 아빠가 눈썹을 치켜 올렸다. 우미카는 진심을 담아 말했다.

"다녀왔어요."

그 말을 듣고 겐키가 미소 지었다. 돌아온 우미카가 이 말을 할 수 있도록 겐키가 이 집을 다시 지어준 것이다. 우미카는 그 고마움을 새삼 음미했다.

그러자 아빠의 입가가 누그러들었다. 주름투성이가 된 얼굴로 그리고 미소를 지은 채 말했다.

"그래. 어서 와."

유튜브를 둘러싼 나의 역사와 그의 역사

역자 후기에서 고백하자면 나는 '마감 있는 삶'이라는 이름으로 유튜브를 운영한 적이 있다. 운영했다고 하지만 늘 보는 사람만 내 영상을 봤기에 소소하기 짝이 없었다. 그 유튜브를 만든 계기는 다음과 같다. 한창 번역을 시작할 때 정보가 너무 없어서 참 고생했다. 그런데 세월이 흘러서도 정보가 없기는 마찬가지였다. 번역 관련 카페에 들어가면 기초적인 질문을 반복해서 하는 분들이 많았기에 결국 내가 그 기본적인 궁금증을 해소할 수 있도록 번역 유튜브를 만들자는 생각을 했다. 번역과 관련된 기초 영상을 서른 개 정도 만들고 나니 더이상 찍을 게 없어서 심화 과정까지 들어가 '시소러스'를 비롯한 어려운 개념도 설명했다. 물론 번역 영상만

378

올리면 번역을 하지 않는 구독자들은 지루할 테니 일상 이야기도 올렸다. 내가 번역한 책 문구를 일본어나 한국어로 낭독하기도 하고 인터넷 서점 굿즈 마니아로서 굿즈 이야기를 하기도 했으며 호러 마니아로서 공포물을 추천하기도 했다.

그런 내 경험이 바탕이 되어 《아빠는 유튜버》라는 제목을 처음 접했을 때 괴짜 아빠의 코믹한 에피소드를 먼저 떠올렸다. 그리고 이 생각은 절반은 맞고 절반은 틀렸다. 원서 띠지에 '소설을 읽고 처음 울었습니다'라고 버젓하게 적혀 있었지만, 실감이 나지 않아 크게 신경 쓰지 않았다. 하지만 이 작품의 막바지에 이르렀을 때 나는 펑펑 울고 있었다. 얼굴이 아주 못생겨질 정도로 꾸깃꾸깃 일그러뜨리며 울고 있었다.

이제 창작에 있어서 나올 만한 소재는 다 나왔다는 이야기를 간혹 듣는다. 나도 어느 정도 그 말에 동의한다. 하지만 당연해 보이는(이미 나온) 소재를 어떻게 다

루느냐에 따라 전혀 당연하지 않은 이야기가 되기도 한다. 또한 그런 이야기를 쓰는 데 재주를 타고난 사람이 작가가 된다고 생각한다. 이때 그에 부합하는 것이 이 작품이었고 이 작품을 쓴 작가님이었다. 당연한 것을 당연하지 않게 만드는 재주, 이 작가님은 타고난 이야기꾼이었다.

우미카의 아빠, 유고는 유튜버로 유명해지려고 갈수록 수위가 높은 영상을 올린다. 사실 독자님들은 이 작품을 읽으면서 이에 의문점이 계속 생길 테다. 무엇을 위해서라는 생각이 자꾸 들 테니 말이다. 나도 유튜브를 운영하면서 느꼈지만 무언가 절실한 목표가 없으면 유튜브는 오래 꾸려나가기 힘들다. 신경 써야 할 점이 한두 개가 아니기 때문이다. 편집을 하고 노래나 자막을 넣고……. 나는 번역을 시작하고자 하는데 정보가 없어서 힘들어하는 분이나 새내기 번역가님들을 생각했기에 더 열심히 영상을 만들 수 있었다. 영상을 만들 때마다 일하는 시간에 어느 정도 지장을 받았지만 더 열심히 만들 수밖에 없었다. 내 유튜브를 보고 정보를 많이 얻어간다는 분들의 연락을 따로 받았기 때문이다(질문을 따로 받을 수 있도록 내 개인 메일을 공개했다). 그래서 내가 아는 번역 정보를 다 공개했다. 그들이 꿈을 이루는 데 조금이나마 도움이 되었으면 해서였다. 그렇다면 유고는 대체 무엇을 위해 유명한 유튜버가 되려는 걸까? 이 작품의 최대 미스터리다. 다들 지나치다고 하는데도 그는 꿋꿋하게 더 자극적인 영상을 만든다. 그건 어떤 목적이 있지 않은 한 불가능한 일이다. 그리고 그 목적을 우리가 알게 되었을 때 아마 나처럼 얼굴을 구기면서 펑펑 울고 있을 테다.

이 작품의 배경은 실제로 존재하는 일본의 한 섬이다. 미야코섬으로, 누구나 고향으로 삼고 싶어질 만한 곳이다. 나는 실제로 마산에서 태어났지만 내 고향을 누군가 물을 때는 대구라고 답한다. 그건 바로 내가 살아온 곳 중에서 대구와 대구 사람이 제일 좋았기 때문이다. 그리고 태어난 곳 정도는 내가 정하고 싶다는 생각이

들어서였다. 실제로 이 작품에 등장하는 만화가 지망생 마사키 또한 자신의 고향이 싫어서 집을 떠났지만, 우미카의 아빠인 유고가 고향 이야기를 하자, 자신도 그런 바다를 볼 수 있는 곳이 고향이었으면 좋겠다는 생각과 자신의 딸도 그런 고향을 가졌으면 하는 마음에 여기서는 밝힐 수 없는 큰일을 저지른다. 이건 이 책의 큰 반전이기에 우선 꽁꽁 숨겨두어야 할 것 같다.

이 작품을 의뢰받았을 때 나는 아주 반가웠다. 유튜브라면 나도 할 말이 많기 때문이다. 비록 구독자 수 400명대의 영세한 유튜브였지만 제 목적(번역에 대한 정보를 알리는 일)은 다했으니 말이다. 애초에 유명해지는 것도 유튜브로 돈을 버는 것도 목적이 아니었으니 구독자 수는 신경이 쓰이지 않았다. 오히려 나는 다른 걸 얻었다. 카메라를 앞에 두고 혼잣말을 하는 데 익숙해지면서 조리 있게 말하는 연습이 되었고 내 발음을 교정하는 기회가 되었다.

폭주하는 유튜버 유고는 큰 사고까지 치고서도 꿋꿋하게 영상을 올려 전국적으로 비난을 받는다. 그런데도 자신의 유튜브를 끝까지 닫지 않고 열어둔다. 그런 그의 목적은 무엇일까? 속을 알 수 없는 유고가 젊은 시절에 도쿄에서 지냈을 때의 일과 관련되어 있을까? 아니면 단순히 유명해지고 싶다는 욕구가 지나쳐서 병이 된 걸까? 그건 이 작품을 읽어보면서 확인하시길 바란다.

　이 작품은 앞에서는 큰 웃음을 주고 뒤에서는 큰 감동을 준다. 감정의 롤러코스터를 탈 준비가 된 독자님이라면 이 작품을 제대로 즐길 수 있을 것이다. 기쁨과 감동을 자유자재로 구사하는 작가님의 역량을 확인하고 싶다면 나는 이 책을 진심으로 권하고 싶다.

김현화 올림

아빠는 유튜버

2024년 7월 25일 1판 1쇄 발행

지 은 이 하마구치 린타로
옮 긴 이 김현화
발 행 인 유재옥
담 당 편 집 최서영

이   사 조병권
출판본부장 박광운
편 집 1 팀 최서영
편 집 2 팀 정영길 조찬희 박치우 정지원
편 집 3 팀 오준영 이소의 권진영
디자인랩팀 김보라 박민솔
디지털사업팀 박상섭 김지연 윤희진
라이츠사업팀 김정미 맹미영 이윤서
영업마케팅팀 최원석 박수진 이다은
물 류 팀 허석용 백철기
경영지원팀 최정연
발 행 처 (주)소미미디어
등   록 제2015-000008호
주   소 서울시 마포구 토정로 222, 502호(신수동, 한국출판콘텐츠센터)
판   매 (주)소미미디어
전   화 편집부 (070)4260-1393, (070)4260-1391 기획실 (02)567-3388
         판매 및 마케팅 (070)8822-2301, Fax (02)322-7665

ISBN 979-11-384-8274-5 (03830)